董学增　主编

增定词谱全编

第四册

北京燕山出版社

第四册　目录

非常用词谱（二）

非常用词谱（二）

166. 黄河清　　（一体）

双调九十八字，上阕八句五仄韵，下阕九句四仄韵

鼂端礼

晴景初升风细细。云收天淡如洗。
○●○○○●▲　○○○●○▲

望外凤凰双阙，葱葱佳气。
●●●○○●；○○○▲

朝罢香烟满袖，近臣报、天颜有喜。
○●○○●●；●○●、○○●▲

夜来连得封章奏，大河彻底清泚。
●○○●○○●；●○●●○▲

君王寿与天齐，馨香动，上穹频降嘉瑞。
○○●●○○；○○●；●○○●○▲

大晟奏功，六乐初调角徵。
●●●○；●●○○●▲

合殿春风乍转，万花覆、千官尽醉。
●●○○●●；●○●、○○●▲

内家传敕，重开宴、未央宫里。
●○○●；○○●、●○○▲

（丘崈词上阕第二句多一字。）

167. 黄鹤引　　（一体）

双调八十三字，上下阕各八句，六仄韵

方　资

生逢垂拱。不识干戈免田陇。
○○○▲　●●○○●○▲

士林书圃终年，庸非天宠。
●○○●○○；○○○▲

才初阘茸。老去支离何用。
○○●▲　●●○○○▲

浩然归弄。似黄鹤秋风相送。
●○○▲　●○●○○○▲

尘事塞翁心，浮世庄生梦。
○●●○○；○●○○▲

漾舟遥指烟波，群山森动。
●○○●○○；○○○▲

神闲意耸。回首利韁名鞚。
○○●▲　○●●○○▲

此情谁共。问几斛淋浪春瓮。
●○○▲　●●●○○○▲

（上下阕后六句句式似同。两结用一字领。）

168. 黄鹂绕碧树　　（二体）

（一）双调九十七字，上阕十句四仄韵，下阕八句五仄韵

周邦彦

双阙笼嘉气，寒威日晚，岁华将暮。
○●○○●；⊙○⊙●；●○○▲

小院闲庭，对寒梅照雪，淡烟凝素。
●●○○；●○○●●；●○○▲

忍当迅景，动无限、伤春情绪。
●○●●；●○●、○○○▲

犹赖是、上苑风光渐好，芳容将煦。
○●●、●●○○●●；○○○▲

草荚兰芽渐吐。且寻芳、更休思虑。
●●○○●▲　●○○、●○○▲

这浮世、甚驱驰，利禄奔竞尘土。
●○●、●○○；●●○●○▲

纵有魏珠照乘，未买得、流年住。
●●●○⊙●；●●●、○○▲

争如盛饮流霞，醉偎琼树。
○○●●○○；●○○▲

（上阕第五句用一字领，下阕倒数第二句用二字领。）

（二）双调九十九字，上阕十一句四平韵，下阕九句四平韵

晁端礼

鸳瓦霜轻，玳帘风细，高门瑞气非烟。
○●○○；⊙○⊙●；○○●●○△

积厚源深，有长庚应梦，乔岳生贤。
●●○○；●○○●●；○●○△

妙龄秀发，庆谢庭、兰玉争妍。
●○●●；●●○、○●○△

名动缙绅，况文章政术，俱是家传。
○●●○；●○○●●；○●○△

别有阴功厚德，向东州治狱，平反玉函。
●●○○●●；●○○●●；○●●△

高第，仙风道骨，锡与长年。
⊙●；○○●●；○●○△

最好素秋新霁，对画堂、高启宾筵。
●●●○⊙●；●●○、○●○△

何妨纵乐笙歌，剩举觥船。
○○●●○○；●●○△

（上阕第五、第十句用一字领。别本题为元好问作）

169. 黄莺儿　　（一体）

双调九十六字，上阕十句四仄韵，下阕十句五仄韵

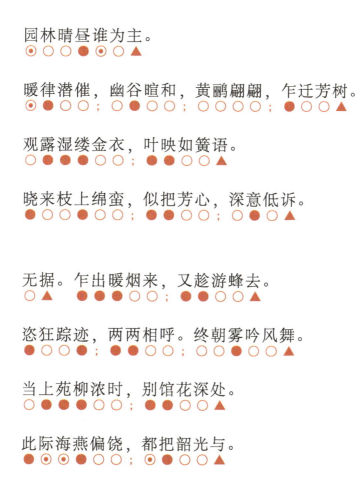

柳　永

园林晴昼谁为主。
⊙○○●⊙○▲

暖律潜催，幽谷暄和，黄鹂翩翩，乍迁芳树。
⊙●○○；○●○○；○○○○；●○○▲

观露湿缕金衣，叶映如簧语。
○●●●○○；●●○○▲

晓来枝上绵蛮，似把芳心，深意低诉。
●○○●○○；●●○○；○●○▲

无据。乍出暖烟来，又趁游蜂去。
○▲　●●●○○；●●○○▲

恣狂踪迹，两两相呼。终朝雾吟风舞。
●○○●；●●○○；○○●○○▲

当上苑柳浓时，别馆花深处。
○●●●○○；●●○○▲

此际海燕偏饶，都把韶光与。
●⊙⊙●○○；⊙●○○▲

（上阕第六句及下阕第七句例用一字领。无名氏词，偶有平仄相异，未予参校。）

170. 黄锺乐　　(一体)

双调六十四字，上下阕各五句，三平韵

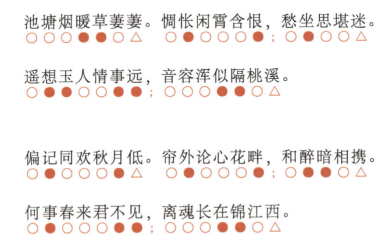

魏承班

池塘烟暖草萋萋。惆怅闲宵含恨，愁坐思堪迷。
○○○●●○△　○●○○○●；○●○○△

遥想玉人情事远，音容浑似隔桃溪。
○●●○○●●；○○○●●○△

偏记同欢秋月低。帘外论心花畔，和醉暗相携。
○●○○○●△　○●○○○●；○●●○△

何事春来君不见，离魂长在锦江西。
○●○○○●●；○○○●●○△

（上下阕句式似同。）

171. 蕙清风　　　（一体）

双调七十字，上下阕各七句，四仄韵

贺　铸

何许最悲秋，凄风残照。临水复登山，莞然西笑。
○●●○○；○○○▲　○●●○○；○○○▲

车马几番尘，自古长安道。问谁是、后来年少。
○●●○○；●●○○▲　●○●、●○○▲

飞集两悠悠，江滨海岛。乘雁与又凫，强分多少。
○●●○○；○○●▲　○●●●○；○○○▲

传语酒家胡，岁晚从吾好。待做个、醉乡遗老。
○●●○○；●●○○▲　●●●、●○○▲

（上下阕句式似同。）

172. 蕙香囊　　(一体)

双调五十六字，上下阕各五句，两仄韵

欧阳修

身作琵琶，调全宫羽，佳人自然用意。
○●○○；●○○●；○○●○●▲

宝檀槽在雪胸前，倚香脐、横枕琼臂。
●○○●●○○；●○○、○●○▲

组带金钩，背垂红绶，纤指转弦韵细。
●●○○；●○○●；○●●○●▲

愿伊只恁拨梁州，且多时、得在怀里。
●○●●●○○；●○○、●●○▲

（上下阕句式似同。）

173. 击梧桐　　(二体)

（一）双调一百八字，上阕十句四仄韵，下阕九句四仄韵

柳　永

香靥深深，姿姿媚媚，雅格奇容天与。
⊙●○○；○○●●；●●○○○▲

自识伊来，便好看承，会得妖娆心素。
●●○○；●●○○；●●○○○▲

临歧再约同欢，定是都把平生相许。
○○●●○○；●●○●○○○▲

又恐恩情易破难成，不免千般思虑。
●●○○●●○○；●●○○○▲

近日书来，寒暄而已，苦没切切言语。
●●○○；○○○●；●●○○○▲

便认得、听人教当，拟把前言轻负。
●●●、○○●●；⊙●○○○▲

见说兰台宋玉，多才多艺善词赋。
●●○○●●；○○⊙●●○▲

试与问、朝朝暮暮。行云何处去。
●⊙●、○○●●；⊙○○●▲

（上阕第八、第九句用二字领。）

（二）双调一百十字，上阕十句五仄韵，下阕十句四仄韵

李　甲

杳杳春江阔。收细雨、风躄波声无歇。
⊙●○○▲　○●●、○●○○○▲

雁去汀洲暖，岸芜静，翠染遥山一抹。
●●○○●；●○●、●●○○●▲

群鸥聚散，征航来去，隔水相望楚越。
○○●●；○○⊙●；⊙●○○●▲

对此凝情久，念往岁上国，嬉游时节。
●●○○●；●●●●●；○○○▲

斗草园林，卖花巷陌，触处风光奇绝。
⊙●○○；⊙○●●；●●○○○▲

正恁浓欢里，悄不意、顿有天涯离别。
●●○○●；●●●、●●○○○▲

看那梅生翠实，柳飘狂絮，没个人共折。
○●○○⊙●；●○○●；●●○●▲

把而今、愁烦滋味，教向谁说。
●○○、○○○●；○●○▲

（上阕倒数第二句用一字领。）

击梧桐 （宋词）

无名氏

雪叶红凋，烟林翠减，独有寒梅难并。瑞雪香肌，碎玉奇姿，迥得佳人风韵。清标暗折芳心，又是轻泄江南春信。最好山前水畔幽闲，自前横斜疏影。　　尽日凭阑，寻思无语，可惜飘琼飞粉。但怅望、王孙未赏，空使清香成阵。怎得移根帝苑，开时不许众芳近。免教向、深岩暗谷，结成千万恨。

击梧桐 （宋词）

李　珏

别西湖社友

枫叶浓於染。秋正老、江上征衫寒浅。又是秦鸿过，霁烟外，写出离愁几点。年来岁去，朝生暮落，人似吴潮展转。怕听阳关曲，奈短笛唤起，天涯清远。　　双屐行春，扁舟啸晚。忆昔鸥湖莺苑。鹤帐梅花屋，霜月後、记把山扉牢掩。惆怅明朝何处，故人相望，但碧云半敛。定苏堤、重来时候，芳草如剪。

174. 集贤宾　（二体）

（一）双调五十九字，上阕四句三平韵，下阕七句三平韵

毛文锡

香鞯镂襜五花骢。值春景初融。
○○●●●○△　●○●○△

流珠喷沫躞蹀，汗血流红。
○○○●●●；●●○△

少年公子能乘驭，金镳玉辔珑璁。
●○○●○○●；○○●●○△

为惜珊瑚鞭不下，骄生百步千踪。
●●○○○●●；○○●●○△

信穿花，从拂柳，向九陌追风。
●○○；○●●；●●●○△

（结用一字领。）

（二）双调一百十七字，上阕十句五平韵，下阕十句六平韵

柳　永

小楼深巷狂游遍，罗绮成丛。
●○○●○○●；○●○△

就中堪人属意，最是虫虫。
●○○○●●；●●○△

有画难描雅态，无花可比芳容。
●●○○●●；○○●●○△

几回饮散良宵永，鸳衾暖、凤枕香浓。
●○●●○○●；○○●、●●○△

算得人间天上，惟有两心同。
●●○○○●；○●●○△

近来云雨忽西东。诮恼损情悰。
●○○●●○△　●●●○△

纵然偷期暗会，长是匆匆。
●○○○●●；○●○△

争似和鸣偕老，免教敛翠啼红。
○●○○○●；●○●●○△

眼前时、暂疏欢宴，盟言在、更莫忡忡。
●○○、●○○●；○○●、●●○△

待作真个宅院，方信有初终。
●●○●●●；○●●○△

（毛文锡体重复一遍，得此体。上阕第二、第五句减一字，第八句增一字。下阕第五句减一字，第八句增一字。平仄、句读略异。）

175. 祭天神　　　（二体）

（一）双调八十四字，上阕七句五仄韵，下阕八句三仄韵

柳　永

叹笑筵歌席轻抛亸。背孤城、几舍烟村停画舸。
●●○○●○○▲　●○○、●●○○○●▲

更深钓叟归来，数点残灯火。
○○●●○○；●●○○▲

被连绵宿酒醺醺，愁无那。寂寞拥、重衾卧。
●○○●●○○；○○▲　●●●、○○▲

又闻得、行客扁舟过。
●○●、○●○○▲

篷窗近，兰棹急，好梦还惊破。
○○●；○●●；●●○○▲

念平生、单栖踪迹，多感情怀，
●○○、○○○●；○●○○；

到此厌厌，向晓披衣坐。
●●○○；●●○○▲

（起句、上阕第五句用一字领。）

（二）双调八十六字，上阕七句四仄韵，下阕八句三仄韵

柳　永

忆绣衾相向轻轻语。

●●○○●○○▲

屏山掩、红蜡长明，金兽盛熏兰炷。

○○●、○●○○；○●●○○▲

何期到此，酒态花情顿辜负。

○○●●；●●○○●○▲

愁肠断、还是黄昏，那更满庭风雨。

○○●、○●○○；●●●○○▲

听空阶和漏，碎声鬥滴愁眉聚。

●○○○●；●○●●○○▲

算伊还共谁人，争知此冤苦。

●○○●○○；○○●○▲

念千里烟波，迢迢前约，旧欢慵省，一向无心绪。

●○●○○；○○○●；●○○●；●●○○▲

（两起及下阕第五句用一字领。）

176. 夹竹桃花　　（一体）

双调一百二字，上阕十句四仄韵，下阕八句六仄韵

曹　勋

绛彩娇春，苍筠静锁，掩映夭姿凝露。
●●○○；○○●●；●●○○○▲

花腮藏翠，高节穿花遮护。
○○○●；○●○○○▲

重重蕊叶相怜，似青帔艳妆神仙侣。
○○●●○○；●○○●○○○▲

正武陵溪暗，淇园晓色，宜望中烟雨。
●●○○●；○○●●；○●○○▲

向暖景、谁见斜枝处。喜上苑、韶华渐布。
●●●、○●○○▲　●●●、○○●▲

又似瑞霞低拥，却恐随风飞去。
●●●○○●；●●○○○▲

要留最妍丽，须且闲凭佳句。
●○●○●；○●○○○▲

更秀容分付。徐熙素屏画图取。
●●○○▲　○○●○●○▲

（上阕第七、第八句及上结，下阕倒数第二句，用一字领。）

177. 佳人醉　　（一体）

双调七十一字，上阕七句五仄韵，下阕八句六仄韵

柳　永

暮景萧萧雨霁。云淡天高风细。
●●○○●▲　○●○○○▲

正月华如水。金波银汉，潋滟无际。
●●○○▲　○○○●；●●○▲

冷浸书帷梦断，却披衣重起。
●●○○●●；●○○○▲

临轩砌。素光遥指。
○○▲　●○○▲

因念翠蛾，杳隔音尘何处，相望同千里。
○●●○；●●○○○●；○●○○▲

尽凝睇。厌厌无寐。渐晓雕阑独倚。
●○▲　○○○▲　●●○○●▲

（上阕第三句及上结用一字领。）

178. 家山好 (一体)

双调五十七字，上阕七句四平韵，下阕五句三平韵

刘 述

挂冠归去旧烟萝。闲身健，养天和。
●○○●●○△ ○○●；●○△

功名富贵非由我，莫贪他。这歧路，足风波。
○○●●○○●；●○△ ●○●；●○△

水晶宫里家山好，物外胜游多。
●○○●○○●；●●●○△

晴溪短棹，时时醉唱里棱罗。天公奈我何。
○○●●；○○●●●○△ ○○●●△

179. 翦牡丹　　(二体)

（一）双调一百一字，上阕十句四仄韵，下阕十句七仄韵

张　先

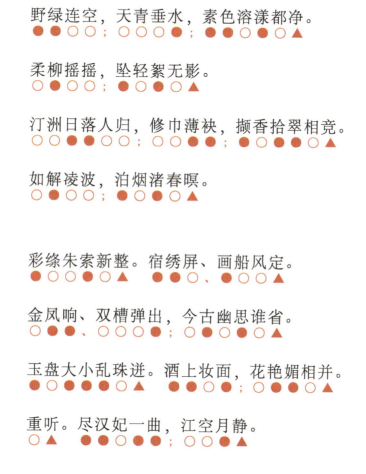

野绿连空，天青垂水，素色溶漾都净。
●●○○；○○○●；●●○●○▲

柔柳摇摇，坠轻絮无影。
○●○○；●○●○▲

汀洲日落人归，修巾薄袂，撷香拾翠相竞。
○○●●○○；○○●●；●○●●○▲

如解凌波，泊烟渚春暝。
○●○○；●○●○▲

彩绦朱索新整。宿绣屏、画船风定。
●○○●○▲　●●○、●○○▲

金凤响、双槽弹出，今古幽思谁省。
○●●、○○○●；○●○●○▲

玉盘大小乱珠迸。酒上妆面，花艳媚相并。
●○●●●○▲　●●○●；○●●○▲

重听。尽汉妃一曲，江空月静。
○▲　●●○●●；○○●▲

（上阕第五句及上结，下阕倒数第二句用一字领。）

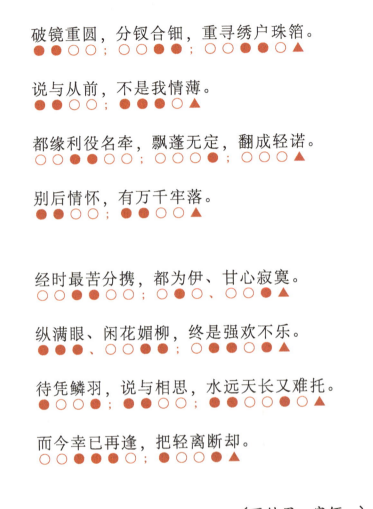

（二）双调九十八字，上阕十句四仄韵，下阕九句四仄韵

李致远

破镜重圆，分钗合钿，重寻绣户珠箔。
●●○○；○○●●；○○●●○▲

说与从前，不是我情薄。
●●○○；●●●○▲

都缘利役名牵，飘蓬无定，翻成轻诺。
○○●●○○；○○○●；○○○▲

别后情怀，有万千牢落。
●●○○；●●○○▲

经时最苦分携，都为伊、甘心寂寞。
○○●●○○；○●○、○○●▲

纵满眼、闲花媚柳，终是强欢不乐。
●●●、○○●●；○●●○●▲

待凭鳞羽，说与相思，水远天长又难托。
●○○●；●●○○；●●○○●○▲

而今幸已再逢，把轻离断却。
○○●●●○；●○○●▲

（两结用一字领。）

180. 剑器近　　（一体）

双调九十六字，上阕八句八仄韵，下阕十二句七仄韵

袁去华

夜来雨。赖倩得、东风吹住。
●○▲　●●●、○○○▲

海棠正妖饶处。且留取。悄庭户。
●○●○○▲　●○▲　●○▲

试细听、莺啼燕语。分明共人愁绪。怕春去。
●●●、○○●▲　○○●○○▲　●○▲

佳树。翠阴初转午。
○▲　●○○●▲

重帘未卷，乍睡起，寂寞看风絮。
○○●●；●●●；●●○○▲

偷弹清泪寄烟波，见江头故人，为言憔悴如许。
○○○●●○○；●○○●○；●○○●○▲

彩笺无数。去却寒暄，到了浑无定据。断肠落日千山暮。
●○○▲　●●○○；●●○○●▲　●○●●○○▲

（下阕第七句用一字领。）

181. 江城子慢　　（一体）

双调一百九字，上阕九句七仄韵，下阕九句六仄韵

吕渭老

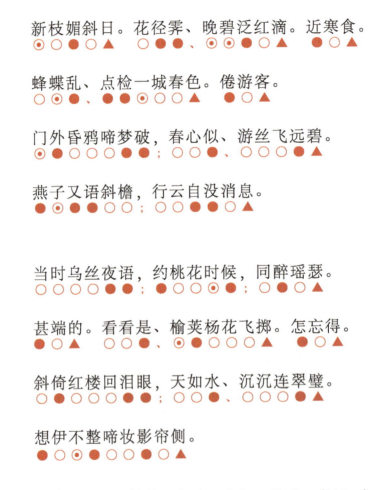

新枝媚斜日。花径霁、晚碧泛红滴。近寒食。
⊙○●○▲　○●●、⊙⊙●○▲　●○▲

蜂蝶乱、点检一城春色。倦游客。
○⊙●、●●⊙○○▲　●○▲

门外昏鸦啼梦破，春心似、游丝飞远碧。
⊙●○○○●●；○○●、○○○●▲

燕子又语斜檐，行云自没消息。
●⊙●●○○；○○●●○▲

当时乌丝夜语，约桃花时候，同醉瑶瑟。
○○○○●●；●○○⊙●；○●○▲

甚端的。看看是、榆荚杨花飞掷。怎忘得。
●○▲　○○●、⊙●○○○▲　●○▲

斜倚红楼回泪眼，天如水、沉沉连翠璧。
○●○○○●●；○○●、○○○●▲

想伊不整啼妆影帘侧。
●○⊙●○○●○▲

（田为词下结多一字。下阕第二句用一字领，结用二字领。）

182. 江楼令　　（一体）

双调五十二字，上下阕各四句，四仄韵

吴则礼

晚眺

凭栏试觅红楼句，听考考、城头暮鼓。
○○●●○○▲　○●●、○○●▲

数骑翩翩度孤戍。尽雕弓白羽。
●●○○●○▲　●○○●▲

平生正被儒冠误。待闲看、将军射虎。
○○●●○○▲　●○●、●○●▲

朱槛潇潇过微雨。送斜阳西去。
○●○○●○▲　●○○○▲

（上下阕句式似同。两结用一字领。）

183. 江南春　　（一体）

双调一百九字，上阕十句五仄韵，下阕十一句六仄韵

吴文英

风响牙签，云寒古砚，芳铭犹在棠笏。
○●○○；○○●●；○○○●○▲

秋床听雨，妙谢庭、春草吟笔。
○○●●；●●○、○●○▲

城市喧鸣辙。清溪上、小山秀洁。
○●○○▲　○○●、●○●▲

便向此、搜松访石，葺屋营花，红尘远避风月。
●●●、○○●●；●●○○；○○●●○▲

瞿塘路，随汉节。记羽扇纶巾，气凌诸葛。
○○●；○●▲　●●●○○；●○○▲

青天万里，料漫忆、莼丝鲈雪。
○○●●；●●●、○○○▲

车马从休歇。荣华事、醉歌耳热。
○●○○▲　○○●、●○●▲

天与此翁，芳芷嘉名，纫兰佩兮琼玦。
○●●○；○●○○；○○●○○▲

184. 江南弄　　　（一体）

双调五十六字，上阕五句三仄韵两平韵，下阕五句一平韵一叠韵两仄韵

周　巽

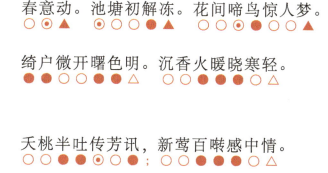

春意动。池塘初解冻。花间啼鸟惊人梦。
○⊙▲　⊙○○●▲　○○⊙●○○▲

绮户微开曙色明。沉香火暖晓寒轻。
●●○○●●△　○○●●●○△

天桃半吐传芳讯，新莺百啭感中情。
○○●●⊙○●；○○●●●○△

感中情。怜淑景。思君望断青鸾影。
●⊙△　○⊙◆　○○●●○○▲

（周巽江南弄共一组四首，分写四季，句式皆同，四首平仄皆异。下阕第三句重复前句之末三字。）

双调五十六字，上阕五句三仄韵两平韵，下阕五句一平韵一叠韵两仄韵

周　巽

秋声起，庭院收残暑。凉蝉抱叶鸣疏雨。
○⊙●；⊙●○○▲　○○⊙●○○▲

玉箫吹彻人倚楼。银汉迢迢度女牛。
●○○●○●△　⊙●○○●●△

梧桐落翠露华冷，络纬啼寒月影流。
○○●●⊙○●；●●○○●●△

月影流。秋无限。思君不见南飞雁。
●●△　○⊙◆　○○●●○○▲

（夏、冬两首不予细列。）

185. 角招　　　(一体)

双调一百七字，上阕十一句八仄韵，下阕十二句九仄韵

赵以夫

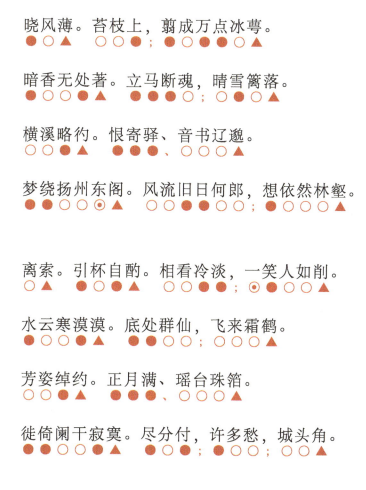

晓风薄。苔枝上，翦成万点冰萼。
●○▲　○○●；●○●●○▲

暗香无处著。立马断魂，晴雪篱落。
●○○●▲　●●●○；○●○▲

横溪略彴。恨寄驿、音书辽邈。
○○●▲　●●●、○○○▲

梦绕扬州东阁。风流旧日何郎，想依然林壑。
●●○○⊙▲　○○●●○○；●○○○▲

离索。引杯自酌。相看冷淡，一笑人如削。
○▲　●○●▲　○○●●；⊙●○○▲

水云寒漠漠。底处群仙，飞来霜鹤。
●○○●▲　●●○○；○○○▲

芳姿绰约。正月满、瑶台珠箔。
○○●▲　●●●、○○○▲

徒倚阑干寂寞。尽分付，许多愁，城头角。
●●○○●▲　●○●；●○○；○○▲

（上结用一字领。姜夔词上阕第二句多一字。）

186. 解红　　（一体）

单调二十七字，五句三平韵

和　凝

百戏罢，五音清。解红一曲新教成。
●●●；●○△　●○●●○●△

两个瑶池小仙子。此时夺却柘枝名。
●●○○●○●；●○●●●○△

（此与《赤枣子》、《捣练子》、《桂殿秋》字句同，而平仄有异。）

187. 解红慢　（二体）

（一）双调一百六十字，上阕十七句八仄韵、一叶韵，下阕十八句五仄韵、四叶韵

无名氏

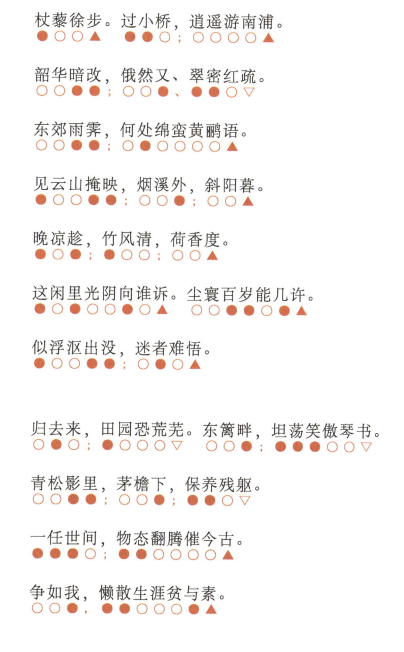

杖藜徐步。过小桥，逍遥游南浦。
●○○▲　●●○；○○○○▲

韶华暗改，俄然又、翠密红疏。
○○●●；○○●、●●○▽

东郊雨霁，何处绵蛮黄鹂语。
○○●●；○●○○○○▲

见云山掩映，烟溪外，斜阳暮。
●○○●●；○○●；○○▲

晚凉趁，竹风清，荷香度。
●○●；●○○；○○▲

这闲里光阴向谁诉。尘寰百岁能几许。
●○●○○●○▲　○○●●○●▲

似浮沤出没，迷者难悟。
●○○●●；○●○▲

归去来，田园恐荒芜。东篱畔，坦荡笑傲琴书。
○●○；●○○○▽　○○●；●●●○○▽

青松影里，茅檐下，保养残躯。
○○●●；○○●；●●○▽

一任世间，物态翻腾催今古。
●●●○；●●○○○○▲

争如我，懒散生涯贫与素。
○○●，●●○○○●▲

兴时歌，因时眠，狂时舞。
●○○；●○○；○○▲

把万事纷纷总不顾。从他人笑真愚鲁。
●●●○○●●▲　○○○●○○▲

伴清风皓月，幽隐蓬壶。
●○○●●；○●○▽

（上阕第八、第十四、第十六句，下阕第十五、第十七句，用一字领。）

（二）双调一百五十五字，上阕十三句十一仄韵，下阕十四句九仄韵

王　哲

冻云凝住。积琼瑶祥瑞唯同遇。
●○○▲　●○○○●○○▲

轻抛细舞。风刀剪、旋旋甫布。
○○●▲　○○●、○○●▲

顷刻遍铺。原野山川并溪渚。
○●●▲　○●○○●○▲

兼沟隰、长桥孤渡。皆一睹。
○○●、○○○▲　○●▲

对此景、暮江堪画处。见三两渔人笑相觑。
●●●、●○○●▲　●○●○○●○▲

披蓑荷笠歌声响，指酒旗招贴，投饮欢聚。
○○●●○○●；●●○○●；○●○▲

广锁缀、园林与樵路。更能迷、迴邈点点鸥鹭。
●●●、○○●○▲　●○○、●●●●○▲

鲜胜皓鹤，宜夺白鹇素。晚霁雾开，微显斜阳银霞著。
○●●●；○●●○▲　●●●○；○●○○○○▲

门迎照、浑如仙趣。罗玉户。
○○●、○○○▲　○●▲

自有个、祝融来吐。耀射虚外，昆仑列琏璐。
●●●、●○○▲　●●○●；○○●○▲

方当夜静清霄莹，放一轮明月，光彩交互。
○○●●○○●；●●○○●；○●○▲

（上阕第二、第十、第十二句，下阕第十三句，用一字领。王哲别首及无名氏道家词，不予校订。）

188. 解仙佩　　（一体）

双调五十三字，上阕四句三平韵一叶韵，下阕四句一平韵三叶韵

欧阳修

有个人人牵系。泪成痕、滴尽罗衣。
●●○○○▼　●○○、●●○△

问海约山盟何时。镇教人、目断魂飞。
●●●○○○△　●○○、●●○△

梦里似偎人睡。肌肤依旧骨香腻。
●●●○○▼　○○○●●○▼

觉来但堆鸳被。想忡忡、那里争知。
●○●○○▼　●○○、●●○△

（上阕第三句用一字领。）

189. 金错刀　　（二体）

（一）双调五十四字，上下阕各五句，三平韵、一叶韵

冯延巳

日融融，草芊芊。黄莺求友啼林前。
●○○；●○△　○○○●⊙○△

柳条袅袅拕金线。花蕊茸茸簇锦毡。
⊙○●●○○▼　○●○○●●△

鸠逐妇，燕穿帘。狂蜂浪蝶相翩翩。
○●●；●○△　○○⊙●⊙○△

春光堪赏还堪玩。恼煞东风误少年。
⊙○⊙●○○▼　⊙●○○●●△

（上下阕第四句可不用叶韵。冯延巳别首，起句为：○●●。）

（二）双调五十四字，上下阕各五句三仄韵、一叠韵

叶　李

余归路。君来路。天理昭昭胡不悟。
○○▲　○○▲　○●○○○●▲

公田关子竟何如，子细思量真自误。
○○○●●○○；●●○○○●▲

雷州户。崖州户。人生会有相逢处。
○○▲　○○▲　○○●●○○▲

客中邂逅乏蒸羊，聊增一篇长短句。
●○●●●○○；○○●○○●▲

190. 金凤钩　　　(一体)

双调五十五字，上阕五句三仄韵，下阕五句四仄韵

晁补之

春辞我向何处。怪草草、夜来风雨。
⊙○⊙●○▲　●●●、●○○▲

一簪华髮，少欢饶恨，无计殢春且住。
⊙○○●；●○○●；⊙●●○⊙▲

春回常恨寻无路。试向我、小园徐步。
⊙○⊙●○○▲　●●●、●○○▲

一阑红药，倚风含露。春自未曾归去。
●○○●；●○○▲　○●●○○▲

（上下阕第三句可用韵。晁补之别首，上阕第三、第四句合并少一字组为七字句，不予参校。）

金凤钩（宋词）

贺　铸

江南又叹流寓。指芳物、伴人迟暮。揽晴风絮。弄寒烟雨。春去更无寻处。　　石城楼观青霞举。想艇子、寄谁容与。断云荆渚。限潮溢浦。不见莫愁归路。

191. 金浮图　(一体)

双调九十六字，上下阕各十句，七仄韵

尹　鹗

繁华地。王孙富贵。玳瑁筵开，下朝无事。
○○▲　○○●▲　●●○○；●○○▲

压红茵、凤舞黄金翅。立玉纤腰，一片揭天歌吹。
●○○、●●○○▲　●●○○；●●●○○▲

满目绮罗珠翠。和风淡荡，偷散沈檀气。
●●●○○▲　○○●●；○●○○▲

堪判醉。韶光正媚。折尽牡丹，艳迷人意。
○○▲　○○●▲　●●●○；●○○▲

纵金张许史应难比。贪恋欢娱，不觉金乌西坠。
●○○●●○○▲　○●○○；●●○○○▲

还惜会难别易。金船更劝，勒住花骢辔。
○●●○●▲　○○●●；●●○○▲

192. 金莲绕凤楼　　（一体）

双调五十五字，上下阕各四句，四仄韵

赵　佶

绛烛朱笼相随映。驰绣毂、尘清香衬。
●●○○○○▲　○●●、○○○▲

万金光射龙轩莹。绕端门、瑞雷轻振。
●○○●○○▲　●○○、●○○▲

元宵为开圣景。严敷坐、观灯锡庆。
○○●○●▲　○●●、○○●▲

帝家华英乘春兴。搴珠帘、望尧瞻舜。
●○○○○○▲　○○○、●○○▲

193. 金陵　　（一体）

双调五十字，上阕四句四平韵，下阕四句三平韵

韩　偓

风雨潇潇。石头城下木兰桡。
○●○△　●○○●●○△

烟月迢迢。金陵渡口去来潮。
○●○△　○○●●●○△

自古风流皆暗销。才魄妖魂谁与招。
●●○○○●△　○●○○○●△

彩笺丽句今已矣，罗袜金莲何寂寥。
●○●●○●●；○●○○○●△

194. 金明池　　（一体）

双调一百二十字，上阕十句四仄韵，下阕十一句五仄韵

秦　观

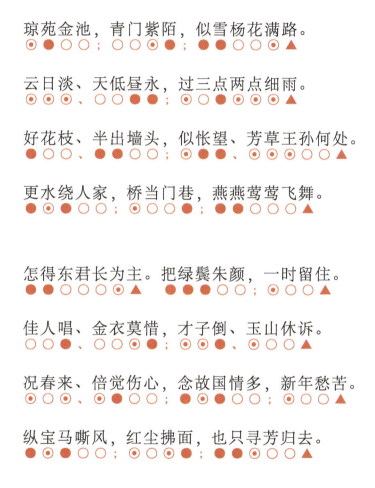

琼苑金池，青门紫陌，似雪杨花满路。
⊙●○○；○○⊙●；●●○○⊙▲

云日淡、天低昼永，过三点两点细雨。
⊙⊙⊙、○○●●；⊙○●⊙⊙⊙▲

好花枝、半出墙头，似怅望、芳草王孙何处。
●○○、●●○○；⊙●●、⊙⊙⊙○○▲

更水绕人家，桥当门巷，燕燕莺莺飞舞。
●⊙●○○；⊙○○●；●●○○○▲

怎得东君长为主。把绿鬓朱颜，一时留住。
●●○○○⊙▲　●●●○○；⊙○○▲

佳人唱、金衣莫惜，才子倒、玉山休诉。
○○●、○○⊙●；⊙⊙●、⊙○○▲

况春来、倍觉伤心，念故国情多，新年愁苦。
⊙○⊙、⊙●○○；●⊙●○○；⊙○○▲

纵宝马嘶风，红尘拂面，也只寻芳归去。
●⊙●○○；⊙○⊙●；●●⊙○○▲

（上阕第五、第八句，下阕第二、第七、第九句，用一字领。上阕第五句亦有读作三、四。李弥逊词下结多一字，不予参校。）

195. 金钱子　　(一体)

双调七十六字，上下阕各七句，四仄韵

无名氏

昨夜金风，黄叶乱飘阶下。听窗前、芭蕉雨打。
●●○○；○●●○○▲　●○○、○○●▲

触□处池塘，睹风荷凋谢。
●○●○○；●○○○▲

景色凄凉，总闲却、舞台歌榭。
●●○○；●○●、●○○▲

独倚阑干，惟有木犀幽雅。吐清香、胜如兰麝。
●●○○；○●●○○▲　●○○、●○○▲

似金垒妆成，想丹青难画。
●○●○○；●○○○▲

纤手折来，胆瓶中、一枝潇洒。
○●●○；●○○、●○○▲

（此谱上下阕几无差异，上阕第四句“触处池塘”，疑脱落一字。上下阕句式似同。上下阕第四、第五句用一字领。）

196. 金童捧露盘　　（一体）

双调一百三十七字，上阕十五句七仄韵，下阕十四句七仄韵

晁端礼

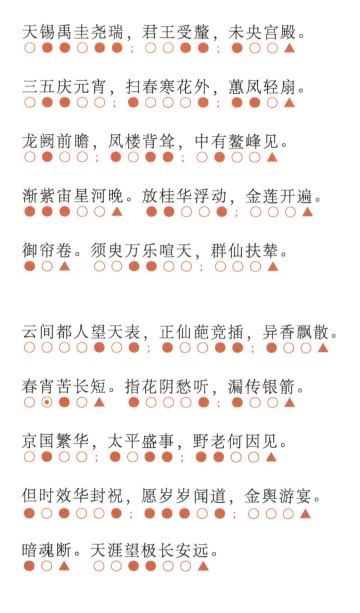

天锡禹圭尧瑞，君王受釐，未央宫殿。
○●●○●●；○○●●；●○○▲

三五庆元宵，扫春寒花外，蕙风轻扇。
○●●○○；●○○○●；●●○▲

龙阙前瞻，凤楼背耸，中有鳌峰见。
○●○○；●○●●；○●○○▲

渐紫宙星河晚。放桂华浮动，金莲开遍。
●●●○○▲　●●○○●；○○○▲

御帘卷。须臾万乐喧天，群仙扶辇。
●○▲　○○●●○○；○○○▲

云间都人望天表，正仙葩竞插，异香飘散。
○○○○●○●；●○○●●；●○○▲

春宵苦长短。指花阴愁听，漏传银箭。
○◉●○▲　●○○○●；●○○▲

京国繁华，太平盛事，野老何因见。
○●○○；●○●●；●●○○▲

但时效华封祝，愿岁岁闻道，金舆游宴。
●○●○○●；●●●○●；○○○▲

暗魂断。天涯望极长安远。
●○▲　○○●●○○▲

（下阕校于上阕，起两句、结句各多一字，而下结少一四字句。上阕第五、第十一句，下阕第二、第五、第十一句用一字领。姬翼词上阕起三句重组，第十句添一字，下阕第四句不用韵。姬翼别首上结似有脱漏。王志谨词多处句读有异。皆金元道家词也，不予参校。）

197. 金盏倒垂莲　　(一体)

双调九十二字，上下阕各九句，四平韵

晁补之

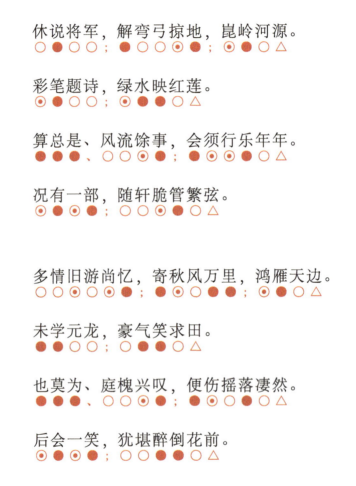

休说将军，解弯弓掠地，崑岭河源。
○●○○；●○○⊙●；⊙●○△

彩笔题诗，绿水映红莲。
⊙●○○；⊙●●○△

算总是、风流馀事，会须行乐年年。
●●●、○○⊙●；●⊙⊙●○△

况有一部，随轩脆管繁弦。
⊙●⊙●；○○⊙●○△

多情旧游尚忆，寄秋风万里，鸿雁天边。
○○⊙○⊙●；●⊙○●●；⊙●○△

未学元龙，豪气笑求田。
●●○○；○●●○△

也莫为、庭槐兴叹，便伤摇落凄然。
●●●、○○⊙●；●⊙○●○△

后会一笑，犹堪醉倒花前。
⊙●⊙●；○○●●○△

（除起句外，上下阕句式似同。上下阕第二句用一字领。晁端礼词两结为六字、四字各一句。曹勋词上下阕第六、第七句重组为六字、七字各一句。无名氏词类曹勋词，唯上阕第六句多一字，不予校订。）

金盏倒垂莲 （宋词）

晁端礼

流水漂花，记同寻阆苑，曾宴桃源。痛饮狂歌，金盏倒垂莲。未省负、佳时良夜，烂游风月三年。别后空抱瑶琴，谁听朱弦。　　风流少年儒将，有威名震虏，谈笑安边。寄我新诗，何事赋归田。想歌酒、情怀如旧，后房应也依然。此外莫问升沈，且鬥樽前。

198. 金盏子令　（一体）

双调四十七字，上下阕各五句，两平韵

无名氏

东风报暖，到头嘉气渐融怡。
○○●●；●○○●●○△

巍峨凤阙，起鳌山万仞，争耸云涯。
○○●●；○○○●●；○●○△

梨园弟子，齐奏新曲，半是埙篪。
○○●●；○●○●；●●○△

见满筵、簪绅醉饱，颂鹿鸣诗。
●●○、○○●●；●●○△

（上阕第四句及下结用一字领。）

199. 锦瑟清商引　　（一体）

双调一百九字，上下阕各十句，五平韵

汪元量

玉窗夜静月流光。提鸳弦、先奏清商。
●○●●●○△　○○○、○●○△

天外塞鸿飞，呼群夜渡潇湘。
○●●○○；○○●●○△

风回处、戛玉铿金，翩翻作新势，声声字字，历历锵锵。
○○●、●●○○；○○●○●；○○●●；●●○△

忽低颦有恨，此意极凄凉。
●○○●●；●●●○△

炉香帘栊正清洒，转调促柱成行。
○○○●●○●；●●●●○△

机籁杂然鸣，素手击碎琳琅。翠云深、梦里昭阳。
○●●○○；●●●●○△　●○○、●●○△

此心长回顾，穷阴绝漠，片影悠扬。
●○○○●；○○●●；●●○△

那昭君更苦，香泪湿红裳。
●○○●●；○●●○△

（除第二句外，上下阕句式似同。）

200. 锦香囊　　（一体）

双调五十二字，上下阕各四句，三仄韵

欧阳修

一寸相思无著处。甚夜长难度。
●●○○○●▲　●●○○▲

灯花前、几转寒更，桐叶上、数声秋雨。
○○○、●●○○；○●●、●○○▲

真个此心终难负。况少年情绪。
○●●○○○▲　●●○○▲

已交共、春茧缠绵，终不学、钿筝移柱。
●○●、○●○○；○●●、●○○▲

（上下阕句式似同。上下阕第二句用一字领。）

201. 锦园春　（二体）

（一）双调四十五字，上下阕各五句，三仄韵

张孝祥

醉痕潮玉。爱柔英未吐，露华如簇。
●○○▲　●○○●●；●○○▲

绝艳矜春，分流芳金谷。
⊙●○○；○○○○▲

风梳雨沐。耿空抱、夜阑清淑。
○○●▲　●○●、●○○▲

杜老情疏，黄州赋冷，谁怜幽独。
●●○○；○○●●；○○○▲

（上阕第二句、结句用一字领。）

（二）双调九十二字，上下阕各十句，六仄韵

卢祖皋

昼长人倦。正凋红涨绿，懒莺忙燕。
●○○▲　●○○●●；●○○▲

丝雨濛晴，放珠帘高卷。神仙笑宴。
⊙●○○；●○○○▲　○○●▲

半醒醉、彩鸾飞遍。碧玉阑干，青油幢幕，沉香庭院。
●○●、●○○▲　⊙●○○；⊙○●●；⊙○○▲

洛阳图画旧见。向天香深处，犹认娇面。
⊙○⊙⊙●▲　●○○●●；⊙⊙○▲

雾縠霞绡，闻绮罗裁翦。情高意远。
⊙●○○；○⊙○○▲　○○●▲

怕容易、晓风吹散。一笑何妨，银台换蜡，铜壶催箭。
●○●、●○○▲　⊙●○○；○○●●；⊙○○▲

（四十五字体重复一阕可得，唯下起添两字。上下阕第二、第五句用一字领。刘过词下起更多一字。）

202. 菊花新　　（一体）

双调五十二字，上下阕各四句，三仄韵

张　先

堕髻慵妆来日暮。家在画桥堤下住。
●●○○○●▲　⊙●⊙○⊙⊙▲

衣缓绛绡垂，琼树袅、一枝红雾。
○●●○○；○⊙●、⊙⊙○▲

院深池静娇相妒。粉墙低、乐声时度。
⊙○⊙●○⊙▲　⊙⊙○、⊙○○▲

长恐舞筵空，轻化作、彩云飞去。
⊙⊙●○○；⊙⊙⊙、●⊙○▲

（上阕第三句可用韵。杜安世别首，下起第四字平声，不予参校。）

203. 锯解令　　（一体）

双调五十二字，上阕四句两仄韵，下阕四句三仄韵

杨无咎

送人归后酒醒时，睡不稳、衾翻翠缕。
●○○●●○○；●●●、○○●▲

应将别泪洒西风，尽化作、断肠夜雨。
○○●●●○○；●●●、●○●▲

卸帆浦溆。一种凄惶两处。
●○●▲　●●○○●▲

寻思却是我无情，便不解、寄将梦去。
○○●●●○○；●●●、●○●▲

204. 冒马索　　（一体）

双调一百九字，上阕九句四仄韵，下阕十一句五仄韵

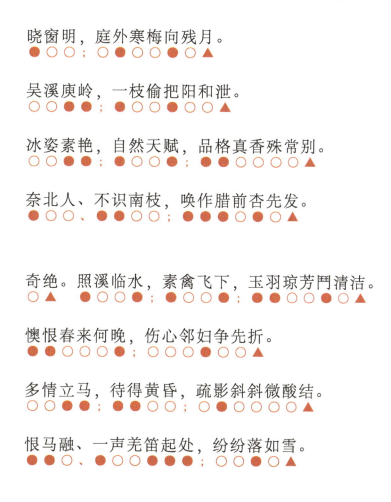

无名氏

晓窗明，庭外寒梅向残月。
●○○；○●○○●○▲

吴溪庾岭，一枝偷把阳和泄。
○○●●；●○○●○○▲

冰姿素艳，自然天赋，品格真香殊常别。
○○●●；●○○●；●●○○○○▲

奈北人、不识南枝，唤作腊前杏先发。
●○○、●●○○；●●●○●○▲

奇绝。照溪临水，素禽飞下，玉羽琼芳鬥清洁。
○▲　●○○●；●○○●；●●○○●○▲

懊恨春来何晚，伤心邻妇争先折。
●●○○○●；○○○●○○▲

多情立马，待得黄昏，疏影斜斜微酸结。
○○●●；●●○○；○●○○○○▲

恨马融、一声羌笛起处，纷纷落如雪。
●●○、●○○●●●；○○●○▲

205. 看花回　　（一体）

双调六十八字，上下阕各六句，四平韵

柳　永

屈指劳生百岁期。荣瘁相随。
●●○○●●△　○●○△

利牵名惹逡巡过，奈两轮、玉走金飞。
●○○●○○●；●●○、●●○△

红颜成白发，极品何为。
⊙○○●●；⊙●○△

尘事常多雅会稀。忍不开眉。
⊙●○○●●△　●●○△

画堂歌管深深处，难忘酒盏花枝。
●○○●○○●；○○●●⊙△

醉乡风景好，携手同归。
●○○●●；○●○△

（柳永别首，下阕第四句多一字。）

206. 看花回慢　　（一体）

双调一百一字，上阕九句四仄韵，下阕十句五仄韵

黄庭坚

夜永兰堂醺饮，半倚颓玉。
●⊙○⊙○⊙；●⊙○▲

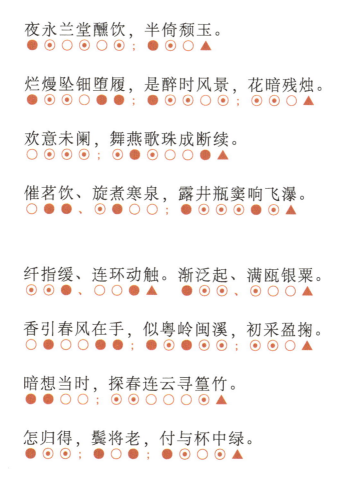

烂熳坠钿堕履，是醉时风景，花暗残烛。
●⊙⊙○●●；●⊙⊙○⊙；⊙⊙○▲

欢意未阑，舞燕歌珠成断续。
○⊙⊙⊙；⊙●⊙○○●▲

催茗饮、旋煮寒泉，露井瓶窦响飞瀑。
○●●、⊙●○○；●⊙⊙⊙●⊙▲

纤指缓、连环动触。渐泛起、满瓯银粟。
⊙⊙●、○○●▲　●⊙⊙、⊙○○▲

香引春风在手，似粤岭闽溪，初采盈掬。
○●○○●●；●⊙●⊙⊙；⊙⊙○▲

暗想当时，探春连云寻篁竹。
●●○○；⊙⊙○○○⊙▲

怎归得，鬓将老，付与杯中绿。
●⊙⊙；●○●；●⊙○⊙▲

（此调例用入声韵。下阕第六、第七句，亦可重组为六字、五字各一句。赵彦端词，起句皆多一字，其中一首结句亦多一字，不予参校。）

207. 酷相思 （一体）

双调六十六字，上下阕各五句，四仄韵、一叠韵

程　垓

月挂霜林寒欲坠。正门外、催人起。
●●○○○●▲　●○●、○○▲

奈离别、如今真个是。
●○●、○○○●▲

欲住也、留无计。欲去也、来无计。
●●●、○○▲　●●●、○○▲

马上离魂衣上泪。各自个、供憔悴。
●●○○○●▲　●●●、○○▲

问江路、梅花开也未。
●○●、○○○●▲

春到也、须频寄。人到也、须频寄。
○●●、○○▲　○●●、○○▲

（两结用叠韵。）

208. 快活年近拍　　（一体）

双调七十九字，上阕八句三仄韵，下阕九句四仄韵

万俟咏

千秋万岁君，五帝三王世。
○○●●○；●●○○▲

观风重令节，与民乐盛际。
○○●●●；●○●●▲

蕊阙长春，洞天不老，花艳蝉辉，十里照春珠翠。
●●○○；●○●●；○●○○；●●●○○▲

闹罗绮。遥望太极光，一簇通明里。
●○▲　○●●●○；●●○○▲

钧台奏寿曲，蓬山呈妙戏。
○○●●●；○○○●▲

天上人来，五云楼近，风送歌声，依约睿思圣制。
○●○○；●○○●；○●○○；○●●○●▲

（唯下起添一三字句，上下阕其余句式似同。）

209. 蜡梅香　　（二体）

（一）双调一百字，上阕十一句四仄韵，下阕十句四仄韵

喻　陟

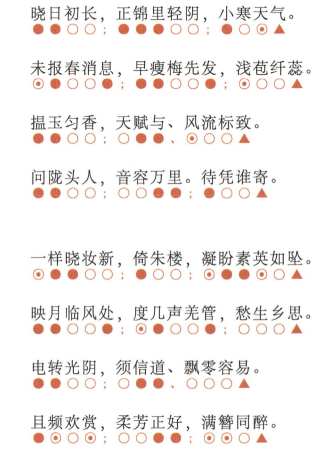

晓日初长，正锦里轻阴，小寒天气。
●●○○；●●●○○；●○⊙▲

未报春消息，早瘦梅先发，浅苞纤蕊。
⊙●○○●；●●○○●；⊙○○▲

揾玉匀香，天赋与、风流标致。
●●○○；○●●、⊙○○▲

问陇头人，音容万里。待凭谁寄。
●●○○；○○●●；●○○▲

一样晓妆新，倚朱楼，凝盼素英如坠。
⊙●●○○；●○○；⊙●●⊙○▲

映月临风处，度几声羌管，愁生乡思。
●●○○●；⊙●○○●；○○○▲

电转光阴，须信道、飘零容易。
●●○○；○●●、○○○▲

且频欢赏，柔芳正好，满簪同醉。
●⊙○⊙；○○●●；⊙⊙○▲

（上阕第二、第九句，下阕第五句，用一字领。下阕第二、第三句可重组为五字、三字各一句。吴师孟词，下阕第五、第六句似有脱漏、谬误。）

（二）双调一百字，上阕十一句五平韵，下阕十句六平韵

无名氏

爱日初长。正园林才见，万木凋黄。
●●○○；●○○○●；●●○△

槛外朝来，已见数枝，复欲掩映回廊。
●●○○，●●●○；●●●●○△

赐与东皇。付芳信、妆点江乡。
●●○△　●○●、○●○△

想玉楼中，谁家艳质，试学新妆。
●●○○；○○●●；●●○△

桃杏苦寻芳。纵成蹊，岂能似恁清香。
○●●○△　●○○；●○●●○△

素艳妖娆，应是尽夜，曾与明月添光。
●●○○；○●●●；○●○●○△

瑞雪浓霜。浑疑是、粉蝶轻狂。
●●○△　○○●、●●○△

待拚吟赏，休听画阁，横管悲伤。
●○○●；○○●●；○●○△

（此平韵体，除上下阕第四、第五、第六句重组为四字、四字、六字各一句外，余皆同仄韵体。）

210. 离别难　　(一体)

双调八十七字，上阕九句四平韵、四仄韵，下阕十句四平韵、六仄韵

薛昭蕴

宝马晓鞴雕鞍。罗帏乍别情难。
●●●●○△　○○●●○△

那堪春景媚。送君千万里。半妆珠翠落，露华寒。
●○○●▲　●○○●▲　●○○●●；●○△

红蜡烛。青丝曲。偏能勾引泪阑干。
○●◆　○○▲　○○○●●○△

良夜促。香尘绿。魂欲迷。檀眉半敛愁低。
○●▲　○○▲　○●◇　○○●●○△

未别心先咽。欲语情难说。出芳草、路东西。
●●○○◆　●●○○▲　●○●、●○△

摇袖立。春风急。樱花杨柳雨凄凄。
○●◆　○○▲　○○○●●○△

211. 离别难慢　　（一体）

双调一百十二字，上阕九句五平韵，下阕十句五平韵

柳　永

花谢水流倏忽，嗟年少光阴。
○●●○●●；○○●○△

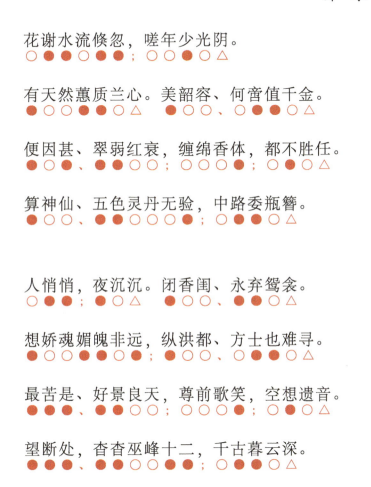

有天然蕙质兰心。美韶容、何啻值千金。
●○○●●○△　●○○、○●●○△

便因甚、翠弱红衰，缠绵香体，都不胜任。
●○●、●●○○；○○○●；○●○△

算神仙、五色灵丹无验，中路委瓶簪。
●○○、●●○○○●；○●●○△

人悄悄，夜沉沉。闭香闺、永弃鸳衾。
○●●；●○△　●○○、●●○△

想娇魂媚魄非远，纵洪都、方士也难寻。
●○○●●○●；●○○、○●●○△

最苦是、好景良天，尊前歌笑，空想遗音。
●●●、●●○○；○○○●；○●○△

望断处，杳杳巫峰十二，千古暮云深。
●●●、●●○○●●；○●●○△

（后七句句式似同。上阕第二、第三句，下阕第四句，用一字领。原名《离别难》，为别于薛昭蕴八十七字体，改今名。元词两首未予参校。）

212. 荔子丹 （一体）

双调五十三字，上下阕各四句，三平韵

无名氏

鬥巧宫妆扫翠眉。相唤折花枝。
●●○○●●△ ○●●○△

晓来深入艳芳里，红香散、露浥在罗衣。
●○○●●○●；○○●、●●●○△

盈盈巧笑咏新词。舞态画娇姿。
○○●●●○△ ●●●○△

袅娜文回迎宴处，簇神仙、会赴瑶池。
●●○○○●●；●○○、●●○△

（上结在字似赘，疑误录。应为“露浥罗衣”，如斯，两阕句式似同。）

213. 恋芳春慢　　（一体）

双调一百二字，上阕九句四平韵，下阕十句四平韵

万俟咏

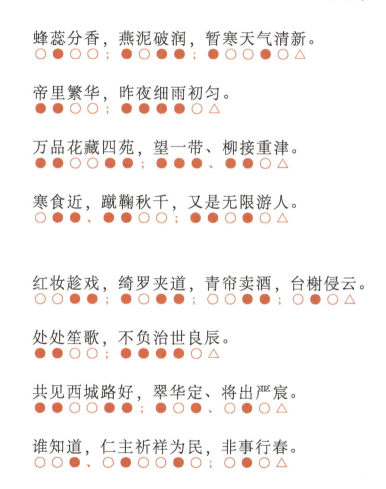

蜂蕊分香，燕泥破润，暂寒天气清新。

○●○○；●○●●；●○○●○△

帝里繁华，昨夜细雨初匀。

●●○○；●●●●○△

万品花藏四苑，望一带、柳接重津。

●●○○●●；●●●、●●○△

寒食近，蹴鞠秋千，又是无限游人。

○●●、●●○○；●●○●○△

红妆趁戏，绮罗夹道，青帘卖酒，台榭侵云。

○○●●；●○●●；○○●●；○●○△

处处笙歌，不负治世良辰。

●●○○；●●●●○△

共见西城路好，翠华定、将出严宸。

●●○○●●；●○●、○●○△

谁知道，仁主祈祥为民，非事行春。

○○●、○●○○●○；○●○△

214. 恋情深　　(一体)

双调四十二字，上阕四句两仄韵、两平韵，下阕四句三平韵

毛文锡

滴滴铜壶寒漏咽。醉红楼月。
●●○○○●▲　●○○▲

宴余香殿会鸳衾。荡春心。
⊙○⊙●●○△　●○△

真珠帘下晓光侵。莺语隔琼林。
⊙○○●●○△　⊙●●○△

宝帐欲开慵起，恋情深。
●●●○○●；●○△

（上阕第二句用一字领。）

215. 恋香衾　　（一体）

双调九十二字，上下阕各八句，四平韵

吕渭老

记得花阴同携手，指定日、许我同欢。
●●○○○○●；●●●、●●○△

唤做真成，耳热心安。
●●○○；●●○△

打叠从来不成器，待做个、平地神仙。
●●○○●○●；●●●、○●○△

又却不成些事，蓦地心残。
●●●○○●；●●○△

据我如今没投奔，见著你、泪早偷弹。
●●○○●○●；●●●、●●○△

对月临风，一味埋冤。
●●○○；●●○△

笑则人前不妨笑，行笑里、斗觉心烦。
●●○○●○●；○●●、●●○△

怎生分得烦恼，两处匀摊。
●○○●○●；●●○△

（上下阕句式似同。）

216. 临江仙慢 (一体)

双调九十三字，上阕十一句五平韵，下阕十一句六平韵

柳 永

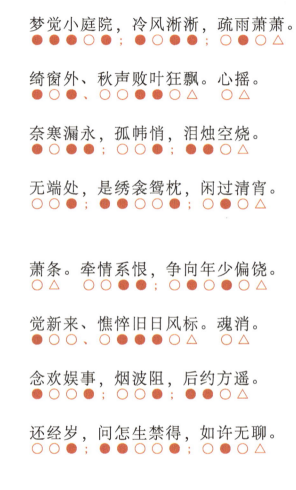

梦觉小庭院，冷风淅淅，疏雨萧萧。
●●●○●；●○●●；○●○△

绮窗外、秋声败叶狂飘。心摇。
●○●、○○●●○△ ○△

奈寒漏永，孤帏悄，泪烛空烧。
●○●●；○○●；●●○△

无端处，是绣衾鸳枕，闲过清宵。
○○●；●●○○●；○●○△

萧条。牵情系恨，争向年少偏饶。
○△ ○○●●；○●○●○△

觉新来、憔悴旧日风标。魂消。
●○○、○●●●○△ ○△

念欢娱事，烟波阻，后约方遥。
●○○●；○○●；●●○△

还经岁，问怎生禁得，如许无聊。
○○●；●●○○●；○●○△

（两阕后八句句式似同。上下阕第六、第十句用一字领。）

217. 临江仙引 （一体）

双调七十四字，上阕十句四平韵，下阕六句三平韵

柳 永

渡口向晚，乘瘦马，陟平冈。西郊又送秋光。
●●●●；○⊙●；●○△ ○○●●○△

对暮山横翠，衬残叶飘黄。
●●○○●；●○●○△

凭高念远，素景楚天，无处不凄凉。
⊙○⊙●；●⊙●⊙；○●●○△

香闺别来无信息，云愁雨恨难忘。
⊙⊙⊙○○●●；○○●●○△

指帝城归路，但烟水茫茫。
●●○○●；●○●○△

凝情望断泪眼，尽日独立斜阳。
○○●⊙●●；●⊙●●○△

（上阕第六、第七句及下阕第三、第四句用一字领。）

218. 玲珑玉　　（一体）

双调九十八字，上阕九句五平韵，下阕十句四平韵

姚云文

开岁春迟，早赢得、一白潇潇。
○●○○；●○●、●●○△

风窗淅簌，梦惊金帐春娇。
○○●●；●○○●○△

是处貂裘透暖，任尊前回舞，红倦柔腰。
●●○○●●；●○○○●；○●○△

今朝。亏陶家、茶鼎寂寥。
○△　○○○、○●●△

料得东皇戏剧，怕蛾儿街柳，先鬥元宵。
●●○○●●；●○○○●；○●○△

宇宙低迷，倩谁分、浅凸深凹。
●●○○；●○○、●●○△

休嗟空花无据，便真个、琼雕玉琢，总是虚飘。
○○○○○●；●○●、○○●●；●●○△

且沉醉，趁楼头、零片未消。
●○●；●○○、○●●△

（上阕第六句、下阕第二句用一字领。）

219. 留客住　　（二体）

（一）双调九十八字，上阕十句四仄韵，下阕十一句五仄韵

柳　永

偶登眺。凭小阑、艳阳时节，乍晴天气，是处闲花芳草。
⊙○▲　●⊙○、⊙○○●；●⊙○⊙；⊙●⊙○○▲

遥山万叠云散，涨海千里，潮平波浩渺。
○○●●○●；●●○●；○○○●▲

烟村院落，是谁家绿树，数声啼鸟。
○○●●；●○○●●；●○○▲

旋情悄。念远信沈沈，离魂杳杳。
●○▲　●●●○○；○○⊙▲

对景伤怀，度日无言谁表。
⊙●○○；●●○○○▲

惆怅旧欢何处，后约难凭，看看春又老。
⊙●⊙○⊙●；●●○○；○○○●▲

盈盈泪眼，望仙乡隐隐，断霞残照。
○○●●；●○○●●；●○○▲

（下阕唯第二、第三句较上阕第二句多两字且折为两句，其余句式皆同。上阕第九句，下阕第二、第十句，用一字领。）

（二）双调九十四字，上阕九句四仄韵，下阕十句五仄韵

周邦彦

嗟乌兔。正茫茫、相催无定，只恁东生西没，半均寒暑。
⊙○▲ ●⊙○、⊙○○●；●⊙○⊙⊙●；⊙○○▲

昨见花红柳绿，处处林茂又睹。
●●○○●● ●●○●●▲

霜前篱畔，菊散馀香，看看又还秋暮。
○○○●；●●○○；○○●○○▲

忍思虑。念古往贤愚，终归何处。
●○▲ ●●●○○；○○⊙▲

争似高堂，日夜笙歌齐举。
⊙●○○；●●○○○▲

选甚连宵彻昼，再三留住。
⊙●⊙○⊙●；●○○▲

待拟沈醉扶上马，怎生向，主人未肯教去。
●●○●○●●；●○●；●○●●○▲

（下阕第二句用一字领。两体句式相同处，平仄可参校。）

220. 柳初新　　（二体）

（一）又名柳腰轻，双调八十一字，上下阕各七句，五仄韵

柳　永

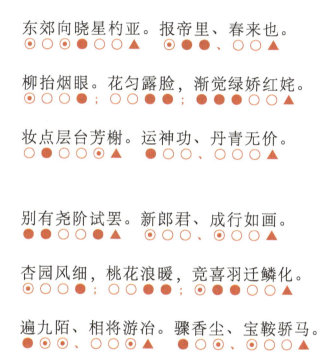

东郊向晓星杓亚。报帝里、春来也。
⊙○⊙●○○▲　⊙●●、○○▲

柳抬烟眼。花匀露脸，渐觉绿娇红姹。
⊙○○●；○○●●；●●●○○▲

妆点层台芳榭。运神功、丹青无价。
○●○○⊙▲　●○○、○○○▲

别有尧阶试罢。新郎君、成行如画。
●●○○●▲　⊙○○、⊙○○▲

杏园风细，桃花浪暖，竞喜羽迁鳞化。
⊙○○●；○○●●；⊙●●○○▲

遍九陌、相将游冶。骤香尘、宝鞍骄马。
●⊙⊙、○○⊙▲　●○⊙、⊙○○▲

（二）又名柳腰轻，双调八十二字，上下阕各七句，五仄韵

无名氏

千林凋谢严凝日。青帝许、梅花拆。
◉○◉●○○▲　◉◉●、○○▲

孤根回暖，前村雪里，昨夜一枝凝白。
◉○○●；◉○◉●；●●◉○○▲

天匠与、雕琼镂玉，淡然非、人间标格。
◉◉●、○○◉▲　●○○、◉○○▲

别有神仙第宅。绣帘垂、碧纱窗隔。
●●○○●▲　◉○○、◉○○▲

月明风送，清香苒苒，着摸美人词客。
◉○○●；◉○◉●；◉●◉○○▲

向晓来、芳苞乍摘。对菱花、倍添姿色。
●◉◉、○○◉▲　●○◉、◉○○▲

（两体之别，唯上阕第六句添一字耳。柳永别首，两阕第六句皆不用韵，平仄略异，《钦定词谱》定为别体，名“柳腰轻”，非也。）

柳初新　（宋词）

柳　永

英英妙舞腰肢软。章台柳、昭阳燕。锦衣冠盖，绮堂筵会，是处千金争选。顾香砌、丝管初调，倚轻风、佩环微颤。　乍入霓裳促遍。逞盈盈、渐催檀板。慢垂霞袖，急趋莲步，进退奇容千变。笑何止、倾国倾城，暂回眸、万人肠断。

221. 柳含烟　　（一体）

双调四十五字，上阕五句三平韵，下阕四句两仄韵、两平韵

毛文锡

章台柳，近垂旒。
⊙○●；●○△

低拂往来冠盖，朦胧春色满皇州。瑞烟浮。
⊙●⊙○⊙●；⊙○⊙●●○△　●○△

直与路边江畔别。免被离人攀折。
●●⊙○○●▲　⊙●⊙○⊙▲

最怜京兆画蛾眉。叶纤时。
⊙○⊙●●○◇　●○△

（毛文锡别首，不换平韵。）

222. 六国朝　　（二体）

（一）双调一百十字，上下阕各十句，三仄韵三叶韵

杨弘道

繁花烟暖，落叶风高。岁月去如流、身渐老。
○○○●；●●○▽　●●●○○、○●▲

叹三十年虚度，月堕鸡号。痛离散人何在，云沉雁杳。
●○●○○●；●●○▽　●○●○○●；○○●▲

浮萍断梗，任风水、东泛西漂。万事总无成，忧患绕。
○○●●；●○●、○●○▽　●●●○○、○●▲

虚名何益，薄宦徒劳。得预俊游中、观望好。
○○○●；●●○▽　●●●○○、○●▲

漫能出惊人语，瑞锦秋涛。莫夸有如神句，鸣禽春草。
●○●○○●；●●○▽　●○●○○●；○○○▲

干戈满地，甚处用、儒雅风骚。援笔赋归田，宜去早。
○○●●；●●●、○●○▽　○●●○○、○●▲

（上下阕句式似同。）

（二）双调九十字，上下阕各八句，五平韵

耶律铸

鸣珂绣毂，锦带吴钩。曾雅称、量金结胜游。
○○●●；●●○△　○●○、○○●●△

信人间无点事，可挂心头。
●○○○●●；●●○△

须知不待把闲情，酿做闲愁。只恐落高人、第二筹。
○○●●●○○；●●○△　●●●○○、●●△

歌云容裔，梦雨迟留。殢惯振芳尘、不夜楼。
○○○●；●●○△　●●●○○、●●△

光饰仙春盛迹，点化温柔。
○●○○●●；●●○△

索教颓纵惜花人，标榜风流。快入醉乡来、刘醉侯。
●○○●●○○；○●○△　●●●○○、○●△

（与一较，上下阕第六句添一字，第八、九句减去，且皆用平韵。见永乐大典二万三百五十三席字韵引耶律铸词。）

223. 六花飞　　(一体)

双调一百一字，上下阕各十句，四仄韵

曹　勋

寅杓乍正，瑞云开晓，罩紫府宫殿。
○○●●；●○○●；●●○○▲

圣孝虔恭，率宸庭冠剑。
●●○○；●○○○▲

上徽称、天明地察，奉玉简。
●○○、○○●●；●●▲

璇曜金辉，仰吾君、亲被衮龙，当槛俯旒冕。
○●○○；○○○、○●●○；○●●○▲

中兴圣天子，舜心温凊，示未尝闲燕。
○○●○●；●○○●；●●○○▲

礼无前比，出渊衷深念。
●○○●；●○○○▲

赞木父金母，至乐万亿载，日月荣光俱欢忭。
●●●○●；●●●●●；●●○○○○▲

喜春风罗绮，管弦开寿宴。
●○○○●；●○○●▲

（上下阕第三、第五句，用一字领。）

224. 六桥行　　（一体）

双调九十九字，上阕九句六仄韵，下阕九句五仄韵

周端臣

苏堤路。正密柳烘烟，嫩莎收雨。野芳竞吐。
○○▲　●●●○○；●○○▲　●○●▲

山如画、隐隐云藏山坞。
○○●、●●○○⊙▲

六桥徙倚，喧处处、行春箫鼓。
⊙○●●；○●●、○○○▲

鸥影外、一片湖光，夷犹彩舟来去。
⊙●●、●●○○；○○●○○▲

凝想禊饮花前，爱裙幄围香，款留连步。
⊙●●●○○；●⊙●○○；●⊙○▲

旧踪未改，还曾记、揽结亭边芳树。
●○●●；○○●、●●○○○▲

愁情几许。更多似、一天飞絮。
○○●▲　⊙⊙●、●○○▲

空自有、花畔黄鹂，知人笑语。
○●●、○●○○；○○●▲

（上下阕第二句用一字领。）

六桥行 （宋词）

周端臣

西湖

芙蓉苑。记试酒清狂，辫鞭游遍。翠红照眼。凝芳露、洗出青霞一片。垂杨两岸。窥镜底、新妆深浅。应料似、锦帐行春，三千粉春矜艳。　　邂逅系马堤边，念玉笋轻攀，笑箸同欢。岁华暗换。西风路、几许愁肠凄断。仙城梦黯。还又是、六桥秋晚。凝望处，烟淡云寒，人归雁远。

225. 龙山会 （一体）

双调一百三字，上阕十句六仄韵，下阕九句五仄韵

赵以夫

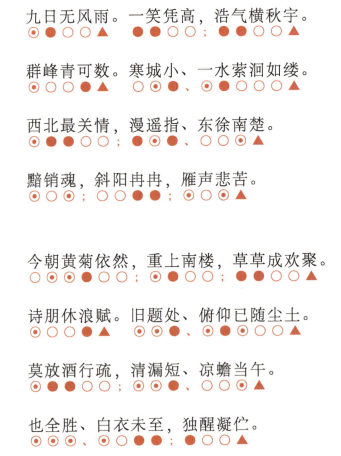

九日无风雨。一笑凭高，浩气横秋宇。
⊙●○○▲ ●●○○；●●○○▲

群峰青可数。寒城小、一水萦洄如缕。
⊙○○●▲ ○⊙●、⊙●○○○▲

西北最关情，漫遥指、东徐南楚。
⊙●●○○；●⊙●、○○⊙▲

黯销魂，斜阳冉冉，雁声悲苦。
⊙○⊙；○○●●；⊙○⊙▲

今朝黄菊依然，重上南楼，草草成欢聚。
○⊙⊙●○○；⊙●○○；●●○○▲

诗朋休浪赋。旧题处、俯仰已随尘土。
⊙○○●▲ ⊙⊙●、⊙●⊙○○▲

莫放酒行疏，清漏短、凉蟾当午。
⊙●●○○；⊙⊙●、○○⊙▲

也全胜、白衣未至，独醒凝伫。
⊙⊙⊙、⊙○●●；●○○▲

（上下阕第四句可不押韵。吴文英词，下阕末两句重组为三字、八字各一句。）

龙山会 （宋词）

吴文英

陪毗陵幕府诸名胜载酒双清赏芙蓉

石径幽云冷，步障深深，艳锦青红亚。小桥和梦过，仙佩香、烟水茫茫城下。何处不秋阴，问谁借、东风艳冶。最娇娆，愁侵醉颊，泪绡红洒。　　摇落翠莽平沙，竞挽斜阳，驻短亭车马。晓妆羞未堕。沉恨起、金谷魂飞深夜。惊雁落清歌，酹花倩、觥船快泻。去未舍。待月向井梧梢上挂。

226. 绿盖舞风轻 （一体）

双调九十七字，上阕十句四仄韵，下阕九句四仄韵

周　密

玉立照新妆，翠盖亭亭，凌波步秋绮。
●●●○○；●●○○；○○●○▲

真色生香，明珰摇淡月，舞袖斜倚。
○●○○；○○○●●；●●○▲

耿耿芳心，奈千继、情丝萦系。
●●○○；●○●、○○○▲

恨开迟，不嫁东风，颦怨娇蕊。
●○○；●●○○；○●○▲

花底谩卜幽期，素手采珠房，粉艳初洗。
○●●●○○；●●●○○；●●○▲

雨湿铅腮，碧云深、暗聚软绡清泪。
●●○○；●○○、●●●○○▲

访藕寻莲，楚江远、相思谁寄。
●●○○；●○●、○○○▲

棹歌回，衣露满身花气。
●○○；○●●○○▲

227. 轮台子　　（一体）

双调一百十四字，上阕八句四仄韵，下阕十二句六仄韵

柳　永

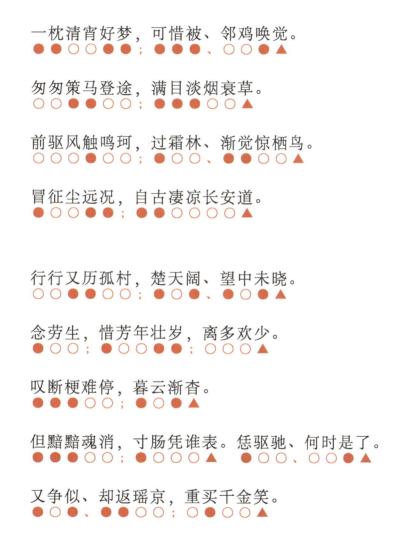

一枕清宵好梦，可惜被、邻鸡唤觉。
●●○○●●；●●●、○○●▲

匆匆策马登途，满目淡烟衰草。
○○●●○○；●●●○○▲

前驱风触鸣珂，过霜林、渐觉惊栖鸟。
○○○●○○；●○○、●●○○▲

冒征尘远况，自古凄凉长安道。
●○○●●；●●○○○○▲

行行又历孤村，楚天阔、望中未晓。
○○●●○○；●○●、●○●▲

念劳生，惜芳年壮岁，离多欢少。
●○○；●○○●●；○○○▲

叹断梗难停，暮云渐杳。
●●●○○；●○●▲

但黯黯魂消，寸肠凭谁表。恁驱驰、何时是了。
●●●○○；●○○○▲　●○○、○○●▲

又争似、却返瑶京，重买千金笑。
●○●、●●○○；○●○○▲

（上阕第七句，下阕第二、第四、第六句用一字领。）

228. 轮台子慢　　(一体)

双调一百四十字，上阕十二句九仄韵，下阕十六句十仄韵

柳　永

雾敛澄江，烟消蓝光碧。
●●○○；○○○○▲

彤霞衫、遥天掩映，断续半空残月。
○○○、○○●●；●●●○○▲

孤村望处人寂寞。闻钓叟、甚处一声羌笛。
○○●●○●▲　○●●、●●●○○▲

九疑山畔才雨过，斑竹作、血痕添色。
●○○●○●●；○●●、●○○▲

感行客。翻思故国。
●○▲　○○●▲

恨因循阻隔。路久沉消息。
●○○●▲　●●○○▲

正老松枯柏。情如织。闻野猿、啼愁听得。
●●○○▲　○○▲　○●○、○○●▲

见钓舟初出，芙蓉渡头，鸳鸯滩侧。
●●○○●；○○●○；○○○▲

干名利禄终无益。念岁岁间阻，迢迢紫陌。
○○●●○○▲　●●●●●；○○●▲

翠蛾娇艳，从别经今，花开柳拆。
●○○●；○●○○；○○●▲

伤魂魄。利名牵役。又争忍，把光景抛掷。
○○▲　●○○▲　●○●；●○●○▲

（原名《轮台子》，为区别于一百十四字谱，改用此名。上阕第十一句，下阕第三、第七、第十六句，用一字领。）

229. 落梅花　　（二体）

（一）又名落梅，双调一百七字，上阕十一句四仄韵，下阕十句五仄韵

王　诜

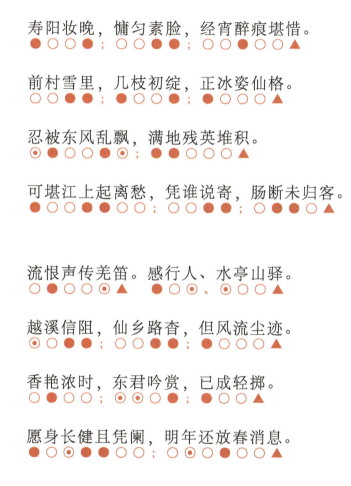

寿阳妆晚，慵匀素脸，经宵醉痕堪惜。
●○○●；○○●●；○○●○○▲

前村雪里，几枝初绽，正冰姿仙格。
○○●●；●○○●；●○○○▲

忍被东风乱飘，满地残英堆积。
⊙●○○●⊙；●●○○○▲

可堪江上起离愁，凭谁说寄，肠断未归客。
●○○●●○○；○○●●；○●●○▲

流恨声传羌笛。感行人、水亭山驿。
○●○○⊙▲　●○⊙、⊙○○▲

越溪信阻，仙乡路杳，但风流尘迹。
⊙○●●；○○●●；●○○○▲

香艳浓时，东君吟赏，已成轻掷。
○●○○；⊙⊙○●；●○○▲

愿身长健且凭阑，明年还放春消息。
●○⊙●●○○；○⊙○●○○▲

（上阕第六句，下阕第五句，用一字领。）

（二）又名落梅，双调一百六字，上阕十句四仄韵，下阕十句五仄韵

无名氏

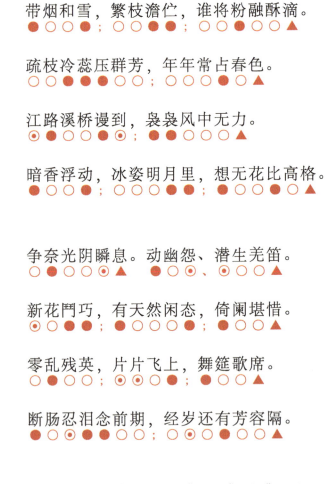

带烟和雪，繁枝澹伫，谁将粉融酥滴。
●○○●；○○●●；○○●○○▲

疏枝冷蕊压群芳，年年常占春色。
○○●●●○○；○○○●○▲

江路溪桥谩到，袅袅风中无力。
⊙●○○●⊙；●●○○○▲

暗香浮动，冰姿明月里，想无花比高格。
●○○●；○○○●●；●○○●○▲

争奈光阴瞬息。动幽怨、潜生羌笛。
○●○○⊙▲ ●○⊙、⊙○○▲

新花鬥巧，有天然闲态，倚阑堪惜。
⊙○●●；●○○○●；●○○▲

零乱残英，片片飞上，舞筵歌席。
○●○○；⊙⊙○●；●○○▲

断肠忍泪念前期，经岁还有芳容隔。
●○⊙●●○○；○⊙○●○○▲

（下阕第四句用一字领。《钦定词谱》名《落梅》。）

230. 落梅风　　(一体)

双调四十六字，上阕四句四平韵，下阕四句三平韵

无名氏

宫烟如水湿芳晨。寒梅似雪相亲。
○○○●●○△　○○●●○△

玉楼侧畔数枝春。惹香尘。
●○●●●○△　●○△

寿阳娇面偏怜惜，妆成一面花新。
●○○●○○●；○○●●○△

镜中重把玉纤匀。酒初醺。
●○○●●○△　●○△

（上下阕句式似同。）

231. 马家春慢　（一体）

双调一百一字，上阕九句四仄韵，下阕十句五仄韵

贺　铸

珠箔风轻，绣帘浪卷，乍入人间蓬岛。
○●○○；●○●●；●●○○○▲

鬥玉阑干，渐庭馆帘栊春晓。
●●○○；●○●○○○▲

天许奇葩贵品，异繁杏夭桃轻巧。
○●○○●●；●○●○○○▲

命化工倾国风流，与一枝纤妙。
●●○○●○○；●●○○▲

樽前五陵年少。纵丹青异格，难做颜貌。
○○●○○▲　●○○●●；○●○▲

惹露凝烟，困红娇额，微颦低笑。
●●○○；●○○●；○○○▲

须信浓香易歇，更莫惜、醉攀吟绕。
○●○○●●；●●●、●○○▲

待舞蝶游蜂，细把芳心都告。
●●●○○；●●○○○▲

（全宋词列为无名氏词。上阕第五、第七、第八三个七字句用一字领。上结，下阕第二第九句，用一字领。）

232. 麦秀两歧　　（一体）

双调六十四字，上下阕各七句，六仄韵

和　凝

凉簟铺斑竹。鸳枕并红玉。
○●○○▲　○●●○▲

脸莲红，眉柳绿。胸雪宜新浴。
●○○；○●▲　○●○○▲

淡黄衫子裁春縠。异香芬馥。
●○○●○○▲　●○○▲

羞道教回烛。未惯双双宿。
○●○○▲　●●○○▲

树连枝，鱼比目。掌上腰如束。
●○○；○●▲　●●○○▲

娇娆不奈人拳跼。黛眉微蹙。
○○●●○○▲　●○○▲

（上下阕句式似同。）

233. 满朝欢　　（二体）

（一）双调一百一字，上阕十一句四仄韵，下阕十句四仄韵

柳　永

花隔铜壶，露晞金掌，都门十二清晓。
○●○○；●○○●；○○●●○▲

帝里风光烂漫，偏爱春杪。
●●○○●●；○●○▲

烟轻昼永，引莺啭上林，鱼游灵沼。
○○●●；●○●●○；○○○▲

巷陌乍晴，香尘染惹，垂杨芳草。
●●●○；○○●●；○○○▲

因念秦楼彩凤，楚观朝云，往昔曾迷歌笑。
○●○○●●；●●○○；●●○○○▲

别来岁久，偶忆欢盟重到。
●○●●；●●○○○▲

人面桃花，未知何处，但掩朱扉悄悄。
○●○○；●○○●；●●○○●▲

尽日伫立无言，赢得凄凉怀抱。
●●●●○○；○●○○○▲

（上阕第七句用一字领。）

（二）双调一百字，上阕八句五仄韵，下阕九句六仄韵

李　刘

一点箕星近天边，光彩辉耀南极。
●●○○●○○；○●○●○▲

竹马儿童，尽道使君生日。
●●○○；●●●○○▲

元是凤池仙客。曾曳履、持荷簪笔。
○●●○○▲　○●●、○○○▲

称觞处、晚节花香，月周犹待五夕。
○○●、●●○○；●○○●●▲

谁道久拘禁掖。任双旌五马，暂从游逸。
○●●○●▲　●○○●●；●○○▲

九棘三槐，都是等闲亲植。
●●○○；○●●○○▲

见说玉皇侧席。但早晚、促归调燮。
●●●○●▲　●●●、●○○▲

功成了、笑傲南山，寿如南山松柏。
○○●、●●○○；●○○○○▲

（全宋词列为无名氏词。）

234. 满宫花　　(二体)

(一) 双调五十一字，上阕五句三仄韵，下阕四句三仄韵

张　泌

花正芳，楼似绮。寂寞上阳宫里。
○●○；○●▲　⊙●●○⊙▲

钿笼金琐睡鸳鸯，帘冷露华珠翠。
⊙○⊙●●○○；⊙●⊙○○▲

娇艳轻盈香雪腻。细雨黄莺双起。
○●○○○●▲　⊙●⊙○○▲

东风惆怅欲清明，公子桥边沉醉。
⊙○⊙●●○○；⊙●⊙○⊙▲

（魏承班别首，上起作：●○○。上阕第三句：●○○●○▲。）

（二）双调五十字，上下阕各五句，三仄韵

尹　鹗

月沉沉，人悄悄。一炷后庭香袅。
●○○；○●▲　⊙●●○⊙▲

风流帝子不归来，满地禁花慵扫。
⊙○⊙●●○○；⊙●⊙○○▲

离恨多，相见少。何处醉迷三岛。
○●○；○●▲　⊙●⊙○○▲

漏清宫树子规啼，愁锁碧窗春晓。
⊙○⊙●●○○；⊙●⊙○⊙▲

（较一，唯下起减第四字折为三字两句。）

235. 慢卷绸　　（一体）

双调一百十一字，上阕十三句四仄韵，下阕十一句五仄韵

柳　永

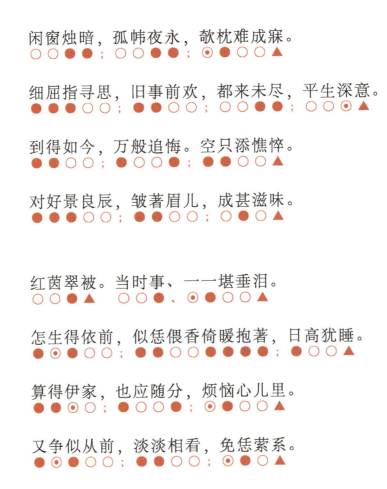

闲窗烛暗，孤帏夜永，欹枕难成寐。
○○●●；○○●●；⊙●○○▲

细屈指寻思，旧事前欢，都来未尽，平生深意。
●●●○○；●●○○；○○●●；○○⊙▲

到得如今，万般追悔。空只添憔悴。
●●○○；●○○●；●●○○▲

对好景良辰，皱著眉儿，成甚滋味。
●●●○○；●●○○；○●○▲

红茵翠被。当时事、一一堪垂泪。
○○●▲　○○●、⊙●○○▲

怎生得依前，似恁偎香倚暖抱著，日高犹睡。
●⊙●○○；●●○○●●●●；●○○▲

算得伊家，也应随分，烦恼心儿里。
●●⊙○；●○○●；⊙●○○▲

又争似从前，淡淡相看，免恁萦系。
●⊙●○○；●●○○；⊙●○▲

（上阕第四、第十一句，下阕第九句，用一字领。下阕第四句用二字领。上结及下阕第四、第五句句读可变，起句、上阕第六句及下阕第四、第五句平仄亦有变，可参见下列李甲词。）

慢卷䌷 （宋词）

李 甲

绝羽沉鳞，埋花葬玉，杳杳悲前事。对一盏寒灯，数点流萤，悄悄画屏，巫山十二。蕣脸星眸，蕙情兰性，一旦成流水。便纵有甘泉妙手，洪都方士何济。　　香闺宝砌。临妆处、迤逦苔痕翠。更不忍看伊，绣残鸳侣，而今尚有，啼红粉渍。好梦不来，断云飞去，黯黯情无际。谩饮尽香醪，奈向愁肠，消遣无计。

236. 茅山逢故人　（一体）

双调四十八字，上阕五句三仄韵，下阕五句两仄韵

张　雨

山下寒林平楚。山外云帆烟渚。
○●○○○▲　○●○○○▲

不饮如何，吾生如梦，鬓毛如许。
●●○○；○○○●；●○○▲

能消几度相逢，遮莫而今归去。
○○●●○○；○●○○○▲

壮士黄金，昔人黄鹤，美人黄土。
●●○○；●○○●；●○○▲

237. 眉妩　　（一体）

又名百宜娇，双调一百三字，上阕九句五仄韵，下阕九句六仄韵

姜　夔

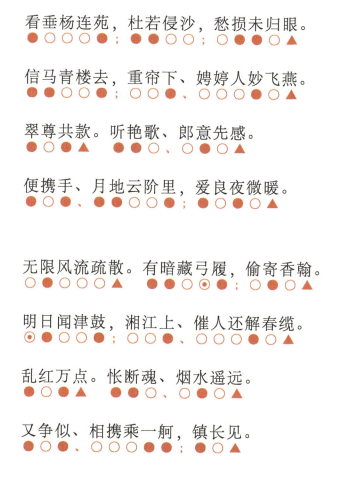

看垂杨连苑，杜若侵沙，愁损未归眼。
●○○○●；●●○○；○●●○▲

信马青楼去，重帘下、娉婷人妙飞燕。
●●○○●；○○●、○○○●○▲

翠尊共款。听艳歌、郎意先感。
●○●▲　●●○、○●○▲

便携手、月地云阶里，爱良夜微暖。
●○●、●●○○●；●○●○▲

无限风流疏散。有暗藏弓履，偷寄香翰。
○●○○○▲　●●○⊙●；○●○▲

明日闻津鼓，湘江上、催人还解春缆。
⊙●○○●；○○●、○○○●○▲

乱红万点。怅断魂、烟水遥远。
●○●▲　●●○、○●○▲

又争似、相携乘一舸，镇长见。
●○●、○○○●●；●○▲

（上起、上结，下阕第二、第八句，用一字领。）

眉妩 （宋词）

王沂孙

新月

渐新痕悬柳，澹彩穿花，依约破初暝。便有团圆意，深深拜、相逢谁在香径。画眉未稳。料素娥、犹带离恨。最堪爱、一曲银钩小，宝帘挂秋冷。　　千古盈亏休问。叹慢磨玉斧，难补金镜。太液池犹在，凄凉处、何人重赋清景。故山夜永。试待他、窥户端正。看云外、山河还老尽，桂花影。

眉妩 （金元词）

张　翥

七夕感事

又蛛分天巧，鹊误秋期，银汉会牛女。薄命犹如此，悲欢事，人间何限夫妇。此情更苦。怎似他、今夜相遇。素娥妒、不肯偏留照，渐凉影催曙。　　私语钗盟何处。但翠屏天远，清梦云去。纵有闲针缕，相怜爱、丝丝空缀愁绪。窃春伴侣。问甚时、重画眉妩。谩铅泪、弹风都付与，洗车雨。

238. 梅花曲　　（共三谱）

以王安石三诗度曲。

（一）双调九十二字，上阕八句四平韵，下阕十句四平韵

刘　几

汉宫娇额半涂黄，粉色凌寒透薄妆。好借月魂来映烛，恐随春梦去飞扬。　　风亭把盏酬孤艳，雪径回舆认暗香。不为调羹应结子，直须留此占年芳。

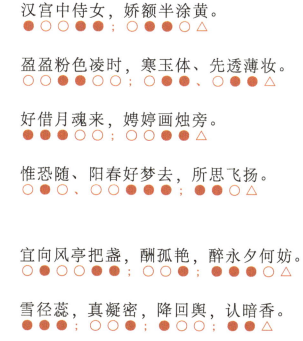

汉宫中侍女，娇额半涂黄。
●○○●●；○●●○△

盈盈粉色凌时，寒玉体、先透薄妆。
○○●●○○；○●●、○●●△

好借月魂来，娉婷画烛旁。
●●●○○；○○●●△

惟恐随、阳春好梦去，所思飞扬。
○●○、○○●●●；●●○△

宜向风亭把盏，酬孤艳，醉永夕何妨。
○●○○●●；○○●；●●●○△

雪径蕊，真凝密，降回舆，认暗香。
●●●；○○●；●○○；●●△

不为藉我作和羹，肯放结子花狂。
●●●●●○○；●●●●○△

向上林、留此占年芳。
●●○、○●●○△

（二）双调一百字，上阕九句四平韵，下阕九句六平韵

刘　几

结子非食鼎鼐尝，偶先红杏占年芳。从教腊雪埋藏得，却怕春风漏洩香。　　不御铅华知国色，只裁云缕想仙妆。少陵为尔牵诗兴，可是无心赋海棠。

结子非贪，有香不俗，宜当鼎鼐尝。
●●○○；●○●●；○○●●△

偶先红紫，度韶华、玉笛占年芳。
●○○●；●○○、●●●○△

众花杂色满上林，未能教、腊雪埋藏。
●○●●●●○；●○○、●●○△

却怕春风漏泄，一一尽天香。
●●○○●●；●●●○△

不须更御铅黄。知国色，禀自天真殊常。
●○●●○△　○●●；●●○○○△

祇裁云缕，奈芳滑、玉体想仙妆。
●○○●；●○●、●●●○△

少陵为尔东阁，美艳激诗肠。
●○●●○●；●●●○△

当已阴未雨春光。无心赋海棠。
○●○●●○△　○○●●△

（三）双调九十六字，上阕十一句五平韵，下阕九句四平韵

刘　几

浅浅池塘短短墙，年年为尔惜流芳。向人自有无言意，倾国天教抵死香。　　须袅黄金危欲堕，带团红烛巧能妆。婵娟一种如冰雪，依倚春风笑野棠。

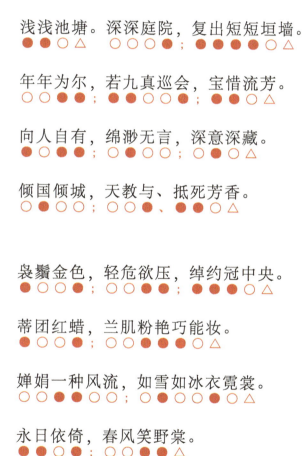

浅浅池塘。深深庭院，复出短短垣墙。
●●○△　○○○●；●●●●○△

年年为尔，若九真巡会，宝惜流芳。
○○●●；●●○○●；●●○△

向人自有，绵渺无言，深意深藏。
●○●●；○●○○；○●○△

倾国倾城，天教与、抵死芳香。
○●○○；○○●、●●○△

袅鬟金色，轻危欲压，绰约冠中央。
●○○●；○○●●；●●●○△

蒂团红蜡，兰肌粉艳巧能妆。
●○○●；○○●●●○△

婵娟一种风流，如雪如冰衣霓裳。
○○●●○○；○●○○●○△

永日依倚，春风笑野棠。
●●○●；○○●●△

（此三首字数、句式、平仄皆异，实三谱也。）

239. 梅弄影　　（一体）

双调四十八字，上下阕各五句，四仄韵

丘　崈

雨晴风定。一任春寒逞。
●○○▲　●●○○▲

要勒群芳未醒。不废梅花，晚来妆面靓。
●●○○●▲　●●○○；●○○●▲

曲阑斜凭。水槛临清镜。
●○○▲　●●○○▲

翠竹萧骚相映。付与幽人，巡池看弄影。
●●○○○▲　●●○○；○○○●▲

（上下阕句式似同。）

240. 梅梢月　　（一体）

双调一百零三字，上阕十一句四仄韵，下阕九句五仄韵

杨弘道

歌女

春到人间，嫩黄染长条，暖烟晴昼。
○●○○；●○●○○；●○○▲

未按舞腰，学画妆眉，二八女儿纤瘦。
●●●○；●●○○；●●●○○▲

绛桃秾李携佳伴，陈步障、青红如绣。
●○○●○○●；○●●、○○○▲

过微雨，年年好在，禁烟时候。
●○●；○○●●；●○○▲

娇困如酣卯酒。应恼杀、翩翩燕朋莺友。
○●○○●▲　○●●、○○●○○▲

绿水灞桥，斜日章台，雪絮乱飘袖。
●●●○；○●○○；●●●○▲

劝伊休管别离事，但赢取、青青依旧。
●○○●●○●；●○●、○○○▲

再相见，清阴渐成数亩。
●○●；○○●○●▲

241. 梅子黄时雨　　（一体）

双调九十四字，上阕十句五仄韵，下阕十句七仄韵

张　炎

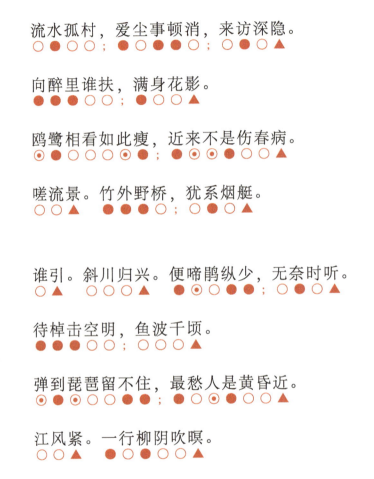

流水孤村，爱尘事顿消，来访深隐。
○●○○；●○●●○；○●○▲

向醉里谁扶，满身花影。
●●●○○；●○○▲

鸥鹭相看如此瘦，近来不是伤春病。
⊙●○○○⊙●；●⊙⊙●○○▲

嗟流景。竹外野桥，犹系烟艇。
○○▲　●●●○；○●○▲

谁引。斜川归兴。便啼鹃纵少，无奈时听。
○▲　○○○▲　●⊙○●●；○●○▲

待棹击空明，鱼波千顷。
●●●○○；○○○▲

弹到琵琶留不住，最愁人是黄昏近。
⊙●⊙○○●●；●○⊙●○○▲

江风紧。一行柳阴吹暝。
○○▲　●○●○○▲

（上下阕第二、第四句用一字领。张矩词，上阕第二、第四、第九句，下阕第五、第十句，平仄有变换。）

梅子黄时雨　（宋词）

张　矩

云宿江楼，爱留人夜语，频断灯炷。奈倦情如醉，黑甜清午。谩道迎薰何曾是，簟纺成浪衣成雨。茶瓯注。新期竹院，残梦连渚。　　应误。重帘凄伫。记井刀剪翠，秋扇留句。信那回轻道，而今归否。十二曲阑随意凭，楚天不放斜阳暮。沉吟处。池草暗喧蛙鼓。

242. 孟家蝉　　（一体）

双调九十六字，上阕十句五平韵，下阕十一句六平韵

潘　汾

蝶

向卖花担上，落絮桥边，春思难禁。
●●○●●；●●○○；○○○△

正暖日温风里，采遍香心。
●●●○○●；●●○△

夜夜稳栖芳草，还处处、先辨春禽。
●●●○○●；○●●、○●○△

满园林。梦觉南华，直到如今。
●○△　●●○○；●●○△

情深。记那人小扇，扑得归来，绣在罗襟。
○△　●●○●●；●●○○；●●○△

芳意赠谁，应费万线千针。
○●●○；○●●●○△

漫道滕王画得，枉谢客、多少清吟。
●●○○●●；●●●、○●○△

影沉沉。舞入梨花，何处相寻。
●○△　●●○○；○●○△

（起句、上阕第四句及下阕第二句用一字领。平韵《玉漏迟》也。）

243. 梦芙蓉　　（一体）

双调九十七字，上下阕各十句，六仄韵

吴文英

西风摇步绮。记长堤骤过，紫骝十里。
○○○●▲　●○○●●；●○●▲

断桥南岸，人在晚霞外。
●○○●；○●●○▲

锦温花共醉。当时曾共秋被。
●○○●▲　○○○●○▲

自别霓裳，想红销翠冷，霜枕正慵起。
●●○○；●○○●●；○●●○▲

惨澹西湖柳底。摇荡秋魂，夜月归环佩。
●●○○●▲　○●○○；●●○○▲

画图重展，惊认旧梳洗。
●○○●；○●●○▲

去来双翡翠。难传眼恨眉意。
●○○●▲　○○●●○▲

梦断琼仙，怅云深路杳，城影照流水。
●●○○；●○○●●；○●●○▲

（上下阕后七句句式似同。上阕第二句，上下阕第九句，用一字领。）

244. 梦横塘　　（一体）

双调一百零五字，上阕十一句四仄韵，下阕十句四仄韵

刘一止

浪痕经雨，林影吹寒，晓来无限萧瑟。
●○○●；○●○○；●○○●○▲

野色分桥，翦不断、溪山风物。
●●○○；●●●、○○○▲

船系朱藤，路迷烟寺，远鸥浮没。
○●○○；●○○●；●○○▲

听疏钟断鼓，似近还遥，惊心事、伤羁客。
●○○●●；●●○○；○○●、○○▲

新醅旋压鹅黄，拚清愁在眼，酒病萦骨。
○○●●○○；○○○●●；●●○▲

绣阁娇慵，争解说、短封传忆。
●●○○；○●●、●○○▲

念谁伴、涂妆绾髻，嚼蕊吹花弄秋色。
●○●、○○●●；●●○○●○▲

恨对南云，此时凄断，有何人知得。
●●○○；●○○●；●○○○▲

（上阕第九句，下阕第二句、结句，用一字领。）

245. 梦还京　　（一体）

双调七十九字，上阕九句四仄韵，下阕七句五仄韵

柳　永

夜来匆匆饮散，欹枕背灯睡。
●○○○●●；○●●○▲

酒力全轻，醉魂易醒，风揭帘栊，梦断披衣重起。
●●○○；●○●●；○●○○；●●○○○▲

悄无寐。追悔当初，绣阁话别太容易。
●○▲　○●○○；●●●●●○▲

日许时犹阻归计。甚况味。
●●○○●○▲　●●▲

旅馆虚度残岁。想娇媚。
●●○●○▲　●○▲

那里独守鸳帏静，永漏迢迢，也应暗同此意。
●●●●○○●；●●○○；●○●○●▲

246. 梦兰堂　　（一体）

双调五十一字，上阕四句四仄韵，下阕五句四仄韵

冯时行

送史谊伯倅潼川

小雨清尘淡烟晚。官柳殢花待暖。
●●○○●○▲　○●●○●▲

君愁入伤眼。芳草绿、断云归雁。
○○●○▲　○●●、●○○▲

酒重斟，须再劝。今夕近、明朝乍远。
●○○；○●▲　○●●、○○●▲

到时暗花飞乱。千里断肠春不管。
●○●○○▲　○●●○○●▲

247. 梦仙乡　　（一体）

双调五十二字，上下阕各五句，三仄韵、两平韵

张　先

江东苏小。天斜窈窕。都不胜、彩鸾娇妙。
○○○▲　○○●▲　○●●、●○○▲

春艳上新妆。肌肉过人香。
○●●○△　○●●○△

佳树阴阴池院。华灯绣幔。花月好、可能长见。
○●○○○◆　○○●▲　○●●、●○○▲

离聚此生缘。何计问高天。
○●●○◇　○●●○△

248. 梦行云　　（一体）

双调六十七字，上阕七句五仄韵，下阕七句三仄韵

吴文英

簟波皱纤縠。朝炊熟。眠未足。
●○●○▲　○○▲　○●▲

青奴细腻，未拌真珠斛。
○○●●；●○○○▲

素莲幽怨风前影，搔头斜坠玉。
●○○●○○●；○○○●▲

画阑枕水，垂杨梳雨，青丝乱如乍沐。
●○●●；○○○●；○○●○●▲

娇笙微韵，晚蝉理秋曲。
○○○●；●○●○▲

翠阴明月胜花夜，那愁春去速。
●○○●○○●；●○○●▲

249. 梦扬州　　（一体）

双调九十九字，上下阕各十句，五平韵

秦　观

晚云收。正柳塘花坞，烟雨初休。
●○△　●●○○●；○●○△

燕子未归，恻恻轻寒如秋。
●●●○；●●○○○△

小阑干外东风软，透绣帏、花蜜香稠。
●○○●○○●；●●○、○●○△

江南远，人今何处，鹧鸪啼破春愁。
○○●；○○○●；●○○●○△

长记曾陪燕游。酬妙舞清歌，丽锦缠头。
○●○○●△　○●●○○；●●○△

殢酒困花，十载因谁淹留。
●●●○；●●○○○△

醉鞭拂面归来晚，望翠楼、帘卷金钩。
●○●●○○●；●●○、○●○△

佳会阻，离情正乱，频梦扬州。
○●●；○○●●；○●○△

（上下阕中间八句句式似同，第二句用一字领。）

250. 迷神引　　（一体）

双调九十七字，上阕十一句六仄韵，下阕十三句六仄韵

柳　永

红板桥头秋光暮。淡月映烟方煦。
⊙●○○○⊙▲　●●⊙○○▲

寒溪蘸碧，绕垂杨路。
○○●●；●○○▲

重分飞，携纤手，泪如雨。
⊙○○；○○●；⊙○▲

波急隋堤远，片帆举。
⊙●○○●；⊙⊙▲

倏忽年华改，向期阻。
⊙●○○●；●○▲

暗觉春残，渐渐飘花絮。好夕良天长孤负。
●●○○；●●○○▲　●⊙○○○○▲

洞房闲掩，小屏空、无心觑。
●○⊙●；●○⊙、⊙○▲

指归云，仙乡杳，在何处。
●○○；○○●；⊙○▲

遥夜香衾暖，算谁与。
○●○○●；⊙⊙▲

知他深深约，记得否。
○○○○●；●⊙▲

（上阕第四句用一字领。下阕第三句可分为四字、三字各一句，前句用一字领。上阕第六、第八句可用韵。晁补之词，上下阕倒数第二句为：●●●○○。）

迷神引 （宋词）

柳　永

一叶扁舟轻帆卷。暂泊楚江南岸。孤城暮角，引胡笳怨。水茫茫，平沙雁，旋惊散。烟敛寒林簇，画屏展。天际遥山小，黛眉浅。　　旧赏轻抛，到此成游宦。觉客程劳，年光晚。异乡风物，忍萧索、当愁眼。帝城赊，秦楼阻，旅魂乱。芳草连空阔，残照满。佳人无消息，断云远。

迷神引 （宋词）

晁补之

贬玉溪对江山作

黯黯青山红日暮。浩浩大江东注。馀霞散绮，向烟波路。使人愁，长安远，在何处。几点渔灯小，迷近坞。一片客帆低，傍前浦。　　暗想平生，自悔儒冠误。觉阮途穷，归心阻。断魂素月，一千里、伤平楚。竹枝歌，声声怨，为谁苦。猿鸟一时啼，惊岛屿。烛暗不成眠，听津鼓。

251. 迷仙引　（一体）

双调八十三字，上阕十句四仄韵，下阕六句五仄韵

柳　永

才过笄年，初绾云鬟，便学歌舞。
○●○○；○●○○；●●○▲

席上尊前，王孙随分相许。
●●○○；○○○●○▲

算等闲酬一笑，便千金慵觑。
●●○○●●；●○○○▲

常只恐容易，蕣华偷换，光阴虚度。
○●●○●；●○○●；○○○▲

已受君恩顾，好与花为主。
●●○○▲　●●○○▲

万里丹霄，何妨携手同归去。
●●○○；○○○●○○▲

永弃却、烟花伴侣。
●●●、○○●▲

免教人、见妾朝云暮雨。
●○○、●●○○●▲

（上阕第七、第八句用一字领。）

252. 迷仙引慢　（一体）

双调一百二十三字，上阕十六句九仄韵，下阕十句八仄韵

关　咏

春阴霁。岸柳参差，袅袅金丝细。
○○▲　●●○○；●●○○▲

画阁昼眠莺唤起。烟光媚。
●●●○○●▲　○○▲

燕燕双高，引愁人如醉。慵缓步，眉敛金铺倚。
●●○○；●○○○▲　○●●；○●○○▲

嘉景易失，懊恼韶光改，花空委。忍厌厌地。
○●●●；●●○○●；○○▲　●○○▲

施朱粉，临鸾鉴，腻香销减摧桃李。
○○●；○○●；●○○●○○▲

独自个凝睇。暮云暗，遥山翠。
●●●○▲　●○●；○○▲

天色无情，四远低垂淡如水。
○●○○；●●○○●○▲

离恨托、征鸿寄。旋娇波、暗落相思泪。
○●●、○●▲　●○○、●●○○▲

妆如洗。向高楼、日日春风里。
○○▲　●○○、●●○○▲

悔凭阑、芳草人千里。
●○○、○●○○▲

253. 明月逐人来　　（一体）

双调六十二字，上阕六句五仄韵，下阕六句四仄韵

李持正

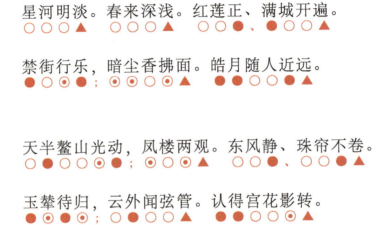

星河明淡。春来深浅。红莲正、满城开遍。
○○○▲　○○○▲　○○●、●○○▲

禁街行乐，暗尘香拂面。皓月随人近远。
●○⊙●；⊙⊙○⊙▲　●●○○●▲

天半鳌山光动，凤楼两观。东风静、珠帘不卷。
○●○○⊙●；⊙○⊙▲　○○●、○○●▲

玉辇待归，云外闻弦管。认得宫花影转。
●⊙●⊙；○●○○▲　●●○○⊙▲

（较上下阕，唯下起增两字，其余句式皆同。）

254. 鸣梭　　(一体)

双调八十八字，上下阕各八句，五平韵一叶韵

谭宣子

织绡机上度鸣梭。年光容易过。
●○○●●○△　○○○●▼

萦萦情绪，似水烟山雾两相和。
○○○●；●●○○●●○△

谩道当时何事，流盼动层波。
●●○○○●；○●●○△

巫影嵯峨。翠屏牵薜萝。
○●○△　●○○●△

不须微醉自颜酡。如今难恁么。
●○○●●○△　○○○●▼

烛花销艳，但替人垂泪满铜荷。
●○○●；●●○○●●○△

赋罢西城残梦，犹问夜如何。
●●○○○●；○●●○△

星耿斜河。候虫声更多。
○●○△　●○○●△

（上下阕句式皆同。平仄唯第三句首字异。）

255. 莫打鸭　　（一体）

单调三十六字六句三平韵

梅尧臣

莫打鸭，打鸭惊鸳鸯。
●●●；●●○○△

鸳鸯新自南洲落，不比孤洲老秃鸧。
○○○●○○●；●●○○●●△

秃鸧尚有独飞去，何况鸳鸯羽翼长。
●○●●●○●；○●○○●●△

256. 暮花天　（一体）

双调一百五字，上下阕各十句，四平韵

陈　亮

天意微悭，春工多裕，长须末后殷勤。
○●○○；○○○●；○○●●○△

骨瘦挽先，肌韵恰好，花头径尺徐陈。
●●●○；○●●●；○○●●○△

红黄粉紫，更牛家、姚魏为真。
○○●●；●○○、○●○△

留几种、蒂鬌中州，异时齐顿浑身。
○●●、●●○○；●○○●○△

承平当日开多少，笙歌何限，是甚人人。
○○○●○○●；○○○●；●●○△

气入江南，心知芍药，彷佛前事犹存。
●●○○；○○●●；○●○●○△

名品应须，认旧家、雨露方新。
○●○○；●●○、●●○△

成一处、蓓蕾根株，剩看诸谱纷纷。
○●●、●●○○；●○○●○△

（上下阕后七句句式似同。）

257. 穆护砂　　（一体）

双调一百六十九字，上阕十五句八仄韵、一叶韵，下阕十四句六仄韵、两叶韵

宋　裴

底事兰心苦。便凄然、泣下如雨。
●●○○▲　●○○、●●○▲

倚金台独立，揾香无主。肠断封家相妒。
●○○●●；●○○▲　○●○○○▲

乱扑簌骊珠愁有许。向午夜、铜盘倾注。
●●●○○○●▲　●●●、○○○▲

便不似、红冰缀颊，也湿透、仙人烟树。
●●●、○○●●；●●●、○○○▲

罗绮筵前，海棠花下，滢滢常怕凤脂枯。
○●○○；●○○●；○○○●●○▽

比洛阳年少，江州司马，多少定谁似。
●●○○●；○○○●；○●●○▲

照破别离心绪。学人生、有情酸楚。
●●●○○▲　●○○、●○○▲

想洞房佳会，而今寥落，谁能暗收玉箸。
●●○○●；○○○●；○○●○●▲

算只有金钗曾巧补。轻拭了、粉痕如故。
●●●○○○●▲　○●●、●○○▲

愁思减、舞腰纤细，清血尽、媚脸敷腴。
○●●、●○○●；○●●、●●○▽

又恐娇羞，绛纱笼却，绿窗伴我检诗书。
●●○○；●○○●；●○●●●○▽

更休教、邻壁偷窥，幽兰啼晓露。
●○○、○●○○；○○○●▲

258. 内家娇　　　（一体）

双调一百六字，上阕十句四仄韵，下阕十句七仄韵

柳　永

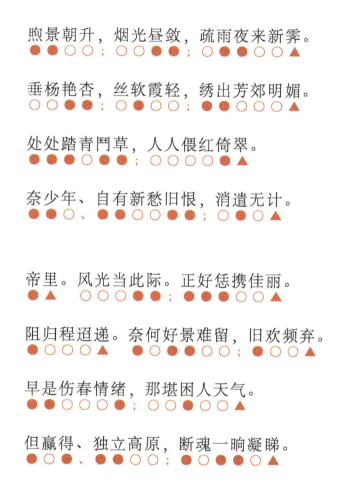

煦景朝升，烟光昼敛，疏雨夜来新霁。
●●○○；○○●●；○●●○○▲

垂杨艳杏，丝软霞轻，绣出芳郊明媚。
○○●●；○●○○；●●○○○▲

处处踏青鬥草，人人偎红倚翠。
●●●○●●；○○○○●▲

奈少年、自有新愁旧恨，消遣无计。
●●○、●●○○●●；○●○▲

帝里。风光当此际。正好恁携佳丽。
●▲　○○○●●；●●●○○▲

阻归程迢递。奈何好景难留，旧欢频弃。
●○○○▲　●○●●○○；●○○▲

早是伤春情绪，那堪困人天气。
●●○○○●；○○●○○▲

但赢得、独立高原，断魂一晌凝睇。
●○●、●●○○；●○●●○▲

（下阕第三句用一字领。）

259. 南浦送别　　（一体）

又名春声碎，双调七十六字，上阕八句四仄韵，下阕八句五仄韵

张　先

津馆贮轻寒，脉脉离情如水。
○●●○○；●●○○○▲

东风不管，垂杨无力，总雨鞶烟腻。
○○●●；○○○●；●●○○▲

栏干外。怕春燕掠天，疏鼓叠，春声碎。
○○▲　●○●●○；○●●；○○▲

刘郎易憔悴。况是恹恹病起。
○○●○▲　●●○○●▲

蛮笺漫展，便写就新词，倩谁寄。
○○●●；●●●○○；●○▲

当此际。浑似梦峡啼湘，揽一寸相思意。
○●▲　○●●●○○；●●●○○▲

（上阕第五、第七句，下阕第四、第八句，用一字领。《翰墨全书》、《钦定词谱》录为张先词，调名《春声碎》。《全宋词》录为谭宣子词。）

260. 南乡一剪梅　　（一体）

双调五十四字，上下阕各五句，三平韵、一叠韵

虞　集

南皋小亭台。薄有山花取次开。
○●●○△　●●○○●●△

寄语多情熊少府，晴也须来。雨也须来。
●●○○○●●；○●○△　●●○△

随意且衔杯。莫惜春衣坐绿苔。
○●●○△　●●○○●●△

若待明朝风雨过，人在天涯。春在天涯。
●●○○○●●；○●○△　○●○△

（上下阕句式皆同，平仄唯结句首字异。两结皆叠前句末三字，填者宜遵之。）

261. 南州春色　　（一体）

双调八十二字，上阕九句四平韵，下阕八句三平韵

王十朋

清溪曲，一株梅。无修采，独立古墙隈。
○○●；●○△　○○●；●●●○△

莫恨东风吹不到，著意挽春回。
●●○○○●●；●●●○△

一任天寒地冻，南枝香动，花傍一阳开。
●●○○●●；○○○●；○●●○△

更待明年首夏，酸心结子，天自栽培。
●●○○●●；○○●●；○●○△

金鼎调羹，仁心犹在，还种取、无限根荄。
○●○○；○○○●；○●●、○●○△

管取南州春色，都自此中来。
●●○○○●；○●●○△

262. 怕春归　（一体）

双调六十六字，上下阕各六句，四仄韵

蔡松年

秋山道中，中夜闻落叶声有作

老去心情，乐在故园生处。客愁如、隋堤乱絮。
●●○○；●●●○○▲　●○○、○○●▲

秋岚照水度黄衣，微雨。记篷窗、旧年吴楚。
○○●●●○○；○▲　●○○、●○○▲

飘萧鬓绿，日日西风吹去。梦频频、萧闲风土。
○○●●；●●○○○▲　●○○、○○○▲

橙黄蟹紫醉琴书，容与。向他年、尚堪接武。
○○●●●○○；○▲　●○○、●○●▲

（上下阕句式似同。）

263. 抛球乐慢　　（一体）

双调一百八十七字，上阕十七句六仄韵，下阕二十句八仄韵

柳　永

晓来天气浓淡，微雨轻洒。

●○○●○●；○●○▲

近清明，风絮巷陌，烟草池塘，尽堪图画。

●○○；○●●●；○●○○；●○○▲

艳杏暖、妆脸匀开，弱柳困、宫腰低亚。

●●●、○●○○；●●●、○○○▲

是处丽质盈盈。巧笑嬉嬉，争簇秋千架。

●●●●○○；●●○○；○●○○▲

戏彩球罗绶，金鸡芥羽，少年驰骋，芳郊绿野。

●●○○●；○○●●；●○○●；○○●▲

占断五陵游，奏脆管繁弦声和雅。

●●●○○；●●●○○○●▲

向名园深处，争泥画轮，竞羁宝马。

●○○○●；○●●○；●○●▲

取次罗列杯盘，就芳树、绿影红阴下。

●●○●○○；●○●、●●○○▲

舞婆娑，歌宛转，仿佛莺娇燕姹。

●○○；○●●；●●○○●▲

寸珠片玉，争似浓欢无价。

●○●●；○●○○○▲

任他美酒，十千一斗，饮竭仍解金貂贳。

●○●●；●○●●；●●○●○○▲

恣幕天席地，陶陶尽醉太平，且乐唐虞景化。
●●○●●；○○●●●○；●●○○●▲

须信艳阳天，看未足、已觉莺花谢。
○●●○○；●●●、●●○○▲

对绿蚁翠蛾，怎忍轻舍。
●●●●○；●○○▲

（上阕第十二句、结句，下阕起句及第十四、第十九句，用一字领。）

264. 琵琶仙　　（一体）

双调一百字，上阕九句四仄韵，下阕八句四仄韵

姜　夔

黄钟商　吴都赋云：户藏烟浦，家具画船。唯吴兴为然。春游之盛，西湖未能过也。已酉岁，予兴萧时父载酒南郭，感遇成歌

双桨来时，有人似、旧曲桃根桃叶。
○●○○；●○●、●●○○○▲

歌扇轻约飞花，蛾眉正奇绝。
○●○●○○；○○●○▲

春渐远、汀洲自绿，更添了、几声啼鴂。
○●●、○○●●；●○●、●○○▲

十里扬州，三生杜牧，前事休说。
●●○○；○○●●；○●○▲

又还是、宫烛分烟，奈愁里、匆匆换时节。
●○●、○●○○；●○●、○○●○▲

都把一襟芳思，与空阶榆荚。
○●●○○●；●○○○▲

千万缕、藏鸦细柳，为玉尊、起舞回雪。
○●●、○○●●；●●○、●●○▲

想见西出阳关，故人初别。
●●○●○○；●○○▲

（下阕第四句用一字领。）

265. 平湖乐　　　（二体）

（一）双调四十二字，上阕四句两平韵、两叶韵，下阕四句一叶韵、一平韵

王　恽

安仁双鬓已惊秋。更堪眉头皱。
⊙○○●●○△　⊙⊙○○▼

一笑相逢且开口。玉为舟。
⊙●○○●○▼　●○△

新词淡似鹅黄酒。
⊙○⊙●○○▼

醉扶归路，竹西歌吹，人道是扬州。
⊙○⊙●；⊙○⊙●；⊙●●○△

（张可久词，下阕第二、第三句皆用叶韵。）

（二）双调四十三字，上阕四句两平韵、两叶韵，下阕四句一叶韵、一平韵

王　恽

采莲人语隔秋烟。波静如横练。
⊙○○●●○△　⊙⊙○○▼

入手风光莫流转。共留连。
⊙●○○●○▼　●○△

画船一笑春风面。
⊙○⊙●○○▼

江山信美，终非吾土，问何日是归年。
⊙○⊙●；⊙○⊙●；⊙○●●○△

（唯下结添一领字，余句式皆同。）

平湖乐 （金元词）

张可久

飞梅和雪洒林梢。花落春颠倒。驴背敲诗暮寒峭。路迢迢。　相逢不满疏翁笑。寒郊瘦岛。尘衣风帽。诗在灞陵桥。

266. 品字令　　(一体)

双调四十三字，上阕四句三仄韵，下阕四句两仄韵

了　元

觑著脚。想腰肢如削。
●●▲　●○○○▲

歌罢遏云声，怎得向、掌中托。
○●●○○；●●●、●○▲

醉眼不如归去，强罢身心虚霍。
●●●○○●；○●○○○▲

几回欲去待掀帘，犹恐主人恶。
●○●●●○○；○●●○▲

（上阕第二句用一字领。了元，即佛印。）

267. 婆罗门　　（一体）

单调三十四字，六句五平韵

敦煌曲子词

咏月曲子其一

望月婆罗门。青霄现金身。面带黑色齿如银。
●●⊙○△　○○⊙⊙△　●⊙⊙⊙●○△

处处分身千万亿，锡杖拨天门。双林礼世尊。
●⊙○○○⊙●；⊙⊙●○△　⊙○●●△

（五言四句，中添七言两句而成。见敦煌遗卷“斯四五七八卷”。）

268. 婆罗门令　（一体）

双调八十六字，上阕八句五仄韵、一叠韵，下阕八句四仄韵

柳　永

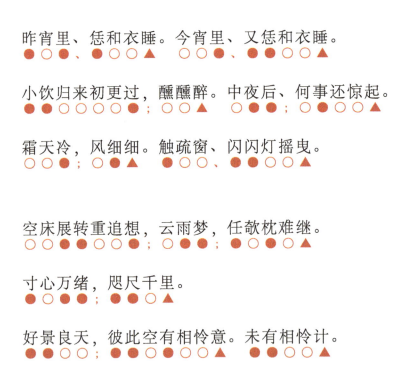

昨宵里、恁和衣睡。今宵里、又恁和衣睡。
●○●、●○○▲　○○●、●●○○▲

小饮归来初更过，醺醺醉。中夜后、何事还惊起。
●●○○○○●；○○▲　○●●；○●○○▲

霜天冷，风细细。触疏窗、闪闪灯摇曳。
○○●；○●▲　●○○、●●○○▲

空床展转重追想，云雨梦，任欹枕难继。
○○●●○○●；○●●；●○●○▲

寸心万绪，咫尺千里。
●○●●；●●○▲

好景良天，彼此空有相怜意。未有相怜计。
●●○○；●●○●○○▲　●●○○▲

（下阕第三句用一字领。）

269. 破阵乐　　（一体）

双调一百三十三字，上阕十四句五仄韵，下阕十五句六仄韵

柳　永

露花倒影，烟芜蘸碧，灵沼波暖。
●○●●；○○●●；○●○▲

金柳摇风树树，系彩舫龙舟遥岸。
○●○○●●；●●⊙○⊙○▲

千步虹桥，参差雁齿，直趋水殿。
○●○○；○○●●；⊙○●▲

绕金堤、曼衍鱼龙戏，簇娇春罗绮，喧天丝管。
●○○、●●○○●；●○○○●；○○○▲

霁色荣光，望中似睹，蓬莱清浅。
●●○○；●○●●；○○○▲

时见。凤辇宸游，鸾觞禊饮，临翠水，开镐宴。
○▲　●●○○；○○●●；○●●；○●▲

两两轻舠飞画楫，竞夺锦标霞烂。
●●○○○●●；●●●○○▲

声欢娱歌，鱼藻徘徊宛转。
⊙○○○；○●○○●▲

别有盈盈游女，各委明珠，争收翠羽，相将归远。
●●○○○●；●●○○；○○●●；○○○▲

渐觉云海沈沈，洞天日晚。
●●○●○○；●○●▲

（上阕第十一句及下阕第十三句，可不用韵。上阕第五、第十句用一字领。）

破阵乐 （宋词）

张　先

钱塘

四堂互映，双门并丽，龙阁开府。郡美东南第一，望故苑楼台霏雾。垂柳池塘，流泉巷陌，吴歌处处。近黄昏、渐更宜良夜，簇繁星灯烛，长衢如昼，瞑色韶光，几许粉面，飞甍朱户。　和煦。雁齿桥红，裙腰草绿，云际寺、林下路。酒熟梨花宾客醉，但觉满山箫鼓。尽朋游，同民乐，芳菲有主。自此归从泥诏，去指沙堤，南屏水石，西湖风月，好作千骑行春，画图写取。

270. 破字令　　（二体）

（一）双调五十字，上阕四句三仄韵，下阕五句三仄韵

无名氏

缥缈三山岛。十万岁、方分昏晓。
●●○○▲　●●●、○○○▲

春风开遍碧桃花，为东君一笑。
○○○●●○○；●○○●▲

祥飙暂引香尘到。祝嵩龄、后天难老。
○○●●○○▲　●○○、●○○▲

瑞烟散碧，归云弄暖，一声长啸。
●○●●；○○●●；●○○▲

（上结用一字领。）

（二）双调五十三字，上下阕各四句、四仄韵

无名氏

青春玉殿和风细。奏箫韶络绎。
○○●●○○▲　●○○●▲

瑞绕行云飘飘曳。泛金尊、流霞艳溢。
●●○○○○▲　●○○、○○●▲

瑞日晖晖临丹扆。广布慈德宸遐迩。
●●○○○○▲　●●○●○○▲

愿听歌声舞缀。万万年、仰瞻宴启。
●●○○●▲　●●○、●○●▲

（上阕第二句用一字领。）

271. 凄凉犯　　　　（一体）

双调九十三字，上阕九句六仄韵，下阕九句四仄韵

姜　夔

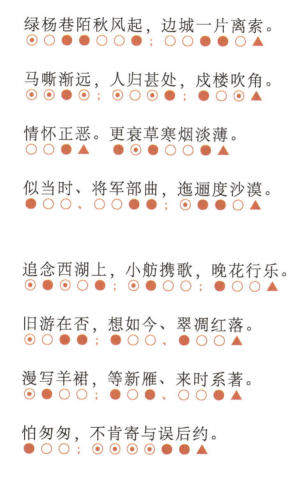

绿杨巷陌秋风起，边城一片离索。
⊙○●●○○●；○○●●○▲

马嘶渐远，人归甚处，戍楼吹角。
⊙⊙●⊙；⊙○⊙●；●○⊙▲

情怀正恶。更衰草寒烟淡薄。
○○●▲　●⊙●○○●▲

似当时、将军部曲，迤逦度沙漠。
●○○、○○●●；⊙●●○▲

追念西湖上，小舫携歌，晚花行乐。
⊙●⊙○●；⊙●○○；●○○▲

旧游在否，想如今、翠凋红落。
⊙○●●；●○○、●○○▲

漫写羊裙，等新雁、来时系著。
⊙●○○；●○●、○○●▲

怕匆匆，不肯寄与误后约。
●○○；⊙⊙⊙⊙●●▲

（上阕第七句用一字领。张炎别首，上阕第二句多一字，似误；张炎别首，结句合并为十字句、用一字领。皆不予参校。）

凄凉犯 （宋词）

张　炎

过邻家见故园有感

西风暗剪荷衣碎，柔丝不解重绯。荒烟断浦，晴晖历乱，半江摇碧。悠悠望极。忍独听、秋声渐急。更怜他、萧条柳髮，相与动秋色。　　老态今如此，犹自留连，醉筇游屐。不堪瘦影，渺天涯、尽成行客。因甚忘归，谩吹裂、山阳夜笛。梦三十六陂流水去未得。

272. 期夜月　　（一体）

双调一百十三字，上阕十三句八仄韵，下阕十一句六仄韵

刘　濬

金钩花绶系双月。腰肢软低折。
○○○●●○▲　○○●○▲

揎皓腕，萦绣结。轻盈宛转，妙若凤鸾飞越。
○●●；○●▲　○○●●；●●●○○▲

无别。香檀急扣转清切。翻纤手飘瞥。
○▲　○○●●●○▲　○○●○▲

催画鼓，追脆管，锵洋雅奏，尚与众音为节。
○●●；○●●；○○●●；●●●○○▲

当时妙选舞袖，慧性雅资，名为殊绝。
○○●●●●；●●●●；○○○▲

满座倾心注目，不甚堪回雪。
●●○○●●；●●○○▲

纤怯。逡巡一曲霓裳彻。汗透鲛绡湿。
○▲　○○●●○○▲　●●○○▲

教人与敷香粉，媚容秀发。宛降蕊珠宫阙。
○○●●○●；●○●●；●●●○○▲

273. 千年调　　（一体）

双调七十五字，上下阕各九句四仄韵

辛弃疾

卮酒向人时，和气先倾倒。
⊙⊙●○○；⊙●⊙○▲

最要然然可可，万事称好。
⊙●○○⊙●；●⊙⊙▲

滑稽坐上，更对鸱夷笑。
⊙○●●；●●○○▲

寒与热，总随人，甘国老。
⊙⊙●；●⊙○；⊙●▲

少年使酒，出口人嫌拗。
⊙○●●；⊙●⊙○▲

此个和合道理，近日方晓。
●●⊙⊙●●；●●⊙▲

学人言语，未会十分巧。
⊙○⊙●；●●⊙○▲

看他门，得人怜，秦吉了。
⊙⊙⊙；●○○；⊙●▲

（除起句外，上下阕句式似同。曹组词结句多两字，王义山词上阕第六、第七句句读有异，下阕第七、第八句少一字并为五字一句，不予参校。）

274. 峭寒轻　　(一体)

双调一百三字，上阕十句三平韵一叶韵，下阕十一句三平韵三叶韵

曹　勋

赏残梅

照溪流清浅，正万梅都开，峭寒天气。
●○○○●；●●○○○；●○○▼

才过了元宵，渐昼长禁宇，迤逦佳时。
○●●○○；●●○○●；●●○△

断肠枝上雪，残英已、片影初飞。
●○○●●；○○●、●●○△

苒苒随风送春到，便烂漫香迟。
●●○○●○●；●●●○△

凝睇。迎芳菲至。觉欣欣桃李，嫩色依微。
○▼　○○○▼　●○○○●；●●○△

应是有新酸，向嫩梢定须，一点藏枝。
○●●○○；●●○●○；●●○△

乍晴还又冷，从尊前、自落轻细。
●○○●●；○○○、●●○▼

寄语高楼，夜笛声、且缓吹。
●●○○；●●○、●●△

（上阕起句、结句，第二、第四、第五句，下阕第三、第六句，用一字领。）

275. 且坐令　　(一体)

双调七十字，上阕七句五仄韵，下阕六句六仄韵

韩　玉

闲院落。误了清明约。
○●▲　●●○○▲

杏花雨过胭脂绰。紧了秋千索。
●○●●○○▲　●●○○▲

鬥草人归，朱门悄掩，梨花寂寞。
●●○○；○○●●；○○●▲

书万纸、恨凭谁托。才封了、又揉却。
○●●、●○○▲　○○●、●○▲

冤家何处贪欢乐。引得我、心儿恶。
○○○●○○▲　●●●、○○▲

怎生全不思量著。那人人情薄。
●○○●○○▲　●○○○▲

276. 青房并蒂莲　　(一体)

双调一百三字，上阕九句五平韵，下阕九句四平韵

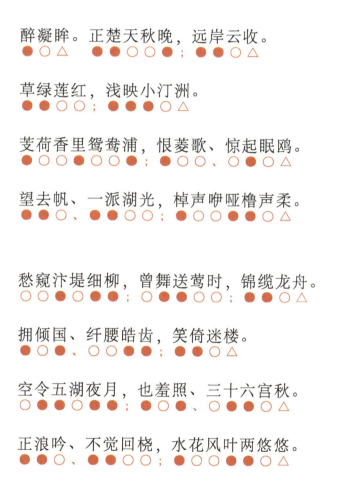

周邦彦

维扬怀古

醉凝眸。正楚天秋晚，远岸云收。
●○△　●●○○●；●●○△

草绿莲红，浅映小汀洲。
●●○○；●●●○△

芰荷香里鸳鸯浦，恨菱歌、惊起眠鸥。
●○○●○○●；●○○、○●○△

望去帆、一派湖光，棹声咿哑橹声柔。
●●○、●●○○；●○○●●○△

愁窥汴堤细柳，曾舞送莺时，锦缆龙舟。
○○●○●●；○●●○○；●●○△

拥倾国、纤腰皓齿，笑倚迷楼。
●○●、○○●●；●●○△

空令五湖夜月，也羞照、三十六宫秋。
○●●○●●；●○●、○●●○△

正浪吟、不觉回桡，水花风叶两悠悠。
●●○、●●○○；●○○●●○△

（上下阕第二句用一字领。）

277. 青门引　（一体）

双调五十二字，上阕五句三仄韵，下阕四句三仄韵

张　先

乍暖还轻冷。风雨晚来方定。
●●○○▲　○●●○○▲

庭轩寂寞近清明，残花中酒，又是去年病。
○○●●●○○；⊙○⊙●；●●●○▲

楼头画角风吹醒。入夜重门静。
○○●●○○▲　●●○○▲

那堪更被明月，隔墙送过秋千影。
●○●●○●；●○●●○○▲

278. 青门怨　　　（一体）

双调五十三字，上下阕各六句，三仄韵两平韵

无名氏

月痕烟景。远思孤影。旧梦云飞，离魂冰冷。
●●○▲　●○○▲　●●○○；○○○▲

脉脉恨满东风。对孤鸿。
●●●●○△　●○△

翠珠尘冷香如雾。人何许。心逐章台絮。
●○○●○○◆　○○▲　○●○○▲

夜深酒醒烛暗，独倚危楼。为谁愁。
●○●●●●；●●○◇　○○△

青门怨 （宋词）

王　质

宿池口

芦花已老。蓼花已老。江腹冲风，山头残照。暮烟不辨栖鸥。识归舟。　归舟照顾新洲阁。惊波恶。别拣深湾泊。南津北泝水村，总没人家。莽平沙。

279. 倾杯近　　（一体）

双调八十四字，上阕七句四仄韵，下阕九句四仄韵

袁去华

邃馆金铺半掩，帘幕参差影。
●●○○●●；○●○○▲

睡起槐阴转午，鸟啼人寂静。
●●○○●●；●○○●▲

残妆褪粉，松髻欹云慵不整。
○○●●；○●○○○●▲

尽无言、手挼裙带绕花迳。
●○○、●○○●●○▲

酒醒时，梦回处，旧事何堪省。
●●○；●○●；●●○○▲

共载寻春，并坐调筝何时更。
●●○○；●●○○○○▲

心情尽日，一似杨花飞无定。
○○●●；●●○○○○▲

未黄昏，又先愁夜永。
●○○；●○○●▲

（结句用一字领。）

280. 倾杯令　　（一体）

双调五十二字，上阕五句三仄韵，下阕四句三仄韵

吕渭老

枫叶飘红，莲房浥露，枕席嫩凉先到。
⊙●○○；○○●●；●●●○○▲

帘外蟾华如扫。枝上啼鸦催晓。
○●⊙○○▲　○●⊙○○▲

秋风又送潘郎老。小窗明、疏红残照。
○○⊙●○○▲　●○○、○○○▲

登高送远惆怅，白髮新愁未了。
○○●●○●；●●○○●▲

281. 清波引　　（二体）

（一）双调八十四字，上下阕各八句，六仄韵

姜　夔

冷云迷浦。倩谁唤、玉妃起舞。
⊙○○▲　●⊙●、●○●▲

岁华如许。野梅弄眉妩。
●○○▲　⊙⊙●○▲

屐齿印苍藓，渐为寻花来去。
●●⊙○●；●●○○○▲

自随秋雁南来，望江国、渺何处。
●○⊙●○○；⊙○●、●○▲

新诗漫与。好风景、长是暗度。
○○●▲　●○●、○●●▲

故人知否。抱幽恨难语。
●○○▲　●○●○▲

何时共渔艇，莫负沧浪烟雨。
○⊙⊙○●；●●⊙○○▲

况有清夜啼猿，怨人良苦。
⊙⊙⊙●○○；●○⊙▲

（下阕第四句用一字领。）

（二）双调八十三字，上下阕各八句，七仄韵

张　炎

横舟是时以湖湘廉使归

江涛如许。更一夜、听风听雨。
◉○○▲　●◉●、●○●▲

短篷容与。盘礴那堪数。
●○○▲　◉◉●○▲

弭节澄江树。不为莼鲈归去。
●●◉○●；●●○○○▲

怕教冷落芦花，谁招得、旧鸥鹭。
●○◉●○○；◉○●、●○▲

寒汀古溆。尽日无人唤渡。
○○●▲　●●○○●▲

此中清楚。寄情在谭麈。
●○○▲　●○●○▲

难觅真闲处。肯被水云留住。
○◉◉○●；●●◉○○▲

泠然棹入川流，去天尺五。
◉◉◉●○○；●○◉▲

（较一，唯下阕第二句少一字。）

282. 清风八咏楼　　（一体）

双调一百五字，上下阕各十句，五仄韵

王　行

远兴引游踪，漫偏踏天涯，萋萋芳草。
●●●○○；●●●○○；○○○▲

偏爱双溪好。有隐侯旧踪，层楼云表。
○●○○▲　●●○●○；○○○▲

碧崖丹嶂，看缥缈、凭阑吟啸。
●○○●；●●●、○○○▲

偶佳遇、留擒元霜，岁星旋又周了。
●○●、○●○○；●○●●○▲

归期谁道无据，几回首兴怀，故林猿鸟。
○○○●○●；●○●○○；●○○▲

拟春空杳。与鸳俦鸿侣，共还池岛。
●○○▲　●○○○●；●○○▲

川途迢递，纵南翔、仍诉幽抱。
○○○●；●○○、○●○▲

莫轻负、今日相看，但得翠尊同倒。
●○●、○●○○；●●●○○▲

（上下阕第二、第五句用一字领。）

283. 清风满桂楼　　（一体）

双调一百一字，上阕十句五仄韵，下阕九句六仄韵

曹　勋

凉飙霁雨。万叶吟秋，团团翠深红聚。
○○●▲　●●○○；○○●○○▲

芳桂月中来，应是染、仙禽顶砂匀注。
○●●○○；○●●、○○●○○▲

晴光助绛色，更都润、丹霄风露。
○○●●●；●○●、○○○▲

连朝看，枝间粟粟，巧裁霞缕。
○○●；○○●●；●○○▲

烟姿照琼宇。上苑移时，根连海山佳处。
○○●○▲　●●○○；○○●○○▲

回看碧岩边，薇露过、残黄韵低尘污。
○●●○○；○●●、○○●○○▲

诗人谩自许。道曾向、蟾宫折取。
○○●●▲　●○●、○○●▲

斜枝戴，惟称瑶池伴侣。
○○●；○●○○●▲

（除起、结外，上下阕句式似同。）

284. 清平令破子　　（一体）

双调五十二字，上下阕各四句，四仄韵

无名氏

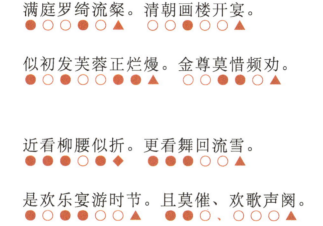

满庭罗绮流粲。清朝画楼开宴。
●○○●○▲　○○●○○▲

似初发芙蓉正烂熳。金尊莫惜频劝。
●○●○○●●▲　○○●●○▲

近看柳腰似折。更看舞回流雪。
●●●○●◆　●●●○○▲

是欢乐宴游时节。且莫催、欢歌声阕。
●○●●○○▲　●●○、○○○▲

（上下阕第三句用一字领。）

285. 清夜游　（一体）

双调九十七字，上阕九句五仄韵，下阕十一句五仄韵

周端臣

越调

西园昨夜，又一番、阑风伏雨。
○○●●；●●○、○○●▲

清晨按行处。有新绿照人，乱红迷路。
○○●○▲ ●○●●○；●○○▲

归吟窗底，但瓶几留连春住。
○○○●；●○●○○○▲

窥晴小蝶翩翩，等闲飞来似相妒。
○○●●○○；●○○○●○▲

迟暮。家山信杳，奈锦字难凭，清梦无据。
○▲ ○○●●；●●●○○；○●○▲

春尽江头，啼鹃最凄苦。
○●○○；○○●○▲

蔷薇几度花开，误风前、翠樽谁举。
○○●●○○；●○○、●○○▲

也应念，留滞周南，思归未赋。
●●●；○●○○；○○●▲

286. 情久长　　（一体）

双调一百三字，上下阕各九句，四仄韵

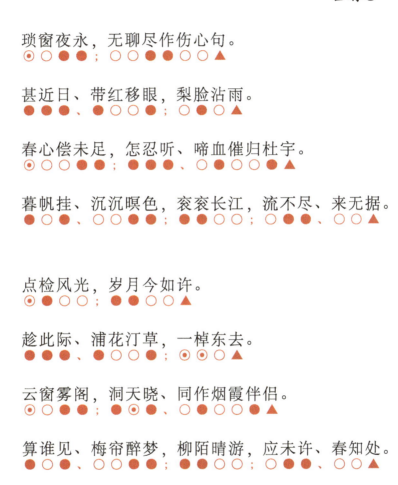

吕渭老

琐窗夜永，无聊尽作伤心句。
⊙○●●；○○●●○○▲

甚近日、带红移眼，梨脸沾雨。
●●●、●○○●；○●○▲

春心偿未足，怎忍听、啼血催归杜宇。
⊙○○●●；●●●、○●○○●▲

暮帆挂、沉沉暝色，衮衮长江，流不尽、来无据。
●○●、○○●●；●●○○；○●●、○○▲

点检风光，岁月今如许。
⊙●○○；●●○○▲

趁此际、浦花汀草，一棹东去。
●●●、●○○●；⊙⊙○▲

云窗雾阁，洞天晓、同作烟霞伴侣。
⊙○●●；●⊙●、○●○○●▲

算谁见、梅帘醉梦，柳陌晴游，应未许、春知处。
●○●、○○●●；●●○○；○●●、○○▲

287. 晴偏好　　（一体）

单调二十四字，四句四仄韵

李霜崖

平湖千倾生芳草。芙蓉不照红颠倒。
○○○●○○▲　○○●●○○▲

东坡道。波光潋滟晴偏好。
○○▲　○○●●○○▲

288. 庆春时　　（一体）

双调四十八字，上阕六句两平韵，下阕五句两平韵

晏几道

倚天楼殿，升平风月，彩仗春移。
⊙○⊙●；○○○●；⊙●○△

莺丝凤竹，长生调里，迎得翠舆归。
○○●●；○○●●；○●●○△

雕鞍游罢，何处还有心期。
○○○●；○●○●○△

浓熏翠被，深停画烛，人约月西时。
○○●●；○○●●；○●●○△

庆春时 （宋词）

晏几道

梅梢已有，春来音信，风意犹寒。南楼暮雪，无人共赏，闲却玉阑干。　　殷勤今夜，凉月还似眉弯。尊前为把，桃根丽曲，重倚四弦看。

289. 庆春泽　　（一体）

双调六十六字，上下阕各七句，四仄韵

张　先

飞阁危桥相倚。人独立东风，满衣轻絮。
⊙●⊙○○▲　○●●○○；●○○▲

还记忆，江南如今天气。正白蘋花，绕堤涨流水。
○●●；○○⊙○○▲　●●○○；●○●○▲

寒梅落尽谁寄。方春意无穷，青空千里。
○○●●○▲　○⊙●○○；⊙○○▲

愁草树，依依关城初闭。对月黄昏，角声傍烟起。
○●●；○○○○○▲　●●○⊙；⊙○●○▲

（上下阕第二句用一字领，领字用平声；上下阕第六句亦用一字领，且领字用去声。）

290. 庆金枝　　　（一体）

双调四十八字，上阕四句四平韵，下阕四句三平韵

张　先

青螺添远山。两娇靥、笑时圆。
⊙⊙⊙●△　●○●、●○△

抱云勾雪近灯看。妍处不堪怜。
●○○●●○△　○●●○△

今生但愿无离别，花月下、绣屏前。
⊙○●●○○●；⊙⊙●、●○△

双蚕成茧共缠绵。更结后生缘。
⊙○⊙●●○△　●●●○△

（上阕第三句可不用韵。无名氏词别首，两结各多一字，读作三、三。）

庆金枝 （宋词）

无名氏

莫惜金缕衣。劝君惜、少年时。花开堪折直须折，莫待折空枝。　　一朝杜宇才鸣后，便从此、歇芳菲。有花有酒且开眉。莫待满头丝。

291. 庆千秋　　(一体)

双调九十六字，上下阕各九句，四平韵

无名氏

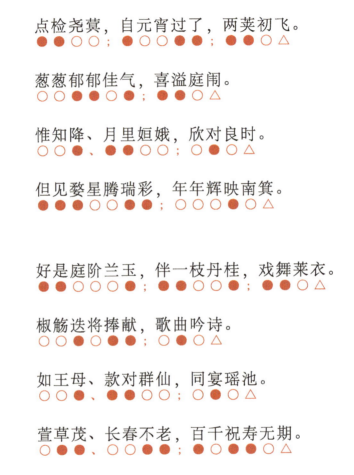

点检尧蓂，自元宵过了，两荚初飞。
●●○○；●○○●●；●●○△

葱葱郁郁佳气，喜溢庭闱。
○○●●○●；●●○△

惟知降、月里姮娥，欣对良时。
○○●、●●○○；○●○△

但见婺星腾瑞彩，年年辉映南箕。
●●●○○●●；○○○●○△

好是庭阶兰玉，伴一枝丹桂，戏舞莱衣。
●●○○○●；●●○○●；●●○△

椒觞迭将捧献，歌曲吟诗。
○○●○●●；○●○△

如王母、款对群仙，同宴瑶池。
○○●、●●○○；○●○△

萱草茂、长春不老，百千祝寿无期。
○●●、○○●●；●○●●○△

(上下阕第二句用一字领。)

292. 秋风清　（二体）

（一）单调三十字，六句四平韵

李　白

秋风清。秋月明。落叶聚还散，寒鸦栖复惊。
○○△　○●△　●●●○●；○○○●△

相思相见知何日，此时此夜难为情。
○○○●○○●；●○●●○○△

（寇准词起句不用韵，且词中平仄有异。）

（二）单调三十字，六句四仄韵

刘长卿

新安路。人来去。早潮复晚潮，明日知何处。
○○▲　○○▲　●○●●○；○●○○▲

潮水无情亦解归，自怜长在新安住。
○●○○●●○；●○○●○○▲

秋风清 （宋词）

寇 准

波渺渺，柳依依。孤村芳草远，斜日杏花飞。江南春尽离肠远，蘋满汀洲人未归。

293. 秋蕊香慢　　（一体）

双调九十七字，上阕十句五平韵，下阕九句五平韵

赵以夫

一夜金风，吹成万粟，枝头点点明黄。
●●○○；○○●●；○○●●○△

扶疏月殿影，雅澹道家装。
○○●●●；●●●○△

阿谁倩、天女散浓香。十分熏透霓裳。
●○●、○●●○△　●○○●○△

徘徊处，玉绳低转，人静天凉。
○○●；●○○●；○●○△

底事小山幽咏，浑未识清妍，空自情伤。
●●●○○●；○●●○○；○●○△

忆佳人、执手诉离湘。招蟾魄、和泪吸秋光。
●○○、●●●○△　○○●、○●●○△

碧云日暮何妨。
●○●●○△

惆怅久，瑶琴微弄，一曲清商。
●●●；○○○●；●●○△

294. 秋蕊香引　　（一体）

双调六十字，上阕七句三仄韵，下阕七句四仄韵

柳　永

留不得。光阴催促，奈芳兰歇，好花谢，惟顷刻。
○●▲　○○○●；●○○●；●●●；○●▲

彩云易散琉璃脆，验前事端的。
●○●●○○●；●○●○▲

风月夜，几处前踪旧迹。忍思忆。
○●●；●●○○●▲　●○▲

这回望断，永作蓬山隔。向仙岛归云路，两无消息。
●○●●；●●○○▲　●○●○○●；●○○▲

295. 秋思　　（一体）

双调一百二十三字，上阕十二句六仄韵，下阕十二句九仄韵

吴文英

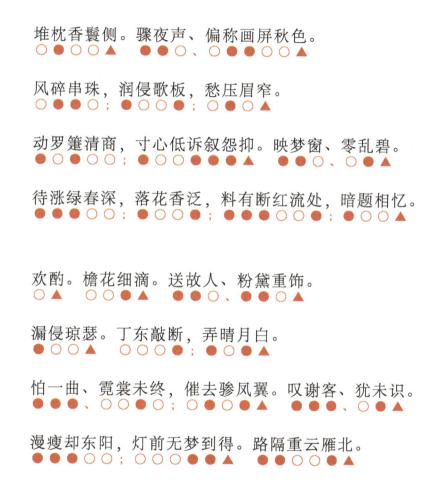

堆枕香鬟侧。骤夜声、偏称画屏秋色。
○●○○▲　●●○、○●●○○▲

风碎串珠，润侵歌板，愁压眉窄。
○●●○；●○○●；○●○▲

动罗箑清商，寸心低诉叙怨抑。映梦窗、零乱碧。
●○●○○；●○○●●●▲　●●○、○●▲

待涨绿春深，落花香泛，料有断红流处，暗题相忆。
●●●○○；●○○●；●●●○○●；●○○▲

欢酌。檐花细滴。送故人、粉黛重饰。
○▲　○○●▲　●●○、●●○▲

漏侵琼瑟。丁东敲断，弄晴月白。
●○○▲　○○○●；●○●▲

怕一曲、霓裳未终，催去骖凤翼。叹谢客、犹未识。
●●●、○○●○；○●○●▲　●●●、○●▲

漫瘦却东阳，灯前无梦到得。路隔重云雁北。
●●●○○；○○○●●▲　●●○○●▲

（上阕第六、第九句，下阕第十句，用一字领。《钦定词谱》名《秋思耗》。）

296. 秋宵吟　　（一体）

双调九十九字，上阕十一句六仄韵，下阕十句五仄韵

姜　夔

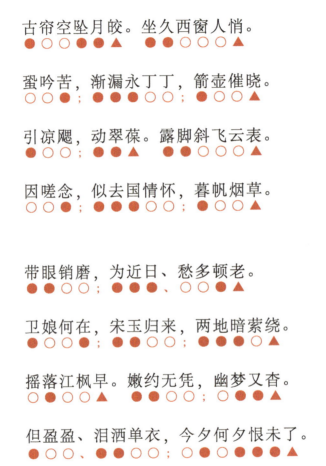

古帘空坠月皎。坐久西窗人悄。

●○○●●▲　●●○○○▲

蛩吟苦，渐漏永丁丁，箭壶催晓。

○○●；●●●○○；●○○▲

引凉飔，动翠葆。露脚斜飞云表。

●○○；●●▲　●●○○○▲

因嗟念，似去国情怀，暮帆烟草。

○○●；●●●○○；●○○▲

带眼销磨，为近日、愁多顿老。

●●○○；●●●、○○●▲

卫娘何在，宋玉归来，两地暗萦绕。

●○○●；●●○○；●●●○▲

摇落江枫早。嫩约无凭，幽梦又杳。

○●○○▲　●●○○；○●●▲

但盈盈、泪洒单衣，今夕何夕恨未了。

●○○、●●○○；○●○●●●▲

（上阕第四、第十句用一字领。）

297. 秋夜月　　（二体）

（一）双调八十四字，上下阕各十一句，五仄韵

尹　鹗

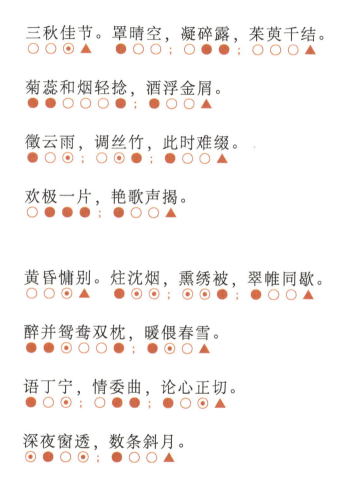

三秋佳节。罩晴空，凝碎露，茱萸千结。

○○⊙▲　●○○；○●●；○○○▲

菊蕊和烟轻捻，酒浮金屑。

●●○○○●；●○○▲

徵云雨，调丝竹，此时难缀。

●○⊙；○⊙●；●○○▲

欢极一片，艳歌声揭。

○●●●；●○○▲

黄昏慵别。炷沈烟，熏绣被，翠帷同歇。

○○⊙▲　●⊙⊙；⊙⊙●；●○○▲

醉并鸳鸯双枕，暖偎春雪。

●●⊙○○●；●⊙○▲

语丁宁，情委曲，论心正切。

●○⊙；○●●；●○⊙▲

深夜窗透，数条斜月。

⊙●○⊙；●○○▲

（上下阕句式似同。）

（二）双调八十三字，上阕八句五仄韵，下阕十一句五仄韵

柳　永

当初聚散。便唤作、无由再逢伊面。
○○⊙▲　●●●、○○●○○▲

近日来，不期而会重欢宴。
●●○；●○○●○○▲

向尊前，闲暇里，敛著眉儿长叹。
●○⊙；○⊙●；●●○○○▲

惹起旧愁无限。
●●●○○▲

盈盈泪眼。漫向我，耳边作，万般幽怨。
○○⊙▲　●⊙⊙；⊙⊙●；●○○▲

奈你自家心下，有事难见。
●●⊙○○●；●⊙○▲

待音信，真个恁，别无萦绊。
●○⊙；○●●；●○⊙▲

不免收心，共伊长远。
⊙●○⊙；●○○▲

（两体上阕句式有异，下阕似同。）

298. 曲江秋　　（一体）

双调一百一字，上阕十二句六仄韵，下阕十一句六仄韵

杨无咎

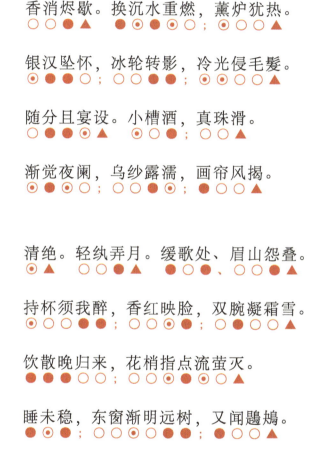

香消烬歇。换沉水重燃，薰炉犹热。

○○●▲　●⊙●⊙○；⊙○○▲

银汉坠怀，冰轮转影，冷光侵毛发。

⊙●●○；○○●●；⊙⊙○○▲

随分且宴设。小槽酒，真珠滑。

○●●⊙▲　⊙○●；○○▲

渐觉夜阑，乌纱露濡，画帘风揭。

⊙●⊙○；○○●⊙；●○○▲

清绝。轻纨弄月。缓歌处、眉山怨叠。

⊙▲　○○●▲　●○●、○○●▲

持杯须我醉，香红映脸，双腕凝霜雪。

⊙○○●●；○○⊙●；○●○○▲

饮散晚归来，花梢指点流萤灭。

●●●○○；○○⊙●⊙○▲

睡未稳，东窗渐明远树，又闻鶗鴂。

●⊙●；○○⊙○●●；●○○▲

（上阕第二句用一字领。韩玉词上阕第十句，下阕第七句，各多一字。）

299. 曲游春　　（一体）

双调一百三字，上阕十句五仄韵，下阕十一句七仄韵

周　密

禁苑东风外，飏暖丝晴絮，春思如织。
⊙●○○●；●⊙○○●；○●○▲

燕约莺期，恼芳情偏在，翠深红隙。
●●○○；●⊙○⊙●；⊙○○▲

漠漠香尘隔。沸十里、乱弦丛笛。
●●○○▲　⊙●●、●○○▲

看画船、尽入西泠，闲却半湖春色。
●●○、●●○○；○⊙●⊙○▲

柳陌。新烟凝碧。映帘底宫眉，堤上游勒。
●▲　○○⊙▲　●⊙●○○；○●○▲

轻暝笼烟，怕梨云梦冷，杏香愁幂。
⊙●○○；⊙○○●●；⊙○○▲

歌管酬寒食。奈蝶怨、良宵岑寂。
⊙●○○▲　●●●、⊙○⊙▲

正满湖、碎月摇花，怎生去得。
●●○、●●○○；⊙○●▲

（上下阕中八句句式似同。上阕第二句，下阕第三、第六句用一字领。赵功可词两结似有脱漏。）

曲游春 （宋词）

施　岳

清明湖上

画舸西泠路，占柳阴花影，芳意如织。小楫冲波，度麹尘扇底，粉香帘隙。岸转斜阳隔。又过尽、别船箫笛。傍断桥、翠绕红围，相对半篙晴色。　顷刻。千山暮碧。向沽酒楼前，犹击金勒。乘月归来，正梨花夜缟，海棠烟幂。院宇明寒食。醉乍醒、一庭春寂。任满身、露湿东风，欲眠未得。

300. 曲玉管　　（一体）

三段一百零五字，第一、第二段六句一叶韵两平韵，第三段十句三平韵

柳　永

陇首云飞，江边日晚，烟波满目凭阑久。
●●○○；○○●●；○○●●○○▼

立望关河，萧索千里清秋。忍凝眸。
●●○○；○●○●○△　●○△

杳杳神京，盈盈仙子，别来锦字终难偶。
●●○○；○○○●；●○●●○○▼

断雁无凭，冉冉飞下汀洲。思悠悠。
●●○○；●●○●○△　●○△

暗想当初，有多少、幽欢佳会，岂知聚散难期，
●●○○；●○●、○○○●；●○●●○○；

翻成雨恨云愁。阻追游。
○○●●○△　●○△

每登山临水，惹起平生心事，一场消黯，
●○○○●；●●○○○●；●○○●；

永日无言，却下层楼。
●●○○；●●○△

（第三段第六句用一字领。）

301. 鹊桥仙慢　　（一体）

双调八十八字，上阕十句四仄韵，下阕八句七仄韵

柳　永

届征途，携书剑，迢迢匹马东归去。
●○○；○○●；○○●●○○▲

惨离怀，嗟少年、易分难聚。
●○○；○●○、●○○▲

佳人方恁缱绻，便忍分鸳侣。
○○○●●●；●●○○▲

当媚景，算密意幽欢，尽成轻负。
○●○；●●●○○；●○○▲

此际寸肠万绪。惨愁颜、断魂无语。
●●●○●▲　●○○、●○○▲

和泪眼，片时几番回顾。伤心脉脉谁诉。
○●●；●○●○○▲　○○●●○▲

但黯然凝伫。暮烟寒雨。望秦楼何处。
●●○○▲　●○○▲　●○○○▲

（上阕第七、第九句，下阕第六、第八句，用一字领。）

302. 劝金船　　　(二体)

(一) 双调八十八字，上下阕各八句，六仄韵

苏　轼

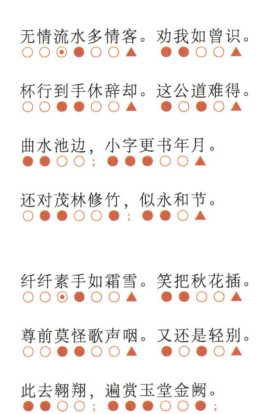

无情流水多情客。劝我如曾识。
○○⊙●○○▲　●●○○▲

杯行到手休辞却。这公道难得。
○○●●○○▲　●○●○▲

曲水池边，小字更书年月。
●●○○；●●●○○▲

还对茂林修竹，似永和节。
○●●○○●；●●○▲

纤纤素手如霜雪。笑把秋花插。
○○⊙●○○▲　●●○○▲

尊前莫怪歌声咽。又还是轻别。
○○●●○○▲　●○●○▲

此去翱翔，遍赏玉堂金阙。
●●○○；●●●○○●；

欲问再来何岁，应有华髪。
●●●○○●；⊙●○▲

(上下阕句式似同，第四句例用一字领。)

（二）双调九十二字，上阕八句六仄韵，下阕八句五仄韵

张　先

流泉宛转双开窦。带染轻纱皱。
○○⊙●○○▲　●●○○▲

何人暗得金船酒。拥罗绮前后。
○○●●○○▲　●○●○▲

绿定见花影，并照与、艳妆争秀。
●●●○●；●●●、●○○▲

行尽曲名，休更再歌杨柳。
○●●○；○●●○○▲

光生飞动摇琼甃。隔障笙箫奏。
○○⊙●○○▲　●●○○▲

须知短景欢无足，又还过清昼。
○○●●○○●；●○●○▲

翰阁迟归来，传骑恨、留连难久。
●●○○○；○●●、○○○▲

异日凤凰池上，为谁思旧。
●●●○○●；●○○▲

（上下阕句式似同，第四句例用一字领。较一，唯第五、第六句多一字，上结句读重组。）

303. 冉冉云　　（一体）

双调五十九字，上下阕各四句，四仄韵

卢　炳

雨洗千红又春晚。留牡丹、倚阑初绽。
●●○○●○▲　⊙⊙○、●○○▲

娇娅姹、偏赋精神君看。算费尽、工夫点染。
○●●、⊙●○○○▲　●●●、○○●▲

带露天香最清远。太真妃、院妆体段。
●⊙○⊙⊙○▲　●○○、●○⊙▲

拚对花、满把流霞频劝。怕逐东风零乱。
○●⊙、●●○○○▲　⊙●○○⊙▲

（下起平仄，可作：●●○○●○▲，或：●○○●○○▲。）

冉冉云 （宋词）

韩 淲

弄花雨

倚遍阑干弄花雨。卷珠帘、草迷芳树。山崦里、几许云烟来去。画不就、人家院宇。 社寒梁燕呢喃舞。小桃红、海棠初吐。谁信道、午醉醒时情绪。闲整春衫自语。

304. 绕池游　　（一体）

双调七十二字，上下阕各八句，五仄韵

无名氏

渐春工巧，玉漏花深寒浅。韶景变，融晴蕙风暖。
●○○●；●●○○○▲ ○●●；○○●○▲

都门十二，三五银蟾光满。瑞烟葱茜，禁城阆苑。
○○●●；○●○○○▲ ●○○▲ ●○●▲

棚山雉扇。绛蜡交辉星汉。神仙籍，梨园奏弦管。
○○●▲ ●●○○○▲ ○○●；○○●○▲

都人游玩。万井山呼欢抃。岁岁天仗，愿瞻凤辇。
○○○▲ ●●○○○▲ ●●○●；●○●▲

（除上阕起句、第四句不用韵外，上下阕句式似同。）

305. 绕池游慢　　(一体)

双调一百四字，上下阕各十句，四平韵

韩　淲

荷花好处，是红酣落照，翠蔼馀凉。
○○●●；●○○●●；●●○△

绕郭从前无此乐，空浮动、山影林篁。
●●○○○●●；○○●、○●○△

几度薰风晚，留望眼、立尽濠梁。
●●○○●；○●●、●●○△

谁知好事，初移画舫，特地相将。
○○●●；○○●●；●●○△

惊起双飞属玉，萦小楫冲岸，犹带生香。
○●○○●●；○●●○●；○●○△

莫问西湖西畔路，但九里、松下侯王。
●●○○○●●；●●●、○●○△

且举觞寄兴，看闲人、来伴吟章。
●●○●●；●○○、○●○△

寸折柏枝，蓬分莲实，徒系柔肠。
●●●○；○○○●；○●○△

（后十句句式似同。）

306. 绕佛阁　　(一体)

双调一百字，上阕十二句八仄韵，下阕九句六仄韵

周邦彦

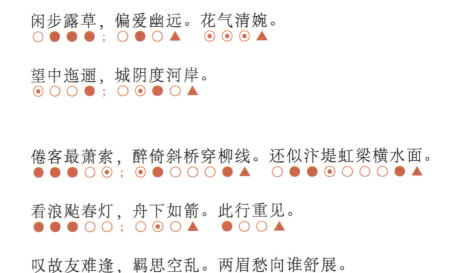

暗尘四敛。楼观迥出，高映孤馆。清漏将短。
●○●▲　○●●●；○●○▲　○●⊙▲

厌闻夜久，籤声动书幔。桂华又满。
●○●●；○○●○▲　●○●▲

闲步露草，偏爱幽远。花气清婉。
○●●●；○●○▲　⊙⊙⊙▲

望中迤逦，城阴度河岸。
⊙○○●；○⊙●○▲

倦客最萧索，醉倚斜桥穿柳线。还似汴堤虹梁横水面。
●●●○⊙；⊙●○○○●▲　○●●⊙○○○●▲

看浪飐春灯，舟下如箭。此行重见。
●●●○○；○⊙○▲　●○○▲

叹故友难逢，羁思空乱。两眉愁向谁舒展。
●●●○○；○●○▲　●○○●○○▲

（下阕第三句用二字领，亦有分为四字、五字各一句；第四、第七句用一字领。吴文英词，结句读作三、四。）

307. 如此江山　　（一体）

双调一百四字，上阕十句六仄韵，下阕十一句六仄韵

虞荐发

泛曲阿后湖

依依杨柳青丝缕。掩映绿波南浦。
○○○●○○▲　●●●○○▲

燕掠横斜，鳞游荡漾，恰是湔裙时序。
●●○○；○○●●；●●○○○▲

清泠如许。恍镜影空磨，簟痕密聚。
○○○▲　●●●○○；●○●▲

欲问伊人，且自溯洄前渚。
●●○○；●●●○○▲

并倚木兰无语。到来还、远树遥山，凝眸同睹。
●●●○○▲　●○○、●●○○；○○○▲

雁齿参差，汉流逦迤，多少鸥群鸳侣。
●●○○；●○●●；○●○○○▲

最饶闲趣。且酒斟绿蚁，玉杯时举。
●○○▲　●●○●●；●○○▲

欸乃一声，移入柳阴深处。
●●●○；○●●○○▲

（上下阕后八句句式似同。上阕第七句、下阕第八句用一字领。近《齐天乐》。）

308. 如鱼水　　（二体）

（一）双调九十四字，上阕九句六平韵，下阕九句七平韵

柳　永

轻霭浮空，乱峰倒影，潋滟十里银塘。
⊙●○⊙；●⊙●●；⊙●●●○△

绕岸垂杨。红楼朱阁相望。
●●○△　○○⊙●○△

芰荷香。双双戏、鸂鶒鸳鸯。
●○△　⊙○●、○●○△

乍雨过、兰芷汀洲望中，依约似潇湘。
●●●、⊙●○○●⊙；⊙●●○△

风淡淡，水茫茫。摇动一片晴光。
○⊙●；●○△　⊙⊙●●○△

画舫相将。盈盈红粉清商。
●●○△　○⊙○●○△

紫薇郎。修禊饮、且乐仙乡。
●○△　⊙●●、⊙●○△

便归去、遍历銮坡凤沼，此景也难忘。
●⊙●、●●○○●●；⊙●●○△

（上下阕后七句句式似同。上下阕第二句，第二、第五字平仄可互换，不可皆平或皆仄。）

（二）双调九十七字，上阕九句五平韵，下阕九句七平韵

柳　永

帝里疏散，数载酒萦花系，九陌狂游。
⊙●○⊙；●⊙●○⊙●；●●○△

良景对珍筵，恼佳人、自有风流。劝琼瓯。
○●●○○；●○○、⊙●○△　●○△

绛唇启、歌发清幽。
⊙○●、○●○△

被举措、艺足才高，在处别得艳姬留。
●●●、⊙●○○；●⊙⊙●●○△

浮名利，拟拚休。是非莫挂心头。
○⊙●；●○△　⊙⊙●●○△

富贵岂由人，时会高志须酬。莫闲愁。
●●●○○；○⊙○●○△　●○△

共绿蚁、红粉相尤。
⊙●●、⊙●○△

向绣幄，醉倚芳姿睡，算除此外何求。
●⊙●、●●○○●；●⊙●●○△

（下阕第三句首两字，平仄各一即可。良景对珍筵恼，疑有误。）

309. 入塞　　（一体）

双调五十二字，上阕六句四平韵、一叠韵，下阕五句四平韵、一叠韵

程　垓

好思量。正秋风、半夜长。
●○△　●○○、●●△

奈银缸一点。耿耿背西窗。
●○○●●；●●●○△

衾又凉。枕又凉。
○●△　●●△

露华凄凄月半床。照得人、真个断肠。
●○○○●●△　●●○、○●●△

窗前谁浸木犀黄。
○○○●●○△

花也香。梦也香。
○●△　●●△

（上阕第三句用一字领。）

310. 蕊珠闲　　（一体）

双调七十五字，上阕八句四仄韵，下阕八句六仄韵

赵彦端

浦云融，梅风断，碧水无情轻度。
●○○；○○●；●●○○○▲

有娇黄上，林梢向春欲舞。
●○○●；○○●○●▲

绿烟迷昼，浅寒欺暮。不胜小楼凝伫。
●○○●；●○○▲　●○●○○▲

倦游处。故人相见易阻。花事从今堪数。
●○▲　●○○●●▲　○●○○○▲

片帆无恙，好在一篙新雨。
●○○●；●●●○○▲

醉袍宫锦，画罗金缕。莫教恨传幽句。
●○○●；●○○▲　●○●○○▲

（下起用韵，下阕第二句增三字且用韵，此外上下阕句式似同。）

311. 瑞云浓　　（一体）

双调七十五字，上下阕各七句，四仄韵

杨无咎

睽离谩久，年华谁信曾换。依旧当时似花面。
○○●●；○○○●○▲　○●○○●○▲

幽欢小会，记永夜、杯行无算。
○○●●；●●●、○○○▲

醉里屡忘归，任虚檐月转。
●●●○○；●○○●▲

能变新声，随语意、悲欢感怨。可更馀音寄羌管。
○●○○；○●●、○○●▲　●○○○●○▲

倦游江浙，问似伊、阿谁曾见。
●○○●；●●○、●○○▲

度已无肠，为伊可断。
●●○○；●○●▲

（上结用一字领。）

312. 瑞云浓慢　（一体）

双调一百四字，上阕十一句四仄韵，下阕十一句五仄韵

陈　亮

蔗浆酪粉，玉壶冰醑，朝罢更闻宣赐。
●○●●；●○○●；○●●○○▲

去天咫尺，下拜再三，幸今有母可遗。
●○●●；●●●○；●○●●●▲

年年此日，共道是、月入怀中最贵。
○○●●；●●●、●●○○●▲

向暑天，正风云会遇，有恁嘉瑞。
●●○；●○○●●；●●○▲

鹤冲霄，鱼得水。一超便直入、神仙地。
●○○；○●▲ ●○●●●、○○▲

植根江表，开拓两河，做得黑头公未。
●○○●；○●●○；●●●○○▲

骑鲸赤手，问如何、长鞭尺箠。
○○●●；●○○、○○●▲

算向来，数王谢风流，只今管是。
●●○；●○●○○；●○●▲

（上下阕第十句用一字领。）

313. 瑞鹧鸪近　　（一体）

双调六十四字，上下阕各五句，三平韵

柳　永

三吴嘉景占风流。渭南往岁忆来游。
⊙○○●●○△　⊙○⊙●●○△

西子方来，越相功成去，千里沧波一叶舟。
⊙●○○；●●○○●；⊙●○○●●△

至今无限盈盈者，尽来拾翠芳洲。
⊙○⊙●○○●；⊙○⊙●○△

最是簇簇寒村，遥认南朝路、晚烟收。三两人家古渡头。
⊙⊙⊙●○○；⊙●○⊙●、●○△　⊙●○○●●△

（无名氏词，下阕第三、第四句，重组为七字两句。）

瑞鹧鸪近 （宋词）

晏　殊

咏红梅

越娥红泪泣朝云。越梅从此学妖颦。腊月初头，庾岭繁开后，特染妍华赠世人。　　前溪昨夜深深雪，朱颜不掩天真。何时驿使西归，寄与相思客、一枝新。报道江南别样春。

瑞鹧鸪近 （宋词）

无名氏

临鸾常恁整妆梅。枝枝仙艳月中开。可杀天心，故与多端丽，那更罗衣峭窄裁。　　几回蟾觑魂消黯，芙蕖匀透双腮。好将心事都分付，与时暂到小庭来。玉砌红芳点绿苔。

314. 瑞鹧鸪慢　　（二体）

（一）双调八十八字，上下阕各九句，五平韵

柳　永

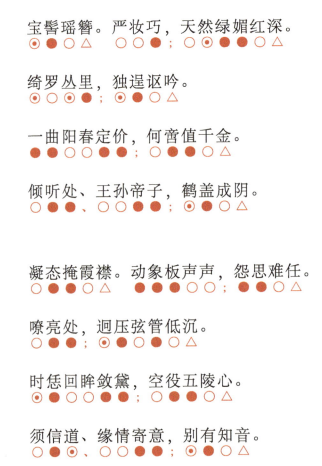

宝髻瑶簪。严妆巧，天然绿媚红深。

⊙●○△　○○●；○⊙●●○△

绮罗丛里，独逞讴吟。

⊙○⊙●；⊙●○△

一曲阳春定价，何啻值千金。

●●○○●●；○●●○△

倾听处、王孙帝子，鹤盖成阴。

○●●、○○●●；⊙●○△

凝态掩霞襟。动象板声声，怨思难任。

○●●○△　●●●○○；●●○△

嘹亮处，迥压弦管低沉。

○●●；⊙●○●○△

时恁回眸敛黛，空役五陵心。

⊙●○○●●；○●●○△

须信道、缘情寄意，别有知音。

○●⊙、○○●●；⊙●○△

（下阕第二句用一字领。）

（二）双调八十六字，上下阕各九句，五平韵

柳　永

吴会风流。人烟好，高下水际山头。
⊙●○△　○○●；○⊙●●○△

瑶台绛阙，依约蓬丘。
⊙○⊙●；⊙●○△

万井千闾富庶，雄压十三州。
●●○○●●；○●●○△

触处青蛾画舸，红粉朱楼。
●●○○●●；⊙●○△

方面委元侯。致讼简时丰，继日欢游。
○●●○△　●●●○○；●●○△

襦温袴暖，已扇民讴。
○⊙●●；●●○△

旦暮锋车命驾，重整济川舟。
⊙●○○●●；○●●○△

当恁时、沙堤路稳，归去难留。
○●⊙、○○●●；⊙●○△

（较一，上结少一字，下阕第四、第五句句读异且少一字，余皆同。下阕第二句用一字领。）

315. 睿恩新　（一体）

双调五十五字，上下阕各四句，三仄韵

晏　殊

芙蓉一朵霜秋色。迎晓露、依依先拆。
○○●●⊙○▲　○●●、⊙○○▲

似佳人、独立倾城，傍朱槛、暗传消息。
●○○、●●○○；⊙⊙●、●○○▲

静对西风脉脉。金蕊绽、粉红如滴。
●●○○⊙▲　⊙●●、●○○▲

向兰堂、莫厌重深，免清夜、微寒渐逼。
●○○、●●○○；●⊙●、○○●▲

（下起减一字。）

316. 塞姑　　　(一体)

单调二十四字，四句三仄韵

无名氏

昨日卢梅塞口。整见诸人镇守。
●●○○●▲　●●○○●▲

都护三年不归，折尽江边杨柳。
○●○○●○；●●○○○▲

（仄韵《三台》也。）

317. 塞孤　　（一体）

双调九十五字，上下阕各九句，六仄韵

柳　永

一声鸡，又报残更歇。秣马巾车催发。
●○○；●●○○▲　●●○○○▲

草草主人灯下别。山路险，新霜滑。
●●⊙○○●▲　○●●；○○▲

瑶珂响、起栖乌，金镫冷、敲残月。
○○●、●○○；○●●、○○▲

渐西风、系襟袖凄冽。
●○○、●⊙⊙○▲

遥指白玉京，望断黄金阙。还道何时行彻。
○●●●○；●●○○▲　⊙●○○○▲

算得佳人凝恨切。应念念，归时节。
⊙●○○○●▲　○●●；○○▲

相见了、执柔荑，幽会处、偎香雪。
○●●、●○○；○●●、○○▲

免鸳衾、两恁虚设。
●○○、●●○▲

（下阕较上阕，唯下起增两字，结句减一字。）

塞孤 （宋词）

朱 雍

次柳耆卿韵

雪江明，练静波声歇。玉浦梅英初发。隐隐瑶林堪乍别。琼路冷，云阶滑。寒枝晚、已黄昏，铺碎影、留新月。向亭皋、一任□风冽。 歌起郢曲时，目断秦城阙。远道冰车清彻。追念酥妆凝望切。□淡伫，迎佳节。应暗想、日边人，聊寄与、同欢悦。劝清尊、忍负盟设。

318. 三莫子　（一体）

双调六十七字，上下阕各九句，四平韵

王　恽

壮河山表里，百二喉襟。形胜地，古犹今。
●⊙○⊙●；⊙●○△　○●●；●○△

风云全晋在，草木故都深。
⊙○○●●；⊙●●○△

淡长空，孤鸟没，总消沉。
⊙○●；○⊙●；●○△

东山高卧，梁甫长吟。人未老，鬓毛侵。
⊙○●●；○●○△　○●●；●○△

平生多古意，落日更登临。
⊙○○●●；⊙●●○△

倚危阑，穷远目，恐伤心。
⊙⊙●；○⊙●；●○△

（起句例用一字领。去上起领字，上下阕句式同。）

三莫子 （金元词）

高　宪

留襄州

上楚山高处，回望襄州。兴废事，古今愁。草封诸葛庙，烟锁仲宣楼。英雄骨，繁华梦，几荒邱。　　雁横别浦，鸥戏芳洲。花又老，水空流。著人何处在，倦客若为留。习池饮，庞陂钓，鹿门游。

三莫子 （金元词）

元好问

离南阳後作

怅韶华流转，无计留连。行乐地，一凄然。笙歌寒食後，桃李恶风前。连环玉，回文锦，两缠绵。　　芳尘未远，幽意谁传。千古恨，再生缘。闲衾香易冷，孤枕梦难圆。西窗雨，南楼月，夜如年。

319. 三台词　　（一体）

又名折花令，双调五十二字，上下阕各五句，三仄韵

无名氏

翠幕华筵，相将正是多欢宴。
●●○○；○○●●○○▲

举舞袖、回旋遍。
●●●、○○▲

罗绮簇宫商，共歌清羡。
○●●○○；●○○▲

莫惜沉醉，琼浆泛泛金尊满。
●●○●；○○●●○○▲

当永日、长游衍。
○●●、○○▲

愿燕乐嘉宾，嘉宾式燕。
●●●○○；○○●▲

（除下结用一字领外，上下阕句式似同。）

320. 三台慢　　（一体）

三段一百七十一字，每段各八句，五仄韵

万俟咏

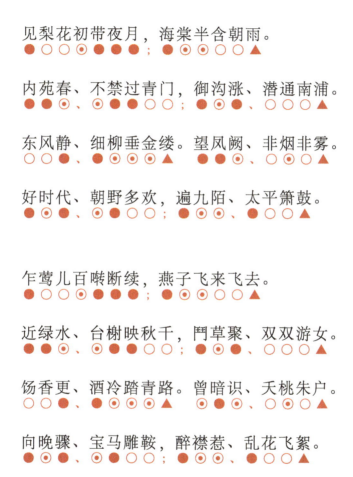

见梨花初带夜月，海棠半含朝雨。
●○○⊙●●●；●⊙⊙○○▲

内苑春、不禁过青门，御沟涨、潜通南浦。
●●⊙、⊙●●○○；●⊙●、○○○▲

东风静、细柳垂金缕。望凤阙、非烟非雾。
○○●、●⊙⊙⊙▲　●●⊙、○⊙○▲

好时代、朝野多欢，遍九陌、太平箫鼓。
●⊙●、⊙●○○；●⊙⊙、●○○▲

乍莺儿百啭断续，燕子飞来飞去。
●○○⊙●●●；●⊙⊙○○▲

近绿水、台榭映秋千，鬥草聚、双双游女。
●●⊙、⊙●●○○；●⊙●、○○○▲

饧香更、酒冷踏青路。曾暗识、夭桃朱户。
○○●、●⊙⊙⊙▲　⊙●⊙、○⊙○▲

向晚骤、宝马雕鞍，醉襟惹、乱花飞絮。
●⊙●、⊙●○○；●⊙⊙、●○○▲

正轻寒轻暖漏永，半阴半晴云暮。
●○○⊙●●●；●⊙⊙○○▲

禁火天、已是试新妆，岁华到、三分佳处。
●●⊙、⊙●●○○；●⊙●、○○○▲

清明看、汉宫传蜡炬。散翠烟、飞入槐府。
○○●、●⊙⊙⊙▲ ⊙●⊙、○⊙○▲

敛兵卫、阊阖门开，住传宣、又还休务。
●⊙●、⊙●○○；●⊙⊙、●○○▲

（三段句式似同，平仄可校。每段起句用一字领。每段第五句可平可仄处不可皆仄。）

321. 三字令　　　（二体）

（一）双调四十八字，上下阕各八句，四平韵

欧阳炯

春欲尽，日迟迟。牡丹时。
○●●；●○△　●○△

罗幌卷，翠帘垂。
○●●；●○△

彩笺书，红粉泪，两心知。
●○○；○●●；●○△

人不见，燕空归。负佳期。
○⊙●；●○△　●○△

香烬冷，枕闲敧。
○●●；●○△

月分明，花淡薄，惹相思。
●○○；○●●；●○△

（二）双调五十四字，上下阕各九句，四平韵

向子諲

春尽日，雨馀时。红蔌蔌，绿漪漪。
○●●；●○△　○●●；●○△

花满地，水平池。烟光里，云影上，画船移。
○●●；●○△　○○●；○●●；●○△

纹鸳并，白鸥飞。歌韵响，酒行迟。
○⊙●；●○△　○●●；●○△

将我意，入新诗。春欲去，留且住，莫教归。
○●●；●○△　○●●；○●●；●○△

（较一，唯第二句后插入一三字句耳。体一之上下阕第六句，较体二之上下阕第七句，平仄异。）

322. 散馀霞 （一体）

双调四十四字，上下阕各四句，三仄韵

毛 滂

墙头花寒犹噤。放绣帘昼静。
○○○○○▲　●●○●▲

帘外时有蜂儿，趁杨花不定。
○●○●○○；●○○●▲

阑干又还独凭。念翠低眉晕。
○○●○●▲　●●○○▲

春梦枉恼人肠，更厌厌酒病。
○●●●○○；●○○●▲

（上下阕句式似同，第二句及两结用一字领。）

323. 扫寺舞　　（一体）

双调五十八字，上下阕各七句，六仄韵、一叠韵

无名氏

酥点萼。玉碾萼。点时碾时香雪薄。
○●▲　●●▲　●○●○○●▲

才折得。春方弱。半掩朱扉垂绣幕。
○●▲　○●▲　●●○○○●▲

怕吹落。
●○▲

捻一饷。嗅一饷。捻时嗅时宿酒忘。
●●◆　●●▲　●○●○●●▲

春笋上。不忍放。待对菱花斜插向。
○●▲　●●▲　●●○○○●▲

宝钗上。
●○▲

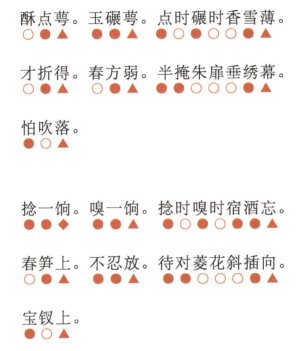

（似《撷芳词》。上下阕句式似同。）

324. 纱窗恨　　（一体）

双调四十一字，上阕四句两叶韵、两平韵，下阕三句两平韵

毛文锡

新春燕子还来至。一双飞。
○○●●○○▼　●○△

垒巢泥湿时时坠。浣人衣。
●○⊙●○○▼　●○△

后园里看百花发，香风拂、绣户金扉。
●○●●⊙○●；⊙⊙⊙、⊙●○△

月照纱窗恨依依。
●●○○●○△

325. 山亭柳　　（二体）

（一）双调七十九字，上阕七句五平韵，下阕七句四平韵

晏　殊

家住西秦。赌博艺随身。花柳上、鬥尖新。
○●○△　●●●○△　○●●、●○△

偶学念奴声调，有时高遏行云。
●●●○○●；●○○●○△

蜀锦缠头无数，不负辛勤。
●●○○○●；●●○△

数年来往咸京道，残杯冷炙谩消魂。衷肠事、托何人。
●○○●○○●；○○●●●○△　○○●、●○△

若有知音见采，不辞遍唱阳春。
●●○○●●；●○●●○△

一曲当筵落泪，重掩罗巾。
●●○○●●；○●○△

（二）双调七十九字，上阕七句四仄韵，下阕七句五仄韵

杜安世

晓来风雨，万花飘落。叹韶光、虚过却。
●○○●；●○○▲　●○○、○●▲

芳草萋萋，映楼台、淡烟漠漠。
○●○○；●○○、●○●▲

纷纷絮飞院宇，燕子过朱阁。
○○●○●●；●●○○▲

玉容淡妆添寂寞。檀郎孤愿太情薄。数归期、绝信约。
●○●○○●▲　○○○●●○▲　●○○、●●▲

暗添春宵恨，平康恣迷欢乐。
●○○○●；○○●○○▲

时时闷饮绿醑，甚转转、思量著。
○○●●●●；●●●、○○▲

326. 山亭宴　　(一体)

双调一百二字，上下阕各八句，五仄韵

张　先

宴亭永昼喧箫鼓。倚青空、画阑红柱。
●○●●○○▲　●○○、●○○▲

玉莹紫微人，蔼和气、春融日煦。
●●●○○；●○●、○○●▲

故宫池馆旧楼台，约风月、今宵何处。
●○○●●○○；●○●、○○○▲

湖水动鲜衣，竞拾翠、湖边路。
○●●○○；●●●、○○▲

落花荡漾愁空树。晓山静、数声杜宇。
●○●●○○▲　●○●、●○●▲

天意送芳菲，正黯淡、疏烟短雨。
○●●○○；●●●、○○●▲

新欢宁似旧欢长，此会散、几时还聚。
○○○●●○○；●●●、●○○▲

试为挹飞云，问解寄、相思否。
●●●○○；●●●、○○▲

（上下阕句式似同。）

327. 伤春曲　　（一体）

单调三十八字，七句五仄韵

无名氏

芳菲时节。花压枝折。蜂蝶撩乱，阑槛光发。
○○○▲　○●○▲　○●○●；○●○▲

一旦碎花魄、葬花骨。
●●●○●、●○▲

蜂兮蝶兮何不知，空使雕阑对明月。
○○●○○●○；○●○○●○▲

328. 伤春怨　　（一体）

双调四十三字，上下阕各四句，三仄韵

王安石

雨打江南树。一夜花开无数。
●●○○▲　●●○○○▲

绿叶渐成阴，下有游人归路。
●●●○○；●●○○○▲

与君相逢处。不道春将暮。
●○○○▲　●●○○▲

把酒祝东风，且莫恁、匆匆去。
●●●○○；●●●、○○▲

329. 赏南枝　　（一体）

双调一百五字，上阕九句五平韵，下阕九句六平韵

曾　巩

暮冬天地闭，正柔木冻折，瑞雪飘飞。
●○○●●；●○●●●；●●○△

对景见南山，岭梅露、几点清雅容姿。
●●●○○；●○●、●●○●○△

丹染萼、玉缀枝。又岂是、一阳有私。
○●●、●●△　●●●、●○●△

大抵化工独许，使占却先时。
●●●○●●；●●●○△

霜威莫苦凌持。此花根性，想群卉争知。
○○●●○△　●○○●；●○●○△

贵用在和羹，三春里、不管绿是红非。
●●●○○；○○●、●●●●○△

攀赏处、宜酒卮。醉捻嗅、幽香更奇。
○●●、○●△　●●●、○○●△

倚阑仗何人去，嘱羌管休吹。
●○●○○●；●○●○△

（上下阕后六句句式似同。上阕第二句、下阕第三句及两结用一字领。）

330. 赏松菊　　（一体）

双调九十四字，上阕九句四仄韵，下阕九句五仄韵

曹　勋

凉飙应律惊潮韵，晓对彩蟾如水。
○○●●○○●；●●●○○▲

庆霄占梦月，已祥开天地。
●○○●●；●○○○▲

圣主中兴大业，二南化、恭勤辅翊。
●●○○●●；●○●、○○●▲

抚宫闱，看仪型海宇，尽成和气。
●○○；●○○●●；●○○▲

禁掖西、瑶宴席。泛天风、响钧韶空外。
●●○、○●▲　●○○、●○○○▲

贵是至尊母，极人间崇贵。
●●●○●；●○○○▲

缓引长生丽曲，翠林正、香传瑞桂。
●●○○●●；●○●、○○●▲

向灵华，奉光尧，同万万岁。
●○○；●○○；○●●▲

331. 上林春　　　（一体）

双调一百二字，上阕十一句四仄韵，下阕九句五仄韵

晁补之

帽落宫花，衣惹御香，凤辇晚来初过。
⊙●○○；○●●⊙；●●⊙○○▲

鹤降诏飞，龙擎烛戏，端门万枝灯火。
●⊙⊙⊙；○○●●；○○●○○▲

满城车马，对明月、有谁闲坐。
●○⊙●；●○●、●○⊙▲

任狂游，更许傍禁街，不扃金锁。
●○○；●⊙⊙●⊙；⊙○○▲

玉楼人、暗中掷果。珍帘下、笑著春衫袅娜。
●○○、●○●▲　○○●、●●○○⊙▲

素蛾绕钗，轻蝉扑鬓，垂垂柳丝梅朵。
●⊙⊙⊙；○○⊙●；○⊙●○○▲

夜阑饮散，但赢得、翠翘双亸。
⊙○●●；●○●、●○○▲

醉归来，又重向、晓窗梳裹。
●○○；●⊙●、●○○▲

上林春 （宋词）

曾　纡

东苑梅繁，豪健放乐，醉倒花前狂客。靓妆微步，攀条弄粉，凌波遍寻青陌。暗香堕靥。更飘近、雾鬟蝉额。倒金荷，念流光易失，幽姿堪惜。　　惜花心、未甘鬓白。南枝上、又见寻芳消息。旧游回首，前欢如梦，谁知等闲抛掷。稠红乱蕊，漫开遍、楚江南北。独销魂，念谁寄、故园春色。

332. 上林春令　　（一体）

双调五十三字，上下阕各四句，三仄韵

毛　滂

蝴蝶初翻帘绣。万玉女、齐回舞袖。
○●○○○▲　●●●、○○⊙▲

落花飞絮濛濛，长忆著、灞桥别后。
⊙○⊙●○○；⊙●●、●○●▲

浓香斗帐自永漏。任满地、月深云厚。
⊙○●●⊙⊙▲　●⊙●、⊙○○▲

夜寒不近流苏，只怜他、后庭梅瘦。
⊙○●●○○；⊙○⊙、●○○▲

333. 上行杯　　（二体）

（一）单调三十九字，九句八仄韵

孙光宪

离棹逡巡欲动。临极浦、故人相送。
⊙●○○⊙▲　○●●、●⊙○▲

去往心情知不共。金船满捧。
●●○○○●▲　○○●▲

绮罗愁，丝管咽。
●○○；○●◆

迴别。帆影灭。江浪如雪。
●▲　○●▲　○●○▲

（二）单调四十一字，七句七仄韵

韦　庄

芳草灞陵春岸。柳烟深、满楼弦管。
⊙●●○○▲　●○○、⊙⊙○▲

一曲离声肠寸断。今日送君千万。
⊙●⊙○○●▲　○●●○○▲

红缕玉盘金镂盏。须劝。珍重意、莫辞满。
⊙●●○⊙⊙▲　○▲　○●●、●○▲

334. 少年心　　(一体)

双调六十字，上下阕各五句三仄韵、一叶韵

黄庭坚

对景惹起愁闷。染相思、病成方寸。
●●●●○▲　●○○、●○○▲

是阿谁先有意，阿谁薄幸。斗顿恁、少喜多嗔。
●●○○●●；●○●▲　●●●、●●○▽

合下休传音问。你有我、我无你分。
●●○○○▲　●●●、●○●▲

似合欢桃核，真堪人恨。心儿里、有两个人人。
●●○○●；○○○▲　○○●、●●●○▽

（黄庭坚别首添字，未予校订。）

335. 少年游慢　　（一体）

双调八十四字，上阕八句六仄韵，下阕八句五仄韵

张　先

春城三二月。禁柳飘绵未歇。
○○○●▲　●●○○●▲

仙籞生香，轻云凝紫临层阙。
○●○○；○○○●○○▲

歌掌明珠滑。酒脸红霞发。
⊙●○○▲　●●○○▲

华省名高，少年得意时节。
⊙●○○；●○●●○▲

画刻三题彻。梯汉同登蟾窟。
●●○○▲　○●○○⊙▲

玉殿初宣，银袍齐脱生仙骨。
●●○○；⊙○○●○○▲

花探都门晓，马跃芳衢阔。
○●○○●；●●○○▲

宴罢东风，鞭梢一行飞雪。
⊙●○○；○○●○○▲

（除上阕第五句用韵、下阕不用外，上下阕句式似同。无名氏词两起句平仄互换，结句为：●●○●○▲。）

336. 升平乐　　（一体）

双调一百三字，上下阕各十一句，四平韵

吴　奕

水阁层台，短亭深院，依稀万木笼阴。
●●○○；●○○●；○○●●○△

飞暑无涯，行云有势，晚来细雨回晴。
○●○○；○○●●；●○●●○△

庭槐转影，近纱厨、两两蝉鸣。
○○●●；●○○、●●○△

幽梦断，枕金猊旋热，兰炷微薰。
○●●；●○○●●；○●○△

堪命俊才俦侣，对华筵坐列，朱履红裙。
○●●○○●；●○○●●；○●○△

檀板轻敲，金樽满泛，纵教畏日西沉。
○●○○；○○●●；●○●●○△

金丝玉管，间歌喉、时奏清音。
○○●●；●○○、○●○△

唐虞世，尽陶陶沉醉，且乐升平。
○○●；●○○○●；●●○△

（上阕第十句，下阕第二、第十句用一字领。）

337. 声声令　　（一体）

双调六十六字，上阕七句四平韵，下阕八句四平韵

曹　勋

梅风吹粉，柳影摇金。渐看春意入芳林。
○○⊙●；⊙●○△　●○○●●○△

波明草嫩，据征鞍，晚烟沉。
○○●●；●○⊙；●○△

向野馆、愁绪怎禁。
●●⊙、○●●△

过了烧灯，醉别院，阻同寻。琐窗还是冷瑶琴。
⊙●○○；⊙●●；●○△　●○○●●○△

灯花灺也，拥春寒，掩闲衾。
○○●●；●○○；●○△

念翠屏、应倚夜深。
●●○、⊙●●△

（下阕起句及第六句可用韵。）

338. 胜州令　　（一体）

四段二百十五字，第一段十句七仄韵，第二段十一句六仄韵，第三段九句六仄韵，第四段八句四仄韵

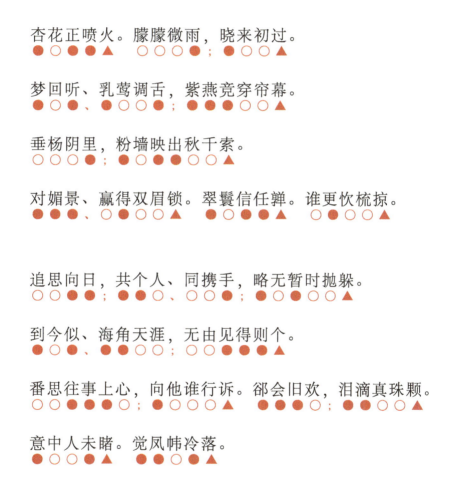

郑意娘

杏花正喷火。濛濛微雨，晓来初过。
●○●●▲　○○○●；●○○▲

梦回听、乳莺调舌，紫燕竞穿帘幕。
●○●、●○○●；●●●○○▲

垂杨阴里，粉墙映出秋千索。
○○○●；●○●●○○▲

对媚景、赢得双眉锁。翠鬟信任鞾。谁更忺梳掠。
●●●、○●○○▲　●○●●▲　○●○○▲

追思向日，共个人、同携手，略无暂时抛躲。
○○●●；●●○、○○●；●○●○○▲

到今似、海角天涯，无由见得则个。
●○●、●●○○；○○●●●▲

番思往事上心，向他谁行诉。郤会旧欢，泪滴真珠颗。
○○●●●○；●○○○▲　●●●○；●●○○▲

意中人未睹。觉凤帏冷落。
●○○●▲　●●○●▲

都是唵嗏错。被他闲言伏语啜做。
○●●○▲ ●○○○●●●▲

到此近、四五千里，为水远山遥阔。
●●●、●●○●；●●●○○▲

当初曾言，尽老更不重婚却。甚镇日、共人同欢乐。
○○○○；●●●●○○▲ ●●●、●○○○▲

傅粉在那里，肯念人寂寞。
●●●●●；●●○●▲

终待把、云笺细写，把衷肠、尽总说破。
○●●、○○●●；●○○、●●●▲

问伊怎下得，怜新弃旧，顿乖盟约。
●○●●●；○○●●；●○○▲

可怜命掩黄泉，细寻思、都为他一个。
●○●●○○；●○○、○●○●▲

你忒煞亏我。
●●●○▲

（似用方言押韵，不必遵之）

339. 师师令　　（一体）

双调七十三字，上下阕各六句五仄韵

张　先

香钿宝珥。拂菱花如水。
○○●▲　●○○○▲

学妆皆道称时宜，粉色有、天然春意。
●○○●●○○；●●●、○○○▲

蜀彩衣长胜未起。纵乱云垂地。
●●○○○●▲　●●○○▲

都城池苑夸桃李。问东风何似。
○○○●○○▲　●○○○▲

不须回扇障清歌，唇一点、小于珠蕊。
●○○●●○○；○●●、●○○▲

正是残英和月坠。寄此情千里。
●●○○○●▲　●●○○▲

（除起句外，上下阕句式似同。上下阕第二句、结句，用一字领。）

340. 十二时慢　　（二体）

（一）三段一百三十字，前段十一句五仄韵，中段八句三仄韵，后段八句四仄韵

柳　永

晚晴初，淡烟笼月，风透蟾光如洗。
●○○；●○○●；○●○○⊙▲

觉翠帐、凉生秋思。渐入微寒天气。
●●●、○○⊙▲　●●○○⊙▲

败叶敲窗，西风满院，睡不成还起。
⊙●○○；○○⊙●；●●○○▲

更漏咽、滴破忧心，万感并生，都在离人愁耳。
⊙●●、⊙●○○；●●⊙○；○●⊙○○▲

天怎知、当时一句，做得十分萦系。
○●○；○○⊙●；●●●○○▲

夜永有时，分明枕上，觑着孜孜地。
⊙●●○；⊙○⊙●；⊙●○○▲

烛暗时酒醒，元来又是梦里。
●●○●●；⊙○⊙●⊙▲

睡觉来、披衣独坐，万种无憀情意。
●⊙○；⊙○⊙●；⊙●○○○▲

怎得伊来，重谐连理，再整馀香被。
●●○○；⊙○○▲　●●○○▲

祝告天发愿，从今永无抛弃。
●⊙○●●；○○●○○▲

（二）三段一百四十一字，前段十一句七仄韵，中段八句四仄韵，后段十句四仄韵

彭　耜

素馨花，在枝无几。秋入阑干十二。
●○○；●○○▲　○●○○●▲

那茉莉、如今已矣。只有兰英菊蕊。
●●●、○○●▲　●●○○●▲

霜蟹年时，香橙天气。总是悲秋意。
○●○○；○○○▲　●●○○▲

问宋玉、当日如何，对此凄凉风月，怎生存济。
●●●、○●○○；●●○○○●；●○○▲

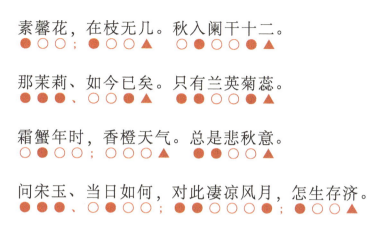

还未知、幽人心事。望得眼穿心碎。
○●○、○○○▲　●●●○○▲

青鸟不来，彩鸾何处，云锁三山翠。
○●●○；●○○●；○●○○▲

是碧霄有路，要归归又无计。
●●○●●；●○○●○▲

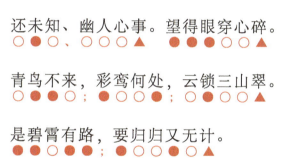

奈何他、天长天远，身又何曾生翼。
●○○、○○○●；○●○○○▲

手捻芙蓉，耳听鸿雁，怕有丹书至。
●●○○；●○○●；●●○○▲

纵人间富贵，一岁复一岁。
●○○●●；●●●●▲

此心终日绕香盘，在篆畦儿里。
●○○●●○○；●●○○▲

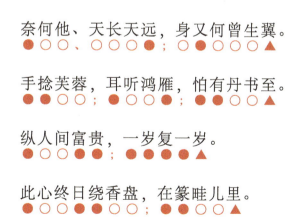

（钦定词谱定为葛长庚词。其后段末三句疑未曾定稿，或是：“此心篆畦儿里”。如斯，即柳永体。朱雍词似缺中段或后段，如斯亦柳永体。洪迈、无名氏等庙堂谀辞，不予校订。）

341. 十样花　　（一体）

单调二十八字，六句四仄韵

李弥逊

陌上风光浓处。第一寒梅先吐。
●●○○○▲　⊙●⊙○○▲

待得春来也，香销减，态凝伫。百花休谩妒。
●●⊙○⊙；○⊙●；●○▲　●○○●▲

（第四句可用韵。）

342. 石湖仙　　（一体）

双调八十九字，上下阕各八句，六仄韵

姜　夔

松江烟浦。是千古、三高游衍佳处。
○○○▲　●○●、○○○●○▲

须信石湖仙，似鸱夷、翩然引去。
○●●○○；●○○、○○●▲

浮云安在，我自爱、绿香红妩。
○○○●；●●●、●○○▲

容与。看世间、几度今古。
○▲　●●○、●●○▲

卢沟旧曾驻马，为黄花、闲吟秀句。
○○●○●●；●○○、○○●▲

见说胡儿，也学纶巾敧羽。
●●○○；●●○○○▲

玉友金蕉，玉人金缕。缓移筝柱。
●●○○；●○○▲　●○○▲

闻好语、明年定在槐府。
○●●、○○●●○▲

343. 拾翠羽　　（一体）

双调六十八字，上下阕各七句，四仄韵

张孝祥

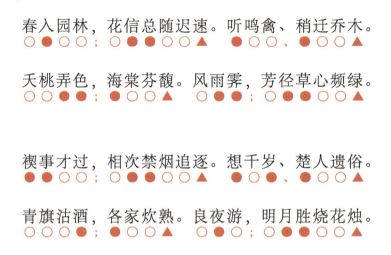

春入园林，花信总随迟速。听鸣禽、稍迁乔木。
○●○○；○●●○○▲　●○○、●○○▲

夭桃弄色，海棠芬馥。风雨霁，芳径草心频绿。
○○●●；●○○▲　○●●；○●●○○▲

禊事才过，相次禁烟追逐。想千岁、楚人遗俗。
●●○○；○●●○○▲　●○●、●○○▲

青旗沽酒，各家炊熟。良夜游，明月胜烧花烛。
○○○●；●○○▲　○●○；○●●○○▲

（上下阕句式似同。）

344. 使牛子　　（一体）

双调五十字，上下阕各四句，三仄韵

曹　冠

晚天雨霁横雌霓。帘卷一轩月色。
●○●●○○▲　○●●○●▲

纹簟坐苔茵，乘兴高歌饮琼液。
○●●○○；○●○○●○▲

翠瓜冷浸冰壶碧。茶罢风生两腋。
●○●●○○▲　○●○○●▲

四座沸欢声，喜我投壶全中的。
●●●○○；●●○○○●▲

（上下阕句式似同。）

345. 思帝乡　　（三体）

（一）单调三十六字，七句五平韵

温庭筠

花花。满枝红似霞。罗袖画帘肠断，卓香车。
○△　●○○●△　⊙●⊙○○●；●○△

回面共人闲语。战篦金凤斜。
⊙●⊙○⊙●；⊙○⊙●△

唯有阮郎春尽，不归家。
⊙●⊙○○●；●○△

（二）单调三十四字，七句五平韵

韦庄

春日游。杏花吹满头。
○●△　●○○●△

陌上谁家年少，足风流。妾拟将身嫁与，一生休。
⊙●⊙○○●；●○△　⊙●⊙○⊙●；●○△

纵被无情弃，不能羞。
●●○○●；●○△

（三）单调三十三字，七句四平韵

韦庄

云髻坠，凤钗垂。髻坠钗垂无力，枕函欹。
○●△　●○△　⊙●⊙○○●；●○△

翡翠屏深月落，漏依依。说尽人间天上，两心知。
⊙●⊙○⊙●；●○△　⊙●⊙○○●；●○△

（李晔同名词相距甚远，不予校订。）

346. 思归乐　　（二体）

（一）又名柳摇金、柳垂金，双调五十六字，上下阕各四句，四仄韵

柳　永

天幕清和堪宴聚。想得尽、高阳俦侣。
○●○○○●▲　●●●、○○⊙▲

皓齿善歌长袖舞。渐引入、醉乡深处。
●●⊙○○●▲　●⊙⊙、●○⊙▲

晚岁光阴能几许。这巧宦、不须多取。
●●○○○●▲　●●●、⊙○⊙▲

把酒共君听杜宇。解再三、劝人归去。
●●⊙○○●▲　●⊙○、●○○▲

（起句平仄可用：○○○●●○▲，即如下一体。下起可不用韵，其平仄换为：○○○●●○○。）

（二）又名柳摇金、柳垂金，双调五十七字，上阕四句四仄韵，下阕五句五仄韵

仲　殊

中春天气禁烟暖。馀七叶、丹蓂未卷。
○○○●●○▲　●●●、○○⊙▲

海岳灵辉储庆远。降非熊、运符亨旦。
●●⊙○○●▲　●⊙⊙、●○⊙▲

宝雾香凝非锦筵。红荐永算。金尊屡满。
●●○○○●▲　○●●▲　⊙○⊙▲

酒里千年春烂熳。共朱颜、镇长相见。
●●⊙○○●▲　●⊙○、●○○▲

（此调《钦定词谱》名《柳摇金》。）

思归乐 （宋词）

沈会宗

相将初下蕊珠殿。似醉粉、生香未遍。爱惜娇心春不管。被东风、赚开一半。　　中黄宫里赐仙衣，鬥浅深、妆成笑面。放出妖娆难系管。笑东君、自家肠断。

347. 思远人　　（一体）

双调五十二字，上阕五句两仄韵，下阕五句三仄韵

晏几道

红叶黄花秋意晚，千里念行客。
○●○○○●●；○●●○▲

看飞云过尽，归鸿无信，何处寄书得。
●○○●●；○○○●；○●●○▲

泪弹不尽临窗滴。就砚旋研墨。
○○●●○○▲　●●●○▲

渐写到别来，此情深处，红笺为无色。
●●●●○；●○○●；○○●○▲

（除上起不用韵外，上下阕句式似同。上下阕第三句用一字领。）

348. 思越人　　(一体)

双调五十一字，上阕五句两平韵，下阕四句四仄韵

孙光宪

古台平，芳草远，馆娃宫外春深。
●○○；○●●；⊙○⊙●○△

翠黛空留千载恨，教人何处相寻。
⊙●⊙○○●●；⊙○⊙●○△

绮罗无复当时事。露花点滴香泪。
⊙○⊙●○○▲　⊙○⊙●○▲

惆怅遥天横渌水。鸳鸯对对飞起。
⊙●⊙○○⊙▲　⊙○⊙●○▲

（除下起增一字并为七字句外，上下阕句式似同。）

思越人 （五代词）

张 泌

燕双飞，莺百啭，越波堤下长桥。斗钿花筐金匣恰，舞衣罗薄纤腰。　　东风澹荡慵无力。黛眉愁聚春碧。满地落花无消息。月明肠断空忆。

附：

双调四十四字，上下阕各四句，四仄韵

冯延巳

酒醒情怀恶。金缕褪、玉肌如削。
●●○○▲　○●●、●○○▲

寒食过却。海棠零落。
○●●▲　●○○▲

乍倚遍、阑干烟澹薄。翠幕帘栊画阁。
●●●、○○○●▲　●●○○●▲

春睡著。觉来失、秋千期约。
○●▲　●○●、○○○▲

（此谱与孙光宪谱迥异。）

349. 四犯令　　（一体）

双调五十字，上下阕各四句，四仄韵

侯　寘

月破轻云天淡注。夜悄花无语。
●●○○○●▲　●●○○▲

莫听阳关牵离绪。拚酩酊、花深处。
⊙●○○○⊙▲　○●●、○○▲

明日江郊芳草路。春逐行人去。
⊙●○○○●▲　⊙●○○▲

不似酴醾开独步。能著意、留春住。
⊙●⊙○○⊙▲　○●●、○○▲

（上下阕句式似同。）

350. 四槛花　　(一体)

双调九十七字，上阕十二句五平韵，下阕十一句五平韵

曹　勋

鸳瓦霜浓，兽炉烟冷，琐窗渐明。

○●○○；●○○●；●○●△

芙蓉红晕减，疏篁晓风清。

○○○●●；○○●○△

睡觉犹眠，怯新寒，仍宿酒，尚有馀醒。

●●○○；●○○；○●●；●●○△

拥闲衾。先记早梅糁糁，流水泠泠。

●○△　○●●○●●；○●○△

须记岁月堪惊。最难管、霜华满镜生。

○○●●○△　●○●、○○●●△

心地常自乐，谁能问枯荣。

○●○●●；○○●○△

一味情尘，揩摩尽，人间世，更没亏成。

●●○○；●○●；○○●；●●○△

惟萧散，眠食外，且乐升平。

○○●；○●●；●●○△

351. 四园竹　　　（一体）

双调七十七字，上阕八句三平韵、一叶韵，下阕八句四平韵、二叶韵

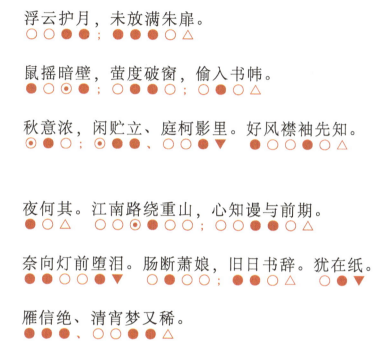

周邦彦

浮云护月，未放满朱扉。
○○●●；●●●○△

鼠摇暗壁，萤度破窗，偷入书帏。
●○⊙●；○●●○；○●○△

秋意浓，闲贮立、庭柯影里。好风襟袖先知。
⊙●○；⊙●●、○○●▼　●○○●○△

夜何其。江南路绕重山，心知谩与前期。
●○△　○○⊙●○○；○○●●○△

奈向灯前堕泪。肠断萧娘，旧日书辞。犹在纸。
●●○○●▼　○●○○；●●○△　○●▼

雁信绝、清宵梦又稀。
●●●、○○●●△

（下阕第四句，杨泽民、陈允平和词未用叶韵。陈允平词下阕第六、第七句并为七字一句。未予参校。）

四园竹 （宋词）

陈允平

昏昏暝色，乱叶拥云扉。渚兰风润，庭桂露凉，香动秋帏。独向闲亭步月，阑干瘦倚。此情惟有天知。　　纵如其。黄花时节归来，因循已误心期。欲写相思寄与，愁拂鸾笺，粉泪盈盈先满纸。正寂寞、楼南雁过稀。

352. 松梢月　　(一体)

双调九十七字，上阕九句五平韵，下阕九句四平韵

曹　勋

院静无声。天边正皓月，初上重城。
●●○△　○○●●●；○●○△

群木摇落松路，径暖风轻。
○●○●○●；●●○△

喜挹蟾华当松顶，照榭阁、细影纵横。
●●○○○○●；●●●、●●○△

杖策徐步空明里，但襟袖皆清。
●●○●○○●；●○●○△

恍若临异境，漾风沼岸阔，波净鱼惊。
●●○●●；●●○●●；○●○△

气入层汉，疑有素鹤飞鸣。
●●○●；○●●●○△

夜色徘徊迟宫漏，渐坐久、露湿金茎。
●●○○○○●；●●●、●●○△

未忍归去，闻何处、重吹笙。
●●○●；○○●、●○△

（上结、下阕第二句用一字领。）

353. 送入我门来　　(一体)

双调一百四字，上下阕各十句，四平韵

胡浩然

荼垒安扉，灵馗挂户，神傩烈竹轰雷。
○●○○；○○●●；○○●●○△

动念流光，四序式周回。
●●○○；●●●○△

须知今岁今宵尽，似顿觉明年明日催。
○○○●○○●；●●●○○○●△

向今夕是处，迎春送腊，罗绮筵开。
●○●●●；○○●●；○●○△

今古偏同此夜，贤愚共添一岁，贵贱仍偕。
○●○○●●；○○●○●●；●●○△

互祝遐龄，山海固难摧。
●●○○；○●●○△

石崇富贵篯铿寿，更潘岳仪容子建才。
●○●●○○●；●○●○○●●△

仗东风尽力，一齐吹送，入此门来。
●○○●●；●○○●；●●○△

（换头句添二字，其余句式似同。上下阕第七、第八句用一字领。）

354. 送征衣慢　　（一体）

双调一百二十一字，上阕十三句七平韵，下阕十二句六平韵

柳　永

过韶阳。璿枢电绕，华渚虹流，运应千载会昌。
●○△　○○●●；○●○○；●●○●●△

罄寰宇、荐殊祥。吾皇。
●○●、●○△　○△

诞弥月，瑶图缵庆，玉叶腾芳。
●○●；○○●●；●●○△

并景贶、三灵眷祐，挺英哲、掩前王。
●●●、○○●●；●○●、●○△

遇年年、嘉节清和，颁率土称觞。
●○○、○●○○；○●●○△

无间要荒华夏，尽万里、走梯航。
○●○○○●；●●●、●○△

彤庭舜张大乐，禹会群方。鹓行。
○○●○●●；●●○△　○△

望上国，山呼鳌抃，遥爇炉香。
●●●；○○○●；○●○△

竟就日、瞻云献寿，指南山、等无疆。
●●●、○○●●；●○○、●○△

愿巍巍、宝历鸿基，齐天地遥长。
●○○、●●○○；○○●○△

（两阕后七句句式似同。两结用一字领。）

355. 寿楼春　　（一体）

双调一百一字，上下阕各十一句，六平韵

史达祖

裁春衫寻芳。记金刀素手，同在晴窗。
○○○○△　●○○●●；○●○△

几度因风残絮，照花斜阳。
●●○○○●；●○○△

谁念我，今无肠。自少年、消磨疏狂。
○●●；○○△　●●○、○○○△

但听雨挑灯，攲床病酒，多梦睡时妆。
●●●○○；○○●●；○●●○△

飞花去，良宵长。有丝阑旧曲，金谱新腔。
○○●；○○△　●○○●●；○●○△

最恨湘云人散，楚兰魂伤。
●●○○○●；●○○△

身是客，愁为乡。算玉箫、犹逢韦郎。
○●●；○○△　●●○、○○○△

近寒食人家，相思未忘蘋藻香。
●○●○○；○○●●○●△

（中八句句式似同。上阕第二、第九句，下阕第三、第十句，用一字领。）

356. 寿山曲　　　（一体）

单调六十字，十句五平韵

冯延巳

铜壶滴漏初尽，高阁鸡鸣半空。
○○●●○●；○●○○●△

催启五门金锁，犹垂三殿帘栊。
○●●○○●；○○○●○△

阶前御柳摇绿，仗下宫花散红。
○○●●○●；●●○○●△

鸳瓦数行晓日，鸾旗百尺春风。
○●●○●●；○○●●○△

侍臣舞蹈重拜，圣寿南山永同。
●○●●○●；●●○○●△

（五联六字对偶句也，合乎粘对。）

357. 寿星明　　（一体）

双调一百二字，上阕十一句四仄韵，下阕十句四仄韵

晁端礼

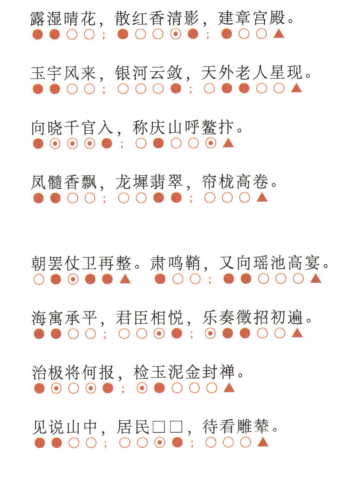

露湿晴花，散红香清影，建章宫殿。
●●○○；●○○⊙●；●○○▲

玉宇风来，银河云敛，天外老人星现。
●●○○；○○○●；○●●○○▲

向晓千官入，称庆山呼鳌抃。
●⊙⊙⊙●；○●○○⊙▲

凤髓香飘，龙墀翡翠，帘栊高卷。
●●○○；○○●●；○○○▲

朝罢仗卫再整。肃鸣鞘，又向瑶池高宴。
○●⊙●●▲　●○○；●●○○○▲

海寓承平，君臣相悦，乐奏徵招初遍。
●●○○；○○⊙●；⊙●●○○▲

治极将何报，检玉泥金封禅。
●⊙○⊙●；⊙●○○○▲

见说山中，居民□□，待看雕辇。
●●○○；○○⊙●；○○○▲

（所缺失字之平仄参见莫蒙词作，并参校上阕。除起句外，两阕句式似同。上阕第二句用一字领。）

358. 受恩深　　（一体）

双调八十六字，上阕八句六仄韵，下阕八句五仄韵

柳　永

雅致装庭宇。黄花开淡泞。细香明艳尽天与。
●●○○▲　○○○●▲　●○○●●○▲

助秀色堪餐，向晓自有真珠露。
●●●○○；●●●●○○▲

刚被金钱妒。拟买断秋天，容易独步。
○●○○▲　●●●○○；○●●▲

粉蝶无情蜂已去。要上金尊，惟有诗人曾许。
●●○○○●▲　●●○○；○●○○○▲

待宴赏重阳，恁时尽把芳心吐。
●●●○○；●○●●○○▲

陶令轻回顾。免憔悴东篱，冷烟寒雨。
○●○○▲　●○●○○；●○○▲

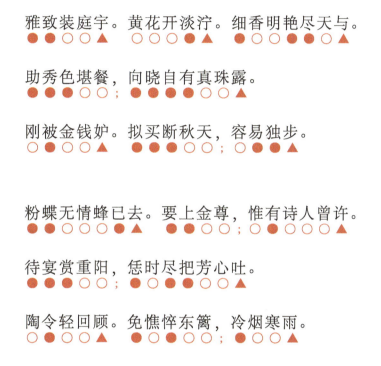

（两阕字数相同，后五句句式似同。上下阕第四、第七句用一字领。）

359. 苏武令　　（一体）

双调八十六字，上阕八句四仄韵，下阕九句三仄韵

李　纲

塞上风高，渔阳秋早。惆怅翠华音杳。
●●○○；○○○▲　○●●○○▲

驿使空驰，征鸿归尽，不寄双龙消耗。
●●○○；○○○●；●●○○○▲

念白衣、金殿除恩，归黄阁、未成图报。
●●○、○●○○；○○●、●○○▲

谁信我、致主丹衷，伤时多故，未作救民方召。
○●●、●●○○；○○○●；●●●○○▲

调鼎为霖，登坛作将，燕然即须平扫。
○●○○；○○●●；○○●○○▲

拥精兵十万，横行沙漠，奉迎天表。
●○○●●；○○○●；●○○▲

360. 诉衷情近　　（一体）

双调七十五字，上阕七句三仄韵，下阕九句六仄韵

柳　永

雨晴气爽伫立。江楼望处，澄明远水生光，重叠暮山耸翠。
●○●●●▲　○○●●；○○⊙●○○；○●●○●▲

遥认断桥，幽径隐隐渔村，向晚孤烟起。
○●●○；○●⊙●○○；●●○○▲

残阳里。脉脉朱阑静倚。
⊙○▲　●●○○●▲

黯然情绪，未饮先如醉。愁无际。
●○○●；●●○○▲　○○▲

暮云过了，秋光老尽，故人千里。竟日空凝睇。
●○●●；○○●●；●○⊙▲　●●○○▲

（柳永别首，起两句重组为四字、六字各一句，不用韵。晁补之词上阕第二句用韵。）

361. 蜀溪春　　(一体)

双调九十九字，上下阕各十一句，四平韵

曹　勋

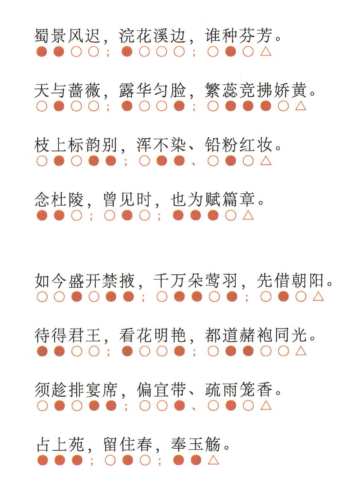

蜀景风迟，浣花溪边，谁种芬芳。
●●○○；●○○○；○●○△

天与蔷薇，露华匀脸，繁蕊竞拂娇黄。
○●○○；●○○●；○●●●○△

枝上标韵别，浑不染、铅粉红妆。
○●○●●；○●●、○●○△

念杜陵，曾见时，也为赋篇章。
●●○；○●○；●●●○△

如今盛开禁掖，千万朵莺羽，先借朝阳。
○○●○●●；○●●○●；○●○△

待得君王，看花明艳，都道赭袍同光。
●●○○；●○○●；○●●○○△

须趁排宴席，偏宜带、疏雨笼香。
○●○●●；○○●、○●○△

占上苑，留住春，奉玉觞。
●●●；○●○；●●△

362. 索酒　　　（一体）

双调一百四字，上下阕各九句，四仄韵

曹　勋

乍喜惠风初到上林，红翠竞开时候。
●●●○○●●○；○●●○○▲

四吹花香扑鼻，露裁烟染，天地如绣。
●○○○●●；●○○●；○●○▲

渐觉南薰，总冰绡纱扇避烦昼。
●●○○；●○○○●●○▲

共游凉亭消暑，细酌轻讴须酒。
●○○○○●；●●○○○▲

江枫装锦雁横秋，正皓月莹空，翠阑侵斗。
○○○●●○○；●●●●○；●○○▲

况素商霜晓，对径菊、金玉芙蓉争秀。
●●○○●；●●●、○●○○○▲

万里彤云，散飞霙炉中焰红兽。
●●○○；●○○○○●○▲

便须点水傍边，最宜著酉。
●○●●○○；●○●▲

（起句用二字领，上阕第七句用一字领。下阕第二、第四、第七句用一字领。）

363. 双声子　　　(一体)

双调一百零四字，上阕十一句四平韵，下阕十一句五平韵

柳　永

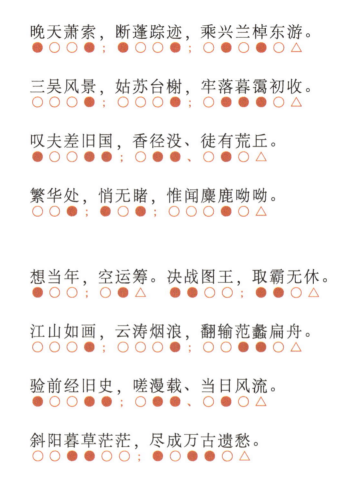

晚天萧索，断蓬踪迹，乘兴兰棹东游。
●○○●；●○○●；○●○●○△

三吴风景，姑苏台榭，牢落暮霭初收。
○○○●；○○○●；○●●●○△

叹夫差旧国，香径没、徒有荒丘。
●○○●●；○●●、○●○△

繁华处，悄无睹，惟闻麋鹿呦呦。
○○●；●○●；○○○●○△

想当年，空运筹。决战图王，取霸无休。
●○○；○●△　●●○○；●●○△

江山如画，云涛烟浪，翻输范蠡扁舟。
○○○●；○○○●；○○●●○△

验前经旧史，嗟漫载、当日风流。
●○○●●；○●●、○●○△

斜阳暮草茫茫，尽成万古遗愁。
○○●●○○；●○●●○△

（两阕后八句句式似同。上下阕第七句用一字领。）

364. 双头莲　　　（二体）

（一）双调一百字，上阕十句六仄韵，下阕十句五仄韵

陆　游

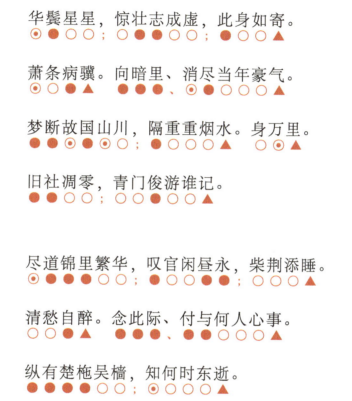

华鬓星星，惊壮志成虚，此身如寄。
⊙●○○；○●●○○；●○○▲

萧条病骥。向暗里、消尽当年豪气。
⊙○●▲　●●●、⊙●○○○▲

梦断故国山川，隔重重烟水。身万里。
●●⊙●⊙○；●○○○▲　○⊙▲

旧社凋零，青门俊游谁记。
●●○○；○○●○○▲

尽道锦里繁华，叹官闲昼永，柴荆添睡。
⊙●●●○○；●○○●●；○○○▲

清愁自醉。念此际、付与何人心事。
○○●▲　●●●、●●○○○▲

纵有楚柂吴樯，知何时东逝。
●●●●○○；⊙○○○▲

空怅望，鲙美菰香，秋风又起。
○●●；●●○○；○○⊙▲

（上阕第二句用平声一字领，上阕第五、第八句，下阕第二、第五句用一字领。上下阕第九句可用韵，亦可不用韵。）

（二）双调一百三字，上阕十三句三仄韵，下阕十二句六仄韵

周邦彦

一抹残霞，几行新雁，天染云断，红迷阵影，
●●○○；●○○●；○●●○；○○●●；

隐约望中，点破晚空澄碧。助秋色。
●●●○；●●●○○▲　●○▲

门掩西风，桥横斜照，青翼未来，浓尘自起，
○●○○；○○○●；○●●○；○○●●；

咫尺凤帏，合有人相识。
●●●○；●●○○▲

叹乖隔。知甚时恣与，同携欢适。
●○▲　○●○●●；○○○▲

度曲传觞，并鞯飞辔绮陌。画堂连夕。
●●○○；●○○●●▲　●○○▲

楼头千里，帐底三更，尽堪泪滴。
○○○●；●●○○；●○●▲

怎生向，总无聊，但只听消息。
●○●；●○○；●●○○▲

（两结用一字领。下阕第二句用平声一字领。）

365. 双头莲令　　（一体）

双调四十八字，上下阕各四句，四平韵

赵师侠

太平和气兆嘉祥。草木总成双。
●○○●●○△　●●●○△

红苞翠盖出横塘。两两鬥芬芳。
○○●●●○△　●●●○△

榦摇碧玉并青房。仙髻拥新妆。
●○●●●○△　○●●○△

连枝不解引鸾凰。留取映鸳鸯。
○○●●●○△　○●●○△

（上下阕句式似同。）

366. 双鸂鶒　　　（一体）

双调四十八字，上下阕各四句，四仄韵

朱敦儒

拂破秋江烟碧。一对双飞鸂鶒。
●●○○○▲　●●○○○▲

应是远来无力。相偎捎下沙碛。
○●●○○▲　○○○●○▲

小艇谁吹横笛。惊起不知消息。
●●○○○▲　○●●○○▲

悔不当时描得。如今何处寻觅。
●●○○○▲　○○○●○▲

（上下阕句式似同。类仄韵三台。似塞姑重复一阕。）

367. 双燕儿　　　（一体）

双调五十字，上阕五句三平韵，下阕五句两平韵

张　先

榴花帘外飘红。藕丝罩、小屏风。
○○○●○△　●○●、●○△

东山别后，高唐梦短，犹喜相逢。
○○●●；○○●●；○●○△

几时再与眠香翠，悔旧欢、何事匆匆。
●○●●○○●；●●○、○●○△

芳心念我，也应那里，蹙破眉峰。
○○●●；●○●●；●●○△

368. 双韵子　　(一体)

双调四十九字，上阕四句三仄韵，下阕五句四仄韵

张　先

鸣鞘电过晓闱静。敛龙旂风定。
○○●●●○▲　●○○○▲

凤楼远出霏烟，闻笑语、中天迥。
●○●●○○；○●●、○○▲

清光近。欢声竞。鸳鸯集、仙花鬥影。
○○▲　○○▲　○○●、○○●▲

更闻度曲瑶山，升瑞日、春宫永。
●○●●○○；○●●、○○▲

369. 霜花腴　　　（一体）

双调一百四字，上阕九句五平韵，下阕十句五平韵

吴文英

翠微路窄醉晚风，凭谁为整欹冠。
●○●●●●○；○○●●○△

霜饱花腴，烛消人瘦，秋光作也都难。
○●○○；●○○●；○○●●○△

病怀强宽。恨雁声、偏落歌前。
●○●△　●●○、○●○△

记年时、旧宿凄凉，暮烟秋雨野桥寒。
●○○、●●○○；●○○●●○△

妆靥鬓英争艳，度清商一曲，暗坠金蝉。
○●●○○●；●○○●●；●●○△

芳节多阴，兰情稀会，晴晖称拂吟笺。
○●○○；○○○●；○○●●○△

更移画船。引佩环、邀下婵娟。
●○●△　●●○、○●○△

算明朝、未了重阳，紫萸应耐看。
●○○、●●○○；●○○●△

（下阕第二句用一字领。）

370. 水晶帘　　(一体)

双调九十八字，上下阕各九句，五仄韵

无名氏

谁道秋期远，计旬浃、双星相见。
○●○○▲　●○●、○○○▲

雨足西帘，正玉井莲开，寿筵初展。
●●○○；●●●○○；●○○▲

麈尾呼风袢暑净，那更著、纶巾羽扇。
●●○○○●●；●●●、○○●▲

殢清歌、不记杯行，任深任浅。
●○○、●●○○；●○●▲

湖边小池苑。渐苔痕竹色，青青如染。
○○●○▲　●○○●●；○○○▲

辨橘中荷屋，晚芳自占。
●●○○●；●○●▲

蜗角虚名身外事，付骰子、纷纷戏选。
○●○○○●●；●○●、○○●▲

喜时平、公道开明，话头正转。
●○○、○●○○；●○●▲

（上阕第四句，下阕第二、第四句用一字领。）

371. 水仙子　　　（一体）

双调六十八字，上下阕各六句，五仄韵

无名氏

贺生孙生子

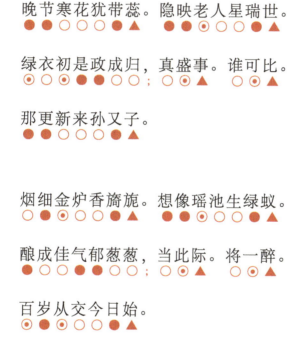

晚节寒花犹带蕊。隐映老人星瑞世。
●●○○○●▲　●●⊙○○●▲

绿衣初是政成归，真盛事。谁可比。
⊙○⊙●●○○；○⊙▲　○⊙▲

那更新来孙又子。
●●○○○●▲

烟细金炉香旖旎。想像瑶池生绿蚁。
○●⊙○○●▲　●●⊙○○●▲

酿成佳气郁葱葱，当此际。将一醉。
●○○●●○○；○⊙▲　○⊙▲

百岁从交今日始。
⊙●⊙○○●▲

（无名氏别首，起句作：○○●●○○▲；上下阕第四句皆不用韵。钦定词谱所录张可久水仙子，异，乃北曲也。）

372. 睡花阴令　　（一体）

双调四十五字，上下阕各四句，三仄韵

仇　远

愁云歇雨，净洗一奁秋霁。
○○●●；●●●○○▲

枝上鹊、欲栖还起。曲阑人独倚。
○●●、●○○▲　●○○●▲

持杯酹月，月未醉、笑人先醉。
○○●●；●●●、●○○▲

忘醉倚、木犀花睡。满衣花影碎。
●●●、●○○▲　●○○●▲

373. 舜韶新　　（二体）

（一）双调一百字，上下阕各八句，四仄韵

晁端礼

晨光射牖，新燕子、一一穿帘飞去。
○○●●；○●●、●●○○○▲

露晞鸳瓦，萧瑟风生琼宇。
●○○●；○●○○○▲

香篆烟消昼永，锁深院、留花半吐。
○●○○●●；●○●、○○●▲

映绛绡冰雪肌肤，自是清凉无暑。
●●○○●○○；●●○○○▲

浮荣何用萦怀，冷笑看、车马喧喧尘土。
○○○●○○；●●●、○●○○○▲

地偏心远，终日何妨扃户。
●○○●；○●○○○▲

一枕江南好梦，泛孤棹、轻烟细雨。
●●○○●●；●○●、○○●▲

被数声幽鸟惊回，砌下槐阴亭午。
●●○○●○○；●●○○○▲

（上下阕倒数第二句用一字领。）

（二）双调一百一字，上阕九句四仄韵，下阕十句四仄韵

郭子正

香满西风催岁晚，东篱黄花争吐。
○●○○○●●；○○○○○▲

嫩英细蕊，金艳繁妆点，高秋偏富。
●○●●；○●○○●；○○○▲

寒地花媒少算，自结多情烟雨。
○●○○●●；●●○○○▲

每年年妆面，谢他拒霜相顾。
●○○○●；●○●○○▲

宝马王孙，休笑孤芳陶令，因谁便思归去。
●●○○；○●○○○●；○○●○○▲

负春何事，此恨惟才子，登高能赋。
●○○●；●●○○●；○○○▲

千古风流在占，定泛重阳芳醑。
○●○○●●；●○○○○▲

堪吟看醉赏，何须杏园深处。
○○○●●；○○●○○▲

（上下阕倒数第二句用一字领。）

374. 踏歌　　（一体）

三段八十三字，前两段各四句四仄韵，后段六句四仄韵

朱敦儒

宴阕。散津亭鼓吹扁舟发。

●▲　●○○●●○○▲

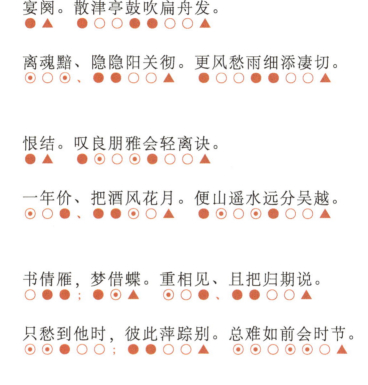

离魂黯、隐隐阳关彻。更风愁雨细添凄切。

⊙○⊙、●●○○▲　●○○●●○○▲

恨结。叹良朋雅会轻离诀。

●▲　●⊙○⊙●○○▲

一年价、把酒风花月。便山遥水远分吴越。

⊙○●、●●⊙○▲　●⊙○⊙●○○▲

书倩雁，梦借蝶。重相见、且把归期说。

○●●；●⊙▲　⊙○●、●●○○▲

只愁到他时，彼此萍踪别。总难如前会时节。

⊙⊙●○○；●●○○▲　⊙⊙○⊙⊙○▲

（前两段句式似同，第二句用一字领。三段结句皆用一字领。辛弃疾词第三段第四句似漏字，无名氏词第二段起句多一字，结句少一领字，第三段起句多一字作七字句，不予参校。）

375. 踏歌词　　(一体)

单调三十字，六句四平韵

崔　液

彩女迎金屋，仙姬出画堂。
⊙●○○●；○○●●△

鸳鸯裁锦袖，翡翠帖花黄。
○○○●●；⊙●●○△

歌响舞分行。艳色动流光。
○●●○△　●●●○△

（仄起五绝加两句五言仄起韵句耳。）

踏歌词 （唐词）

崔 液

庭际花微落，楼前汉已横。金壶催夜尽，罗袖舞寒轻。调笑畅欢情。未半著天明。

376. 踏青游　　（一体）

双调八十四字，上下阕各九句，六仄韵

苏　轼

改火初晴，绿遍禁池芳草。鬥锦绣、大城驰道。
⊙●○○；⊙⊙●○○▲　●●⊙、⊙○○▲

踏青游，拾翠惜，袜罗弓小。莲步袅。
●○○；⊙⊙●；⊙○⊙▲　⊙⊙▲

腰肢佩兰轻妙。行过上林春好。
⊙⊙●○⊙▲　⊙●●⊙○▲

今困天涯，何限旧情相恼。念摇落、玉京寒早。
⊙●○○；⊙⊙●○○▲　●⊙●、⊙○⊙▲

任刘郎，空目断，蓬山难到。仙梦杳。
●○○；○⊙●；○○○▲　⊙⊙▲

良宵又还过了。楼台万家清晓。
⊙⊙⊙○⊙▲　⊙⊙⊙○⊙▲

（上下阕句式似同。上下阕第七、八句可不用韵。）

踏青游 （宋词）

王 诜

金勒狨鞍，西城嫩寒春晓。路渐入、垂杨芳草。过平堤，穿绿迳，几声啼鸟。是处里，谁家杏花临水，依约靓妆窥照。　　极目高原，东风露桃烟岛。望十里、红围绿遥。更相将、乘酒兴，幽情多少。待向晚，从头记将归去，说与凤楼人道。

踏青游 （宋词）

陈济翁

濯锦江头，羞杀艳桃秾李。纵赵昌、丹青难比。晕轻红，留浅素，千娇百媚。照绿水。恰如下临鸾镜，妃子弄妆犹醉。　　诗笔因循，不晓少陵深意。但满眼、伤春珠泪。燕来时，莺啼处，年年憔悴。便除是。秉烛凭阑吟赏，莫教夜深花睡。

377. 踏莎行慢　　(一体)

双调八十三字，上阕九句五仄韵，下阕十句五仄韵

欧阳修

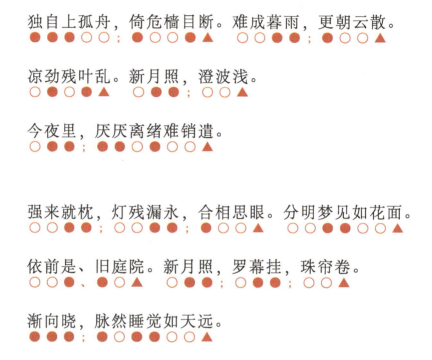

独自上孤舟，倚危樯目断。难成暮雨，更朝云散。
●●●○○；●○○●▲　○○●●；●○○▲

凉劲残叶乱。新月照，澄波浅。
○●○●▲　○●●；○○▲

今夜里，厌厌离绪难销遣。
○●●；●●○●○○▲

强来就枕，灯残漏永，合相思眼。分明梦见如花面。
○○●●；○○●●；●○○▲　○○●●○○▲

依前是、旧庭院。新月照，罗幕挂，珠帘卷。
○○●、●○▲　○●●；○●●；○○▲

渐向晓，脉然睡觉如天远。
●●●；●○●●○○▲

（上阕第二句用一字领。凉劲残叶乱，或为“凉风劲、残叶乱”。下阕“新月照”似赘。）

378. 太平年　　（一体）

双调四十五字，上下阕各四句，四仄韵

无名氏

皇州春满群芳丽。散异香旖旎。
○○○●○○▲　●●○○▲

鳌宫开宴赏佳致。举笙歌鼎沸。
○○○●●○▲　●○○●▲

永日迟迟和风媚。柳色烟凝翠。
●●○○○○▲　●●○○▲

唯恐日西坠。且乐欢醉。
○●●○▲　●●○▲

（上阕第二、第四句用一字领。）

379. 天净沙　　(一体)

单调二十八字，五句三平韵、两叶韵

马致远

枯藤老树昏鸦。小桥流水平沙。古道凄风瘦马。
⊙⊙●●○△　●○○●○△　●●○○●▼

夕阳西下。断肠人在天涯。
⊙○○▼　●○○●○△

（第三句亦可改用平韵。）

天净沙 （金元词）

乔　吉

一从鞍马西东。几番衾枕朦胧。薄幸虽来梦中。争如无梦。那时真个相逢。

380. 天门谣　　(一体)

双调四十五字，上下阕各四句，四仄韵

贺　铸

牛渚天门险。限南北、七雄豪占。
○●○○▲　●⊙●、●○○▲

清雾敛。与闲人登览。
○●▲　●○○○▲

待月上潮平波滟滟。塞管轻吹新阿滥。
●⊙●○○○●▲　●●○○○●▲

风满槛。历历数、西州更点。
○●▲　●●●、○○⊙▲

（上结、下起用一字领。）

天门谣 （宋词）

李之仪

次韵贺方回登采石蛾眉亭。

天堑休论险。尽远目、与天俱占。山水敛。称霜晴披览。　正风静云闲平潋滟。想见高吟名不滥。频扣槛。杳杳落、沙鸥数点。

381. 天下乐　　(一体)

双调五十四字，上下阕各四句，四仄韵

杨无咎

雪后雨儿雨后雪。镇日价、长不歇。
●●●○●●▲　●●●、○●▲

今番为寒忒太切。和天地、也来厮别。
○○○○●●▲　○○●、●○○▲

睡不著、身心自暗攧。这况味、凭谁说。
●●●、○○●●▲　●●●、○○▲

枕衾冷得浑似铁。只心头、些个热。
●○●●○●▲　●○○、○●▲

382. 鞓红　　　（一体）

双调六十字，上下阕各六句，四仄韵

毛文锡

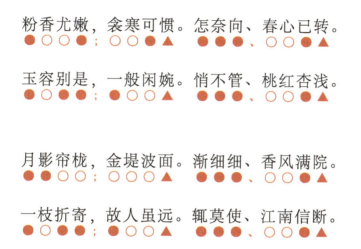

粉香尤嫩，衾寒可惯。怎奈向、春心已转。
●○○●；○○●▲　●●●、○○●▲

玉容别是，一般闲婉。悄不管、桃红杏浅。
●○●●；●○○▲　●●●、○○●▲

月影帘栊，金堤波面。渐细细、香风满院。
●●○○；○○○▲　●●●、○○●▲

一枝折寄，故人虽远。辄莫使、江南信断。
●○●●；●○○▲　●●●、○○●▲

（钦定词谱录为无名氏词。四片雷同。）

383. 亭前柳　　（二体）

（一）又名斤前柳，双调五十六字，上阕八句四平韵，下阕六句三平韵

赵师侠

晚秋天。过暮雨，云容敛，月澄鲜。
●○△　●●●；○○●；●○△

正风露凄清处，砌蛩喧。更黄蝶，舞翩翩。
●○●○○●；●○△　●⊙●；●○△

念故里、千山云水隔，被名缰利锁萦牵。
●●●、○○○●●；●○○●●○△

莫作悲秋意，对尊前。
●●○○●；●○△

且同乐，太平年。
●○●；●○△

（上阕第四句，下阕第二句，用一字领。）

（二）又名厅前柳，双调五十五字，上下阕各六句，三平韵

朱　雍

拜月南楼上，面婵娟、恰对新妆。
●●○○●；●○⊙、⊙●○△

谁凭阑干处，笛声长。追往事，遍凄凉。
○●○○●；●○△　○⊙●；●○△

看素质、临风消瘦尽，粉痕轻、依旧真香。
○⊙●、⊙○○●●；⊙○⊙、⊙●○△

潇洒无尘境，过横塘。度清影，在回廊。
○●○○●；●○△　⊙⊙●；●○△

（较赵师侠体，唯上阕前半字数、句读有别。石孝友词似多错谬，不予校订。）

384. 透碧霄　　（一体）

双调一百十二字，上阕十二句六平韵，下阕十三句五平韵

柳　永

月华边。万年芳树起祥烟。
●○△　●○○●●○△

帝居壮丽，皇家熙盛，宝运当千。
●○●●；○○○●；●●○△

端门清昼，觚棱照日，双阙中天。
○○○●；○○●⊙；⊙●○△

太平时、朝野多欢。
●○○、⊙●○△

遍锦街香陌，钧天歌吹，阆苑神仙。
●⊙○○●；○○○●；●●○△

昔观光得意，狂游风景，再睹更精妍。
●○○●●；○○○●；⊙●●○△

傍柳阴，寻花径，空恁亸辔垂鞭。
●●○；○○●；○●●●○△

乐游雅戏，平康艳质，应也依然。仗何人、多谢婵娟。
●○●●；○○⊙●；○●○△　●⊙○、○●○△

道宦途踪迹，歌酒情怀，不似当年。
●⊙○⊙●；○●○○；●●○△

（下阕第五句可作折腰句法。上阕第十句，下阕起句、第十一句，用一字领。曹勋阿谀词不予校订。）

385. 脱银袍　　（一体）

双调六十四字，上阕六句五仄韵，下阕六句四仄韵

晁端礼

纤条绿沁。春色为伊难禁。传芳意、东君信任。
○○●▲　○●●○○▲　○○●、○○●▲

燕愁莺懒，怕轻寒犹噤。护占得、幽香转甚。
●○○●；●○○○▲　●●●、○○●▲

粉面初匀，冰肌未饮。何须爱、夭桃胜锦。
●●○○；○○●▲　○○●、○○●▲

夜阑人静，任月华来浸。待抱著、花枝醉寝。
●○○●；●●○○▲　●●●、○○●▲

（上下阕第五句例用一字领。曹组词增删较多，不予校订。）

386. 万里春　　（一体）

双调四十五字，上下阕各四句，三仄韵

周邦彦

千红万翠。簇清明天气。
○○●▲　●○○○▲

为怜他、种种清香，好难为不醉。
●○○、●●○○；●○○●▲

我爱深如你。我心在、个人心里。
●●○○▲　●○●、●○○▲

便相看、老却春风，莫无些欢意。
●○○、●●○○；●○○○▲

（上阕第二句及两结用一字领。）

387. 望春回　　(一体)

双调一百二字，上阕十句四仄韵，下阕十句五仄韵

李　甲

霁霞散晓，射水村渐明，渔火方绝。
●○●●；●●○●○；○●○▲

滩露夜潮痕，注冻濑凄咽。
○●●○○；●●●○▲

征鸿来时应有信，见疏柳、更忆伊同折。
○○○○○●●；●○●、●●○○▲

异乡憔悴，那堪更逢，岁穷时节。
●○○●；●○●○；●○○▲

东风暗回暖律。算坼遍江梅，消尽岩雪。
○○●○●▲ ●●●○○；○●○▲

唯有这愁肠，恁依旧千结。
○●●○○；●○●○▲

私言窃语曾誓约，便眠思梦想无休歇。
○○●●○●●；●○○●●○○▲

这些离恨，除非对著，说似明月。
●○○●；○○●●；●●○▲

（除起句外，上下阕句式似同，第二、第五、第七句用一字领。）

388. 望江东　（一体）

双调五十二字，上下阕各四句，四仄韵

黄庭坚

江水西头隔烟树。望不见、江东路。
○●○○●○▲　●●●、○○▲

思量只有梦来去。更不怕、江阑住。
○○●●●○▲　●●●、○○▲

灯前写了书无数。算没个、人传与。
○○●●○○▲　●●●、○○▲

直饶寻得雁分付。又还是、秋将暮。
●○○●●○▲　●○●、○○▲

389. 望江怨　　（一体）

单调三十五字，七句六仄韵

牛　峤

东风急。惜别花时手频执。罗帏愁独入。
○○▲　●●○○●○▲　○○○●▲

马嘶残雨春芜湿。倚门立。
●○○●○○▲　●○▲

寄语薄情郎，粉香和泪泣。
●●●○○；●○○●▲

390. 望梅花　　（一体）

双调三十八字，上阕三句两平韵，下阕三句三平韵

孙光宪

数枝开与短墙平。
●○○●●○△

见雪萼、红跗相映，引起离人边塞情。
●●●、○○○●；●●○○○●△

帘外欲三更。吹断离愁月正明。
○●●○△　○●○○●●△

空听隔江声。
○●●○△

391. 望梅花词　（一体）

单调三十八字，六句六仄韵

和　凝

春草全无消息。腊雪犹余踪迹。
○●○○○▲　●●○○○▲

越岭寒枝香自折。冷艳奇芳堪惜。
●●○○○●▲　●●○○○▲

何事寿阳无处觅。吹入谁家横笛。
○●●○○●▲　○●○○○▲

392. 望梅花令　　（一体）

双调七十字，上下阕各六句六仄韵

蒲宗孟

寒梅堪羡。堪羡轻苞初展。
⊙○○▲　⊙●⊙○○▲

被天人、制巧妆素艳。群芳皆贱。
●○○、●●○●▲　○○○▲

碎剪月华千万片。缀向琼枝欲遍。
⊙●●○○●▲　、●●○○●▲

小庭幽院。雪月相交无辨。
●○○▲　●●⊙○○▲

影玲珑、何处临溪见。谢家新宴。
●○○、○●○○▲　●○○▲

别有清香风际转。缥缈著人头面。
⊙●○○○●▲　●●⊙○⊙▲

（上下阕句式似同。第三、第五句可不用韵。蒲宗孟别首，第三、第四句添一字，重组为七字、六字各一句。）

393. 望梅花慢　　（一体）

双调八十二字，上下阕各八句五仄韵

张　雨

何处仙家方丈。浑连水、隔他尘块。
⊙●○○⊙▲　○⊙⊙、⊙○⊙▲

放鹤天宽，看云窗小，万幅丹青图障。
⊙●○○；⊙○⊙●；⊙●⊙○⊙▲

凭高望。笑掣金鳌，人道是、蓬莱顶上。
⊙⊙▲　●●○○；⊙⊙⊙、⊙⊙⊙▲

时问葛陂龙杖。更准备、雪中鹤氅。
⊙●⊙○⊙▲　⊙⊙⊙、●○●▲

修月吴刚，收书东老，消得百壶春酿。
⊙●○○；○○⊙●；⊙●⊙○⊙▲

无尽藏。莫傲清闲，怕诏起、山中宰相。
⊙⊙▲　●●○○；⊙⊙⊙、⊙⊙⊙▲

（上下阕句式似同。）

394. 望明河　　(一体)

双调一百六字，上阕九句四仄韵，下阕九句五仄韵

刘一止

华旌耀日，报天上使星，初辞金阙。
○○●●；●○●●○；○○○▲

许国精忠，试此日、傅岩济川舟楫。
●●○○；●●●、●○●○○▲

向来鸡林外，况传咏、篇章夸雄绝。
●○○○●；●○●、○○○○▲

问人地、真是唐朝第一，未论勋业。
●○●、○●○○●●；●○○▲

鲸波霁云千叠。望仙驭缥缈，神山明灭。
○○●○○▲　●○●●●；○○○▲

万里勤劳，也等是、壮年绣衣持节。
●●○○；●●●、●○●○○▲

丈夫功名事，未肯向、尊前轻伤别。
●○○○●；●●●、○○○○▲

看飞棹、归侍宸游宴赏，太平风月。
●○●、○●○○●●；●○○▲

（上下阕除起句外句式似同。平仄仅个别有异，似此绝少，宜遵之。上下阕第二句用一字领。）

395. 望南云慢　（一体）

双调一百三字，上阕十一句四平韵，下阕十二句五平韵

沈　唐

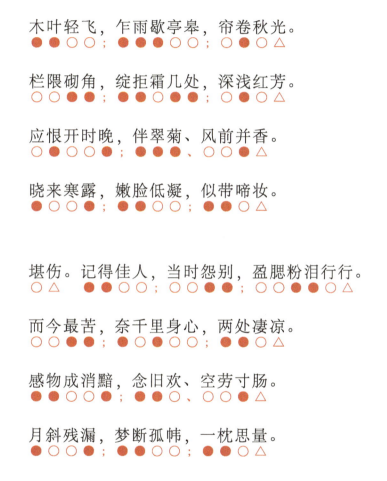

木叶轻飞，乍雨歇亭皋，帘卷秋光。
●●○○；●●●○○；○●○△

栏隈砌角，绽拒霜几处，深浅红芳。
○○●●；●●○●●；○●○△

应恨开时晚，伴翠菊、风前并香。
○●○○●；●●●、○○●△

晓来寒露，嫩脸低凝，似带啼妆。
●○○●；●●○○；●●○△

堪伤。记得佳人，当时怨别，盈腮粉泪行行。
○△　●●○○；○○●●；○○●●○△

而今最苦，奈千里身心，两处凄凉。
○○●●；●○●○○；●●○△

感物成消黯，念旧欢、空劳寸肠。
●●○○●；●●○、○○●△

月斜残漏，梦断孤帏，一枕思量。
●○○●；●●○○；●●○△

（上下阕后八句句式似同。上阕第二、第五句及下阕第六句用一字领。）

396. 望仙门　　（一体）

双调四十六字，上阕四句四平韵，下阕五句三平韵、一叠韵

晏　殊

玉壶清漏起微凉。好秋光。
●○○●●○△　●○△

金杯重叠满琼浆。会仙乡。
⊙○⊙●●○△　●○△

新曲调丝管，新声更飐霓裳。博山炉暖泛浓香。
⊙●○○●；○○●●○△　●○○●●○△

泛浓香。为寿百千长。
●○△　○●●○△

397. 望湘人　　（一体）

双调一百零六字，上阕十一句五仄韵，下阕十句六仄韵

贺　铸

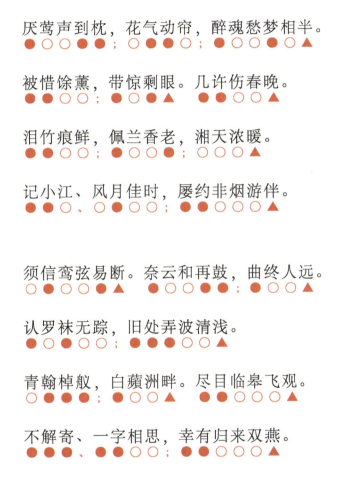

厌莺声到枕，花气动帘，醉魂愁梦相半。
●○○●●；○●●○；●○○●○▲

被惜馀薰，带惊剩眼。几许伤春晚。
●●○○；●○●▲　●●○○▲

泪竹痕鲜，佩兰香老，湘天浓暖。
●●○○；●○○●；○○○▲

记小江、风月佳时，屡约非烟游伴。
●●○、○●○○；●●○○○▲

须信鸾弦易断。奈云和再鼓，曲终人远。
○●○○●▲　●○○●●；●○○▲

认罗袜无踪，旧处弄波清浅。
●○●○○；●●●○○▲

青翰棹舣，白蘋洲畔。尽目临皋飞观。
○●●●；●○○▲　●●○○○▲

不解寄、一字相思，幸有归来双燕。
●●●、●●○○；●●○○○▲

（上起，下阕第二、第四句用一字领。）

398. 望远行近　　（一体）

双调七十八字，上下阕各六句，四平韵

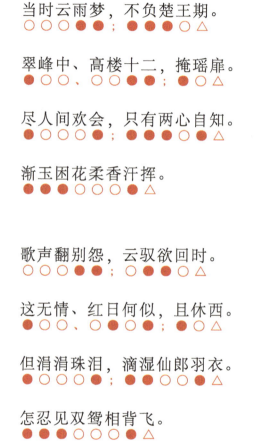

无名氏

当时云雨梦，不负楚王期。
○○○●●；●●●○△

翠峰中、高楼十二，掩瑶扉。
●○○、○○●●；●○△

尽人间欢会，只有两心自知。
●○○○●；●●●○●△

渐玉困花柔香汗挥。
●●●○○○●△

歌声翻别怨，云驭欲回时。
○○○●●；○●●○△

这无情、红日何似，且休西。
●○○、○●○●；●○△

但涓涓珠泪，滴湿仙郎羽衣。
●○○○●；●●○○●△

怎忍见双鸳相背飞。
●●●○○○●△

（上下阕句式似同，平仄亦近。第四句及两结用一字领。无名氏别首及黄庭坚、孙惟信词皆俚语随意，不予校订。）

399. 望远行令　　　（二体）

（一）双调五十三字，上阕四句四平韵，下阕五句四平韵

李　珣

露滴幽庭落叶时。愁聚萧娘柳眉。
⊙●○○●●△　○●○○●△

玉郎一去负佳期。水云迢递雁书迟。
⊙○⊙●●○△　●○○●●○△

屏半掩，枕斜欹。蜡泪无言对垂。
○●●；●○△　●●○○●△

吟蛩断续漏频移。入窗明月鉴空帷。
○○⊙●●○△　●○○●●○△

（二）双调五十五字，上阕四句四平韵，下阕五句四平韵

李　璟

碧砌花光照眼明。朱扉长日镇长扃。
●●○○●●△　○○○●●○△

余寒不去梦难成。炉香烟冷自亭亭。
○○●●●○△　○○○●●○△

辽阳月，秣陵砧。不传消息但传情。
○○●；●○△　●○○●●○△

黄金台下忽然惊。征人归日二毛生。
○○○●●○△　○○○●●○△

（近《鹧鸪天》也。较一，唯两阕第二句各添一字。韦庄词似有错谬，不予校订。）

400. 望云涯引　　（一体）

双调八十三字，上下阕各十句，四仄韵

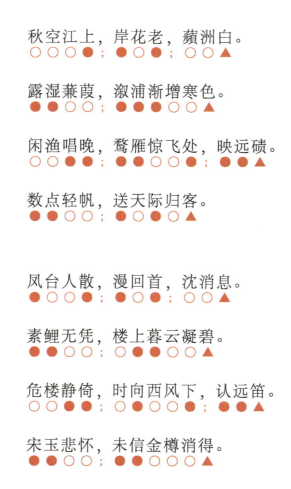

李　甲

秋空江上，岸花老，蘋洲白。
○○○●；●○●；○○▲

露湿蒹葭，溆浦渐增寒色。
●●○○；●●●○○▲

闲渔唱晚，鹭雁惊飞处，映远碛。
○○●●；●●○○●；●●▲

数点轻帆，送天际归客。
●●○○；●○●○▲

凤台人散，漫回首，沈消息。
●○○●；●○●；○○▲

素鲤无凭，楼上暮云凝碧。
●●○○；○●●○○▲

危楼静倚，时向西风下，认远笛。
○○●●；○●○○●；●●▲

宋玉悲怀，未信金樽消得。
●●○○；●●○○○▲

（除结句外，上下阕句式似同。上结用一字领。）

401. 威仪辞　　　　（二体）

（一）单调十六字，四句三平韵

原妙

四首之一

山中行。步高身尽轻。
○○△　●○○●△

拟飞去，惟恐世人惊。
●○●；○●●○△

（二）单调十六字，四句三仄韵

原妙

四首之二

山中住。黯淡云无数。
○○▲　●●⊙○▲

誓相去，共守无生路。
●○⊙；●●○○▲

（原妙词四首，一首平韵，三首仄韵。）

402. 握金钗　　　（二体）

（一）又名戛金钗，双调六十四字，上下阕各七句，四仄韵

吕渭老

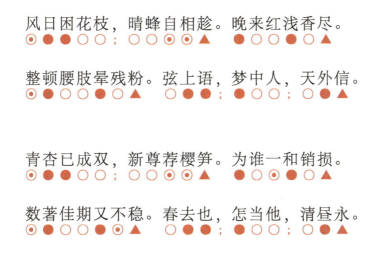

风日困花枝，晴蜂自相趁。晚来红浅香尽。
⊙●●○○；○○⊙⊙▲　●○○●○▲

整顿腰肢晕残粉。弦上语，梦中人，天外信。
⊙●○○●○▲　○●●；●○○；○●▲

青杏已成双，新尊荐樱笋。为谁一和销损。
⊙●●○○；○○⊙⊙▲　●○⊙●○▲

数著佳期又不稳。春去也，怎当他，清昼永。
⊙●○○●⊙▲　○●●；●○○；○●▲

（上下阕句式似同。）

（二）双调六十四字，上下阕各六句，四仄韵

无名氏

梅蕊破初寒，春来何太早。轻傅粉、向人先笑。
⊙●●○○；○○⊙⊙▲　○●●、●○○▲

比并年时较些少。愁底事，十分清瘦了。
⊙●○○●○▲　○●●；●○○●▲

影静野塘空，香寒霜月晓。风韵减、酒醒花老。
⊙●●○○；○○⊙⊙▲　○●●、●○○▲

可杀多情要人道。疏竹外，一枝斜更好。
⊙●○○●○▲　○●●；●○○●▲

（上下阕句式似同。）

握金钗 （宋词）

吕渭老

向晚小妆匀，明窗倦裁剪。见花清泪遮眼。开尽繁桃又春晚。心下事，比年时，都较懒。　　胡蝶入帘飞，郎声似莺啭。见来无计拘管。心似芭蕉乍舒展。归去也，夕阳斜，红满院。

403. 无愁可解　　　　（二体）

（一）又名解愁，双调一百九字，上下阕各九句，六仄韵

苏　轼

光景百年，看便一世，生来不识愁味。
⊙●⊙○；○⊙●▲　⊙⊙⊙●○▲

问愁何处来，更开解个甚底。
●○○●⊙；●○●●●▲

万事从来风过耳。又何用、著在心里。
●●○○⊙●▲　●⊙●、●⊙○▲

你唤做、展却眉头便是，达者也则恐未。
●⊙⊙、●●○○●⊙；●●●⊙⊙▲

此理。本不通言，何曾道、欢游胜如名利。
●▲　●●○○；○○●、○○●○○▲

道即浑是错，不道如何即是。
●⊙⊙●●；●●○○●▲

这里元无我与你。甚唤做、物情之外。
●●○○⊙●▲　●●⊙、●○○▲

若须待、醉了方开解时，问无酒怎生醉。
●○●、●●○○●○；●○●●○▲

（全宋词定为陈慥词。）

（二）又名解愁，双调一百十二字，上下阕各十句，五仄韵

无名氏

返照人间，忙忙劫劫。昼夜苦辛无歇。
●●○○；○○●▲　●●○●○▲

大都能几许，这百年、又如春雪。
●○○●●；●●○、●○○▲

可惜天真逐爱欲，似傀儡、被他牵拽。
●●○○●●●；●●●、●○○▲

暗悲嗟、苦海浮生，改头换壳，看何时彻。
●○○、●●○○；●○●●；●○○▲

听说。古往今来名利客。今只有、兔踪狐穴。
●▲　●●○○○●●；○●●、●○○▲

六朝并五霸，尽输他、云水英杰。
●○●●●；●○○、○●○▲

一味真慵为伴侣，养浩然、岁寒清节。
●●○○○●●；●●○、●○○▲

这些儿、冷淡生涯，与谁共赏，有松窗月。
●○○、●●○○；●○●●；●○○▲

（上下阕后七句句式似同。两结用一字领。）

404. 无月不登楼　（一体）

双调九十九字，上阕十句五仄韵，下阕十一句七仄韵

王　质

种花

池塘生春草，梦中共、水仙相识。
○○○○●；●○●、●○○▲

细拨冰绡，低沈玉骨，搅动一池寒碧。
●●○○；○○●●；●●●○○▲

吹尽杨花，糁毡消白。却有青钱，点点如积。
○●○○；●○○▲　●●○○；●●○▲

渐成翠、亭亭如立。
●○●、○○○▲

汉女江妃入奁室。擘破靓妆拥出。
●●○○●○▲　●●●○●▲

夜月明前，夕阳欹后，清妙世间标格。
●●○○；●○○●；○●●○○▲

中贮琼瑶汁。才嚼破、露飞霜泣。何益。
○●○○▲　○●●、●○○▲　○▲

未转眼，度秋风，成陈迹。
●●●；●○○；○○▲

405. 吴音子　（一体）

双调一百二字，上下阕各十句，五平韵

晁端礼

细想当初事，又非是、取次相知。

一年来、觑著尚迟。疑时敢，共些儿。

似恁秤停期尅了，便一成望不相离。

却何期、恩情陡变，中路分飞。

都缘我自心肠软，润就得、转转娇痴。

如今未中再偎随。选不甚，且从□。

待他疏狂心性足，变堆垛、更吃禁持。

管取你、回心却有，投奔人时。

（除起句外，上下阕句式似同。下起可用韵。）

406. 梧桐影　　（一体）

单调二十字，四句两仄韵

吕　岩

明月斜，西风冷。
○●○；○○▲

幽人今夜来不来，教人立尽梧桐影。
○●●○○●○；○○●●○○▲

407. 五彩结同心　（二体）

（一）双调一百十一字，上下阕各九句，四平韵

赵彦端

人间尘断，雨处风回，凉波自泛仙槎。
○○○●；●●○○；○○●●○△

非郭还非埜，闲莺燕、时傍笑语清佳。
○●○○●；○○●、○●●●○△

铜壶花漏长如线，金铺碎、香暖檐牙。
○○○●○○●；○○●、○●○△

谁知道、东园五亩，种成国艳天葩。
○○●、○○●●；●○●●○△

主人汉家龙种，正翩翩迴立，雪纻乌纱。
●○●○○●；●○○●●；●●○△

歌舞承平旧，围红袖、诗兴自写春华。
○●○○●；○○●、○●●●○△

未知三斗朝天去，定何似、鸿宝丹砂。
●○○●○○●；●○●、○●○△

且一醉、朱颜相庆，共看玉井浮花。
●●●、○○○●；●○●●○△

（下阕第二句用一字领。）

（二）双调一百十一字，上阕九句五仄韵，下阕九句六仄韵

无名氏

珠帘垂户。金索悬窗，家接浣沙溪路。

○○○▲　○●○○；○●●○○▲

相见桐阴下，一钩月、恰在凤凰栖处。

○●○○●；●○●、●●●○○▲

素琼捻就宫腰小。花枝袅、盈盈娇步。

●○●●○○●；○○●、○○○▲

新妆浅、满腮红雪，绰约片云欲度。

○○●、●○○●；●●●○●▲

尘寰岂能留住。唯只愁化作，彩云飞去。

○○●○○▲　○●○●●；●○○▲

蝉翼衫儿薄，冰肌莹、轻罩一团香雾。

○●○○●；○○●、○●●○○▲

彩笺巧缀相思苦。脉脉动、怜才心绪。

●○●●○○▲　●●●、○○○▲

好作个、秦楼活计，要待吹箫伴侣。

●●●、○○●●；●●○○●▲

（较平韵体，字数、句式未变。）

408. 五福降中天　　(一体)

双调八十六字，上下阕各八句，四平韵

江致和

喜元宵三五，纵马御柳沟东。
●○○○●；●●●●○△

斜日映珠帘，瞥见芳容。
○●●○○；●●○△

秋水娇横俊眼，腻雪轻铺素胸。
○●○○●●；●●○○●△

爱把菱花，笑匀粉面露春葱。
●●○○；●○●●●○△

徘徊步懒，奈一点、灵犀未通。
○○●●；●●●、○○●△

怅望七香车去，慢辗春风。
●●●○○●；●●○△

云情雨态，愿暂入、阳台梦中。
○○●●；●●●、○○●△

路隔烟霞，甚时还许到蓬宫。
●●○○；●○○●●○△

409. 舞杨花　　　（一体）

双调九十八字，上阕八句五平韵，下阕九句五平韵

康与之

牡丹半坼初经雨，雕槛翠幕朝阳。
●○●●○○●；○●●●○△

困倚东风，羞谢了群芳。
●●○○；○●●○△

洗烟凝露向清晓，步瑶台、月底霓裳。
●○○●●○●；●○○、●●○△

轻笑淡拂宫黄。浅拟飞燕新妆。
○●●●○△　●●○●○△

杨柳啼鸦昼永，正秋千庭馆，风絮池塘。
○●○○●●；●○○○●；○●○△

三十六宫，簪艳粉浓香。
○●●○；○●●○△

慈宁玉殿庆清赏，占东君、谁比花王。
○○●●●○●；●○○、○●○△

良夜万烛荧煌。影里留住年光。
○●●●○△　●●○●○△

（上下阕后六句句式似同。上阕第四句，下阕第二、第五句用一字领。）

410. 兀令　　（一体）

双调八十四字，上下阕各八句，六仄韵

贺　铸

盘马楼前风日好。雪销尘扫。楼上宫妆早。
○●○○○●▲　●○○▲　○●○○▲

认帘箔微开，一面嫣妍笑。
●○●○○；●●○○▲

携手别院重廊，窈窕花房小。任碧罗窗晓。
○●●●○○；●●○○▲　●●○○▲

间阔时多书问少。镜鸾空老。身寄吴云杳。
●●○○○●▲　●○○▲　○●○○▲

想軿辘车音，几度青门道。
●●●○○；●●○○▲

占得春色年年，随处随人到。恨不如芳草。
●●○●○○；○●○○▲　●●○○▲

（上下阕句式似同，第四句、结句用一字领。）

411. 误桃源　　（一体）

双调三十六字，上阕四句三平韵，下阕四句两平韵

无名氏

砥柱勒铭赋，本赞禹功勋。
●●●○●；●●●○△

试官亲处分。赞唐文。
●○○●△　●○△

秀才冥子里，銮驾幸并汾。
●○●●●；○●●○△

恰似郑州去，出曹门。
●●●○●；●○△

412. 西窗烛　　（一体）

双调八十九字，上阕八句三仄韵，下阕八句四仄韵

谭宣子

雨霁江行

春江骤涨，晓陌微干，断云如梦相逐。
○○●●；●●○○；●○○●○▲

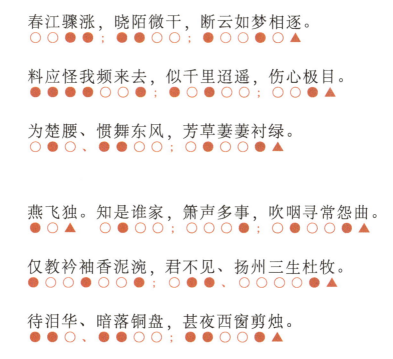

料应怪我频来去，似千里迢遥，伤心极目。
●●●●○○●；●○●○○；○○●▲

为楚腰、惯舞东风，芳草萋萋衬绿。
○●○、●●○○；○●○○●▲

燕飞独。知是谁家，箫声多事，吹咽寻常怨曲。
●○▲　○●○○；○○○●；○●○○●▲

仅教衿袖香泥涴，君不见、扬州三生杜牧。
●○○●○○●；○●●、○○○○●▲

待泪华、暗落铜盘，甚夜西窗剪烛。
●●○、●●○○；●●○○●▲

（上阕第五句用一字领。）

413. 西湖月　　（一体）

双调一百零四字，上下阕各十句，四仄韵

黄子行

初弦月挂林梢，又一番西园，探梅消息。
○○●●○○；●●○○○；●○○▲

粉墙朱户，苔枝露蕊，淡匀轻饰。
●○⊙●；○○●● ●○○▲

玉儿应有恨，为怅望东昏相记忆。
⊙○○●●；●●●○○○●▲

便解佩、飞入云阶，长伴此花倾国。
●●●、⊙●○○；⊙●●○○▲

诗腰瘦损刘郎，记立马攀条，倚阑横笛。
⊙○●●○○；●●●○○；●⊙○▲

少年风味，拈花弄蕊，爱香怜色。
●○○●；○○●●；●○○▲

扬州何逊在，试点染吟笺留醉墨。
○○○●●；●●●○○○●▲

谩赢得、疏影寒窗，夜深孤寂。
●○●、⊙●○○；●⊙○▲

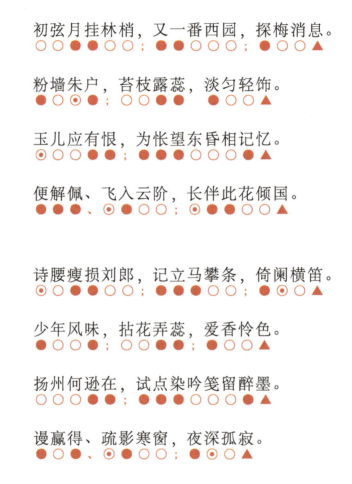

（除两结外，上下阕句式似同，第二、第八句用一字领。此乃黄子行自度商调。其别首，正酒吹波红映颊，此句疑漏一字：正酒酣吹波红映颊。消瘦，沈约诗腰，前亦疑漏一字：但消瘦，沈约诗腰？）

414. 西江月慢　　(二体)

（一）双调一百零三字，上阕十句四仄韵，下阕八句五仄韵

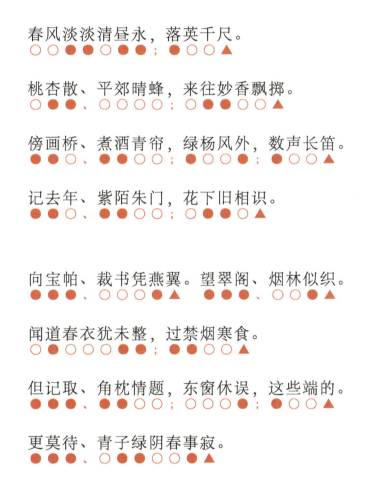

吕渭老

春风淡淡清昼永，落英千尺。
○○●●○●●；●○○▲

桃杏散、平郊晴蜂，来往妙香飘掷。
○●●、○○○○；○●●○○▲

傍画桥、煮酒青帘，绿杨风外，数声长笛。
●●○、●●○○；●○○●；●○○▲

记去年、紫陌朱门，花下旧相识。
●●○、●●○○；○●●○▲

向宝帕、裁书凭燕翼。望翠阁、烟林似织。
●●●、○○○●▲　●●●、○○●▲

闻道春衣犹未整，过禁烟寒食。
○●○○○●●；●●○○▲

但记取、角枕情题，东窗休误，这些端的。
●●●、●●○○；○○○●；●○○▲

更莫待、青子绿阴春事寂。
●●●、○●●○○●▲

（下阕第四句用一字领。）

（二）双调一百零六字，上阕九句四仄韵，下阕八句五仄韵

无名氏

烟笼细柳，映粉墙、垂丝轻袅。
○○●●；●●○、○○○▲

正岁首、暖律风和，装点后苑台沼。
●●●、●●○○；○●●●○▲

见乍开、桃若燕脂染，便须信、江南春早。
●●○、○●○○●；●○●、○○○▲

又数枝、零乱残花，飘满地，未曾扫。
●●○、○●○○；○●●；●○▲

幸到此、芳菲时渐好。恨间阻、佳期尚杳。
●●●、○○○●▲ ●●●、○○●▲

听几声、云里悲鸿，动感怨愁多少。
●●○、○●○○；●●●○○▲

谩送目、层阁天涯远，甚无人、音书来到。
●●●、○●○○●；●○○、○○○▲

又只恐、别有深情，盟言忘了。
●●●、●●○○；○○○▲

415. 西平乐　　（一体）

双调一百二字，上下阕各十句，五仄韵

柳　永

尽日凭高寓目，脉脉春情绪。
●●○○●●；⊙●○○▲

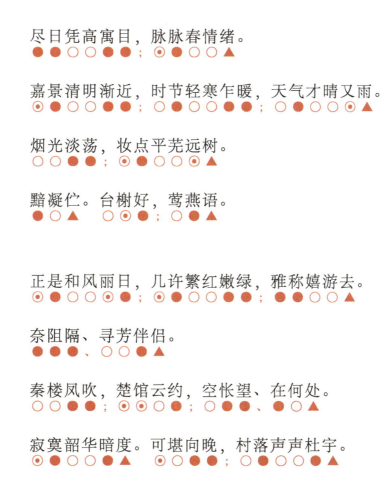

嘉景清明渐近，时节轻寒乍暖，天气才晴又雨。
⊙●○○●●；○●○○●●；○●○○⊙▲

烟光淡荡，妆点平芜远树。
○○●●；⊙●○○⊙▲

黯凝伫。台榭好，莺燕语。
●○▲　○⊙●；○●▲

正是和风丽日，几许繁红嫩绿，雅称嬉游去。
⊙●○○⊙●；⊙●○○●●；●●○○▲

奈阻隔、寻芳伴侣。
●●●、○○●▲

秦楼凤吹，楚馆云约，空怅望、在何处。
○○●●；⊙⊙○●；○●●、●○▲

寂寞韶华暗度。可堪向晚，村落声声杜宇。
⊙●○○●▲　⊙○●●；○●○○●▲

（上阕第四句及下阕起句可用韵。晁补之词下阕第三句“准拟金尊时举”，似多一字，拟金尊时举？）

416. 西施　　　（一体）

双调七十一字，上阕七句四平韵，下阕七句三平韵

柳　永

柳街灯市好花多。尽让美琼娥。
●○○●●○△　●●●○△

万娇千媚，的的在层波。
●○○●；⊙●●○△

取次梳妆，自有天然态，爱浅画双蛾。
●●○○；●●○○●；●⊙●○△

断肠最是金闺客，空怜爱、奈伊何。
●○●●○○●；⊙○●、●○△

洞房咫尺，无计枉朝珂。
●○●●；⊙●●○△

有意怜才，每遇行云处，幸时恁相过。
●●○○；●●○○●；●⊙●○△

（除下阕第二句多一字外，上下阕句式似同。两结例用一字领。柳永别首，上下阕第五、第六句并为一句，用二字领。下阕第三句“至今想，怨魂无主尚徘徊。”疑是“至今怨魂，无主尚徘徊。”）

417. 西吴曲　　（一体）

双调一百零五字，上阕八句五仄韵，下阕十一句四仄韵

刘　过

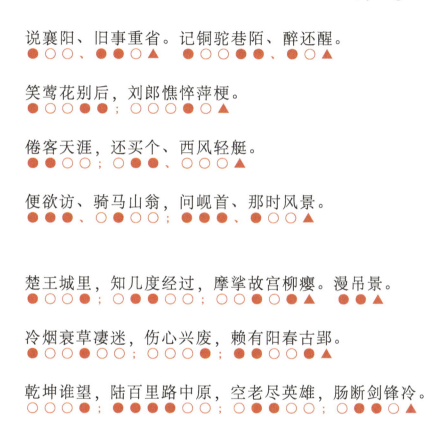

说襄阳、旧事重省。记铜驼巷陌、醉还醒。
●○○、●●○▲　●○○●●、●○▲

笑莺花别后，刘郎憔悴萍梗。
●○○●●；○○○●○▲

倦客天涯，还买个、西风轻艇。
●●○○；○●●、○○○▲

便欲访、骑马山翁，问岘首、那时风景。
●●●、○●○○；●●●、●○○▲

楚王城里，知几度经过，摩挲故宫柳瘿。漫吊景。
●○○●；○●●○○；○○●○●▲　●●▲

冷烟衰草凄迷，伤心兴废，赖有阳春古郢。
●○○●○○；○○○●；●●○○●▲

乾坤谁望，陆百里路中原，空老尽英雄，肠断剑锋冷。
○○○●；●●●●○○；○●●○○；○●●○▲

（上阕第二、第三句，下阕第二、第十句，用一字领。）

418. 西溪子　　（一体）

单调三十五字，八句五仄韵、两平韵

毛文锡

昨日西溪游赏。芳树奇花千样。
⊙●⊙○○▲　⊙●⊙○○▲

琐春光，金樽满。听弦管。娇妓舞衫香暖。
●○○；○⊙◆　○⊙▲　⊙●⊙○⊙▲

不觉到斜晖。马驮归。
⊙●●○△　●○△

（第六句可不用韵。牛峤词第七句少两字。）

419. 西子妆慢　　（一体）

双调九十七字，上阕十句五仄韵，下阕八句六仄韵

吴文英

流水麴尘，艳阳醅酒，画舸游情如雾。
⊙●⊙○；⊙○●●；●●⊙○○▲

笑拈芳草不知名，乍凌波、断桥西堍。
⊙○⊙●●○○；●○○、●○○▲

垂杨漫舞。总不解、将春系住。
○○●▲　●⊙●、○○⊙▲

燕归来，问彩绳纤手，如今何许。
●○○；●⊙○○●；○○○▲

欢盟误。一箭流光，又趁寒食去。
○○▲　●●○○；●●○⊙▲

不堪衰鬓著飞花，傍绿阴、冷烟深树。
⊙○○●●○○；●⊙○、●○○▲

玄都秀句。记前度、刘郎曾赋。
○○●▲　⊙○●、○○⊙▲

最伤心、一片孤山细雨。
●○○、⊙●○○●▲

（上阕第九句用一字领。）

420. 惜春郎　　　(一体)

双调四十九字，上阕五句三仄韵，下阕四句三仄韵

柳　永

玉肌琼艳新妆饰。好壮观歌席。
●○○●○○▲　●●○○▲

潘妃宝钏，阿娇金屋，应也消得。
○○●●；●○○●；○●○▲

属和新词多俊格。敢共我勍敌。
●●○○○●▲　●●●○▲

恨少年、枉费疏狂，不早与伊相识。
●●○、●●○○；●●●○○▲

（上下阕第二句用一字领。）

421. 惜春令　　（一体）

双调五十字，上下阕各四句，三平韵

杜安世

今日重阳秋意深。篱边散、嫩菊开金。
○●○○○●△　○○●、●●○△

万里霜天林叶坠，萧索动离心。
●●○○○●●；○●●○△

臂上茱萸新。似前岁、堪赏光阴。
●●○○△　●○●、○●○△

一盏香醪聊寄兴，牛山会难寻。
●●○○○●●；○○●○△

（两起句可改叶仄韵。后三句句式似同。）

422. 惜寒梅　　(一体)

双调一百字，上阕九句五仄韵，下阕九句六仄韵

无名氏

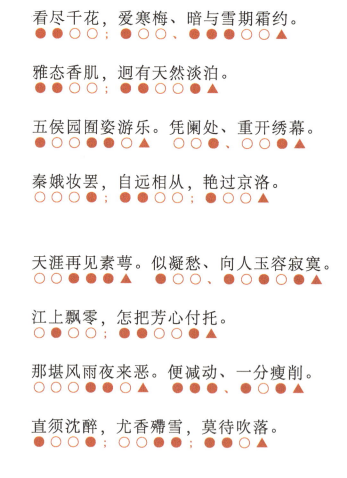

看尽千花，爱寒梅、暗与雪期霜约。
●●○○；●○○、●●●○○▲

雅态香肌，迥有天然淡泊。
●●○○；●●○○●▲

五侯园囿姿游乐。凭阑处、重开绣幕。
●○○●●○▲　○○●、○○●▲

秦娥妆罢，自远相从，艳过京洛。
○○○●；●●○○；●○○▲

天涯再见素萼。似凝愁、向人玉容寂寞。
○○●●●▲　●○○、●○●○●▲

江上飘零，怎把芳心付托。
○●○○；●●○○●▲

那堪风雨夜来恶。便减动、一分瘦削。
○○○●●○▲　●●●、●○●▲

直须沈醉，尤香殢雪，莫待吹落。
●○○●；○○●●；●●○▲

（除起句外，上下阕句式似同，第二句用一字领。）

423. 惜红衣　　（一体）

双调八十八字，上阕十句六仄韵，下阕九句六仄韵

姜　夔

簟枕邀凉，琴书换日，睡馀无力。
●●○○；○○●▲　●○○▲

细洒冰泉，并刀破甘碧。
⊙●○○；○○●○▲

墙头唤酒，谁问讯、城南诗客。
○○●●；⊙⊙⊙、○⊙○▲

岑寂。高树晚蝉，说西风消息。
○▲　⊙●⊙○；⊙○○○▲

虹梁水陌。鱼浪吹香，红衣半狼藉。
○○●▲　⊙●○○；○○●○▲

维舟试望故国。渺天北。
○○⊙●●▲　●○▲

可惜渚边沙外，不共美人游历。
⊙●●○○●；⊙●⊙○○▲

问甚时同赋，三十六陂秋色。
●⊙○○●；○●⊙○○▲

（上结，下阕第八句，用一字领。）

惜红衣 （宋词）

吴文英

余从姜石帚游苕霅间三十五年矣，重来伤今感昔，聊以咏怀

鹭老秋丝，蘋愁暮雪，鬓那不白。倒柳移栽，如今暗溪碧。乌衣细语，伤绊惹、茸红曾约。南陌。前度刘郎，寻流花踪迹。　　朱楼水侧。雪面波光，汀莲沁颜色。当时醉近绣箔，夜吟寂。三十六矶重到，清梦冷云南北。买钓舟溪上，应有烟蓑相识

424. 惜花春起早慢　　　（一体）

双调一百字，上下阕各九句，四仄韵

无名氏

向春来，睹林园、绣出满槛鲜萼。
●○○；●○○、●●●●○▲

流莺海棠，枝上弄舌，紫燕飞绕池阁。
○○●○；○●●●；●●○●○▲

三眠细柳，垂万条、罗带柔弱。
○○●●；○●○、○●○▲

为思量、昨夜去看花，犹自斑驳。
●○○、●●●○○；○●○▲

须拌尽日樽前，当媚景良辰，且恁欢谑。
○○●●○○；○●●○○；●●○▲

更阑夜深秉烛，对花酌、莫辜轻诺。
○○●○●●；●○●、●○○▲

邻鸡唱晓，惊觉来、连忙梳掠。
○○●●；○●○、○○○▲

向西园、惜群葩，恐怕狂风吹落。
●○○、●○○；●●○○○▲

（下阕第二句用一字领。）

425. 惜黄花慢　　（二体）

（一）双调一百八字，上阕十一句六仄韵，下阕九句五仄韵

杨无咎

霁空如水。衬落木坠红，遥山堆翠。
●○○▲　⊙●●●⊙；○○○▲

独立闲阶，数声□度风前，几点雁横云际。
●●○○；●○●●○○；●●⊙○○▲

已凉天气未寒时，问好处、一年谁记。
●○⊙●●○○；●●●、⊙○○▲

笑声里。摘得半钗，金蕊来至。
●○▲　●●●○；○●○▲

横斜为插乌纱，更碎揉、泛入金尊琼蚁。
○○●●○○；●⊙●、●●○○○▲

满酌霞觞，愿教人寿百千，可奈此时情味。
●●○○；●○⊙●⊙○；●●●○○▲

牛山何必独沾衣，对佳节、惟应欢醉。
○○⊙●●○○；●⊙●、○○○▲

看睡起。晓蝶也愁花悴。
○●▲　●●●○○▲

（上阕第二句用一字领。）

（二）双调一百八字，上阕十二句六平韵，下阕十一句六平韵

吴文英

送客吴皋。正试霜夜冷，枫落长桥。
●●○△　●●○●●；⊙●○△

望天不尽，背城渐杳，离亭黯黯，恨水迢迢。
●○⊙●；●○●●；⊙○●●；⊙●○△

翠香零落红衣老，暮愁锁、残柳眉梢。
●○⊙●○○●；●○●、○●○△

念瘦腰。沈郎旧日，曾系兰桡。
●●△　●○●●；○●○△

仙人凤咽琼箫。怅断魂送远，九辩难招。
○○●●○△　●●○●●；○●○△

醉鬟留盼，小窗翦烛，歌云载恨，飞上银霄。
●○○●；●○●●；○○●●；⊙●○△

素秋不解随船去，败红趁、一叶寒涛。
●○●●○○●；●○●、⊙●○△

梦翠翘。怨鸿料过南谯。
●●△　●○●●○△

（上下阕第二句用一字领。）

426. 惜奴娇慢　　（一体）

双调一百二字，上阕九句五仄韵，下阕十句六仄韵

无名氏

春早皇都冰泮。宫沼东风布轻暖。
○●○○○▲　○●○○●○▲

梅粉飘香，柳带弄色，瑞霭祥烟凝浅。
○●○○；●●●●；●●○○○▲

正值元宵，行乐同民总无闲。
●●○○；○●○○●○▲

肆情怀、何惜相邀，是处里容款。
●○○、○●○○；●●●○▲

无算。仗委东君遍。有风光、占五陵闲散。
○▲　●●○○▲　●○○、●●○○▲

从把千金，五夜继赏，并彻春宵游玩。
○●○○；●●●●；●●○○○▲

借问花灯，金锁琼瑰果曾罕。
●●○○；○●○○●○▲

洞天里、一掠蓬瀛，第恐今宵短。
●○●、●●○○；●●○○▲

（后七句句式似同。原名《惜奴娇》，为别于 71 字体，改用今名。）

427. 惜琼花　　(一体)

双调六十字，上阕七句五仄韵，下阕七句四仄韵

张　先

汀蘋白。苕水碧。每逢花驻乐，随处欢席。
○○▲　○●▲　●○○●●；○●○▲

别时携手看春色。萤火而今，飞破秋夕。
●○○●○○▲　○●○○；○●○▲

汴河流，如带窄。任身轻似叶，何计归得。
●○○；○●▲　●○○●●；○●○▲

断云孤鹜青山极。楼上徘徊，无尽相忆。
●○○●○○▲　○●○○；○●○▲

（除起句外，上下阕句式、用韵、平仄皆同。上下阕第三句用一字领。）

428. 惜秋华　　　（一体）

双调九十三字，上阕九句五仄韵，下阕十句六仄韵

吴文英

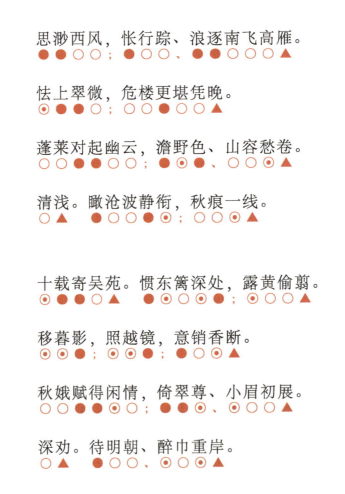

思渺西风，怅行踪、浪逐南飞高雁。
●●○○；●○○、●●○○○▲

怯上翠微，危楼更堪凭晚。
⊙●●○；○○●○○▲

蓬莱对起幽云，澹野色、山容愁卷。
○○●●○○；●⊙●、○○⊙▲

清浅。瞰沧波静衔，秋痕一线。
○▲　●○○●⊙；○○⊙▲

十载寄吴苑。惯东篱深处，露黄偷翦。
⊙●●○▲　●⊙○⊙●；⊙○○▲

移暮影，照越镜，意销香断。
⊙⊙●；⊙⊙●；●○⊙▲

秋娥赋得闲情，倚翠尊、小眉初展。
○○●●⊙○；●●⊙、⊙○○▲

深劝。待明朝、醉巾重岸。
○▲　●○○、⊙○⊙▲

（上阕第八句，下阕第二句，用一字领。吴文英词共五首。上阕末三句可不用短韵，重组为五字、六字各一句。下阕第四、第五、第六句，可重组为四字、六字各一句。下阕第二句，吴文英别首平仄换作：●●●○○。）

429. 惜馀欢　　(一体)

双调一百零四字，上阕十一句四仄韵，下阕十一句五仄韵

黄庭坚

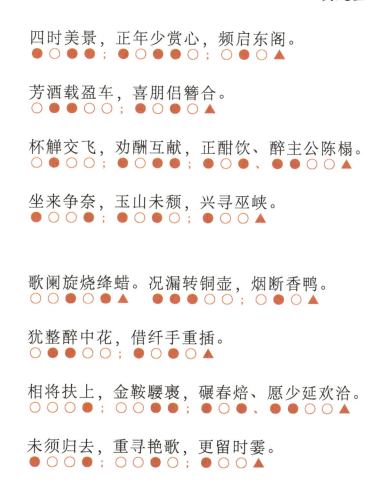

四时美景，正年少赏心，频启东阁。
●○●●；●○●●○；○●○▲

芳酒载盈车，喜朋侣簪合。
○●●○○；●○●○▲

杯觯交飞，劝酬互献，正酣饮、醉主公陈榻。
○●○○；●○●●；●○●、●●○○▲

坐来争奈，玉山未颓，兴寻巫峡。
●○○●；●○●○；●○○▲

歌阑旋烧绛蜡。况漏转铜壶，烟断香鸭。
○○●○●▲　●●●○○；○●○▲

犹整醉中花，借纤手重插。
○●●○○；●○●○▲

相将扶上，金鞍騕褭，碾春焙、愿少延欢洽。
○○○●；○○●●；●○●、●●○○▲

未须归去，重寻艳歌，更留时霎。
●○○●；○○●○；●○○▲

（除起句外，上下阕句式似同。上下阕第二、第五句用一字领。）

430. 惜馀妍　　（一体）

双调九十二字，上阕九句四仄韵，下阕八句四仄韵

曹　遠

被如赋二色木香

同根异色，看镂玉雕檀，芳艳如簇。
○○●●；●●●○○；○●○▲

秀叶玲珑，嫩条下垂修绿。
●●○○；●○●○○▲

禁华深锁清妍，香满架、风梳露浴。
●○○●○○；○●●、○○●▲

轻盈便似觉，酴醿格调粗俗。
○○●●●；○○●●○▲

蜂黄间涂蝶粉，疑旧日二乔，各样妆束。
○○○○●●；○●●●○；●●○▲

春工鬥合，靓芳秾馥。
○○●●；●○○▲

翠华临槛清赏，飞凤斝、休辞醉玉。
●○○●○●；○●●、○○●▲

晴昼镇贮春，瑶台金屋。
○●●●○、○○○▲

（上下阕第二句用一字领。）

431. 熙州慢　　（一体）

双调九十六字，上阕十句三仄韵、一叶韵，下阕八句六仄韵

张　先

武林乡、占第一湖山，咏画争巧。
●○○、●●●○○；●●○▲

鹫石飞来，倚翠楼烟霭，清猿啼晓。
●●○○；●●○○●；○○○▲

况值禁垣师帅，惠政流入歌谣。
●●●○○●；●●○●○▽

朝暮万景，寒潮弄月，乱峰回照。
○●●●；○○●●；●○○▲

天使寻春不早。并行乐、免有花愁花笑。
○●○○●▲　●○●、●●○○○▲

持酒更听，红儿肉声长调。
○●●○；○○●○○▲

潇湘故人未归，但目送、游云孤鸟。
○○●○●○；●●●、○○○▲

际天杪。离情尽寄芳草。
●○▲　○○●●○▲

（上阕第四句用一字领。）

432. 喜长新　　（一体）

双调四十七字，上阕四句四平韵，下阕四句三平韵

王益柔

秋云朔吹晓徘徊。雪照楼台。
○○●●●○△　●●○△

梁王宴召有邹枚。相如独逞雄才。
○○●●●○△　○○●●○△

明烛薰炉香暖，深劝金杯。
○●○○○●；○●○△

庭前粉艳有寒梅。一枝昨夜先开。
○○●●●○△　●○●●○△

433. 喜朝天　　（一体）

双调一百零一字，上阕十句五平韵，下阕十句四平韵

张　先

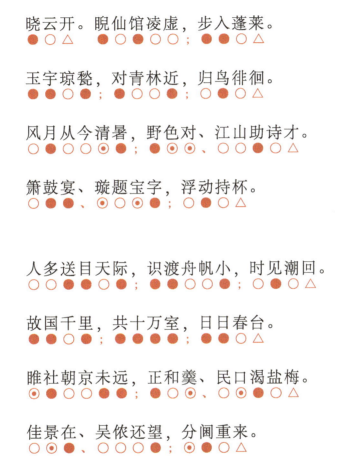

晓云开。睨仙馆凌虚，步入蓬莱。
●○△　●○●○○；●●○△

玉宇琼甃，对青林近，归鸟徘徊。
●●○●；●○○●；○●○△

风月从今清暑，野色对、江山助诗才。
○●○○⊙●；●⊙⊙、○○●○△

箫鼓宴、璇题宝字，浮动持杯。
○●●、⊙○⊙●；○●○△

人多送目天际，识渡舟帆小，时见潮回。
○○●●○●；●●○○●；○●○△

故国千里，共十万室，日日春台。
●●○●；●●●●；●●○△

睢社朝京未远，正和羹、民口渴盐梅。
⊙●○○●●；●○⊙、○⊙●○△

佳景在、吴侬还望，分阃重来。
○⊙●、○○○●；⊙●○△

（除起句外，上下阕句式似同。上下阕第二、第五句，用一字领。晁补之词，上阕第四、第五、第六句，重组为六字两句。）

434. 喜团圆　　　(一体)

双调四十八字，上阕五句两平韵，下阕六句两平韵

无名氏

轻攒碎玉，玲珑竹外，脱去繁花。
○○●●；○○●●；⊙●○△

尤殢东君，最先点破，压倒群花。
○⊙⊙⊙；⊙○●●；⊙●○△

瘦影生香，黄昏月馆，清浅溪沙。
⊙⊙⊙⊙；⊙○⊙●；⊙●○△

仙标淡伫，偏宜么凤，肯带栖鸦。
⊙○●●；○○⊙●；●●○△

（上下阕句式似同。上阕末两句有重组：晏几道词为七字、五字各一句，无名氏词别首四字、八字各一句。）

435. 遐方怨　　　（二体）

（一）单调三十二字，七句四平韵

温庭筠

凭绣槛，解罗帏。未得君书，断肠潇湘春雁飞。
○●●；●○△　●●○○；●○○⊙○●△

不知征马几时归。海棠花谢也，雨霏霏。
●○○●●○△　●○○●●；●○△

（二）双调六十字，上下阕各六句四平韵

孙光宪

红绶带，锦香囊。为表花前意，殷勤赠玉郎。
○●●；●○△　●⊙○⊙●；⊙○⊙●△

此时更自役心肠。转添秋夜梦魂狂。
●○⊙●●○△　●○○●●○△

思艳质，想娇妆。愿早传金盏，同欢卧醉乡。
⊙⊙●；●○△　⊙●○○●；⊙○⊙●△

任人情妒恶猜防。到头须使似鸳鸯。
●○○●●○△　⊙○○●●○△

436. 下水船　　　　(一体)

双调七十五字，上阕七句五仄韵，下阕八句六仄韵

黄庭坚

总领神仙侣。齐到青云岐路。
⊙●○○▲　○●○○⊙▲

丹禁风微，咫尺谛闻天语。
⊙●○○；⊙⊙●⊙⊙▲

尽荣遇。看即如龙变化，一掷灵梭风雨。
⊙⊙▲　⊙●○○⊙●；⊙⊙⊙⊙○▲

真游处。上苑寻春去。
⊙○▲　⊙●○○▲

芳草芊芊迎步。几曲笙歌，樱桃艳里欢聚。
⊙●○○⊙▲　⊙●○○；○○●⊙⊙▲

瑶觞举。回祝尧龄万万，端的君恩难负。
⊙⊙▲　⊙●○○⊙●；○●○○⊙▲

（上阕第六句可用韵，上阕第五句、下起及下阕第二句可不用韵。上阕第三、第四句，下阕第四、第五句，可重组为六字、四字各一句，贺铸词六字句用韵。晁补之词下阕第三句多一字。）

下水船 （宋词）

贺 铸

芳草青门路。还拂京尘东去。回想当年离绪。送君南浦。愁几许。尊酒流连薄暮。帘卷津楼风雨。　　凭阑语。草草蘅皋赋。分首惊鸿不驻。灯火虹桥，难寻弄波微步。漫凝伫。莫怨无情流水，明月扁舟何处。

437. 夏日燕黉堂　　（一体）

双调九十八字，上下阕各十句，五平韵

无名氏

日初长。正园林换叶，瓜李飘香。
● ○ △　● ⊙ ○ ● ●；⊙ ● ○ △

帘外雨过，送一霎微凉。
○ ● ● ●；● ● ● ○ △

萍芜径曲凝珠颗，衬汀沙、细簇蜂房。
○ ○ ⊙ ● ○ ○ ●；● ○ ○、● ● ○ △

被晚风轻飐，圆荷翻水，泼觉鸳鸯。
● ⊙ ○ ⊙ ●；○ ○ ⊙ ●；⊙ ● ○ △

此景最难忘。趁芳樽泛蚁，锜簟铺湘。
⊙ ● ● ○ △　⊙ ○ ○ ● ●；○ ● ○ △

兰舟棹稳，倚何处垂杨。
⊙ ○ ● ●；⊙ ⊙ ● ○ △

岂能文字成狂饮，更红裙、闲也何妨。
⊙ ○ ⊙ ● ○ ○ ●；● ⊙ ○、○ ● ○ △

任醉归明月，虾须帘卷，几线馀霜。
● ● ○ ⊙ ●；⊙ ○ ○ ●；● ● ○ △

（除起句外，上下阕后九句句式似同。第二、第五、第八句用一字领。赵珌象词上阕第四句多一字，不予校订。）

438. 闲中好　　　（一体）

又名忆眠时，单调十八字，四句两平韵

段成式

闲中好，尘务不萦心。
○○●；⊙●●○△

坐对前窗木，看移三面阴。
⊙●⊙○●；⊙○○●△

（五绝首句减两字耳。韩偓三首起句皆作：●⊙○。韩偓别首用韵以入代平，郑符词改用仄韵，不予参校。）

439. 献天寿　　(一体)

双调四十七字，上阕四句四平韵，下阕五句三平韵

无名氏

日暖风和春更迟。是太平时。
●●○○○●△　●●○△

我从蓬岛整容姿。来降贺丹墀。
●○○●●○△　○●●○△

幸逢灯夕真佳会，喜近天威。
●○○●○○●；●●○△

神仙寿算远无期。献君寿，万千斯。
○○●●●○△　●○●；●○△

440. 献衷心　　　（二体）

（一）双调六十四字，上阕九句四平韵，下阕八句四平韵

欧阳炯

见好花颜色，争笑东风。双脸上，晚妆同。
●⊙○⊙●；⊙●○△　○●●；●○△

闭小楼深阁，春景重重。三五夜，偏有恨，月明中。
●●○○●；○●○△　○⊙●；○●●；●○△

情未已，信曾通。满衣犹自染檀红。
○⊙●；●○△　●○○●●○△

恨不如双燕，飞舞帘栊。春欲暮，残絮尽，柳条空。
●⊙○○●；○●○△　○⊙●；○●●；●○△

（上阕起句、第五句，下阕第四句用一字领。）

（二）双调六十九字，上下阕各九句，四平韵

顾 夐

绣鸳鸯帐暖，画孔雀屏欹。人悄悄，月明时。
●⊙○⊙●；⊙●●○△ ○●●；●○△

想昔年欢笑，恨今日分离。银釭背，铜漏永，阻佳期。
●●○○●；●○●○△ ○⊙●；○●●；●○△

小炉烟细，虚阁帘垂。几多心事，暗地思惟。
●○○●；○●○△ ●○○●；●●○△

被娇娥牵役，魂梦如痴。金闺里，山枕上，始应知。
●⊙○○●；○●○△ ○⊙●；○●●；●○△

（上阕起句、第二、第五、第六句，下阕第五句，用一字领。）

441. 相思儿令　　　　（二体）

（一）又名绣带子、绣带儿、好儿女，双调四十七字，上阕四句两平韵，下阕四句三平韵

晏　殊

昨日探春消息，湖上绿波平。
⊙●●○○●；○●●○△

无奈绕堤芳草，还向旧痕生。
⊙●●○○●；○●●○△

有酒且醉瑶觥。更何妨、檀板新声。
●⊙●●○△　●○○、○●○△

谁教杨柳千丝，就中牵系人情。
⊙○○●○○；●○○●○△

（二）**又名绣带子、绣带儿、好儿女，双调四十五字，上下阕各四句，三平韵**

张　先

春去几时还。问桃李无言。
○●●○△　●○●○△

燕子归栖风紧，梨雪乱西园。
●●○○○●；○●●○△

犹有月婵娟。似人人、难近如天。
○●●○△　●○○、○●○△

愿教清影长相见，更乞取长圆。
●○○●○○●；●●●○△

相思儿令（宋词）

晏　殊

春色渐芳菲也，迟日满烟波。正好艳阳时节，争奈落花何。　　醉来拟恣狂歌。断肠中、赢得愁多。不如归傍纱窗，有人重画双蛾。

442. 相思引　　（一体）

双调四十九字，上阕五句四仄韵，下阕四句四仄韵

无名氏

半苞红，微露粉。潇洒早梅犹嫩。
●○○；○●▲　○●⊙○○▲

香入梦魂残酒醒。芳意相牵引。
○●⊙○○●▲　⊙●○○▲

不畏晓霜侵手冷。欲折一枝芳信。
⊙●●○○●▲　⊙●●○○▲

折得却无人寄问。争信相思损。
⊙●⊙○○●▲　○●○○▲

443. 湘春夜月　　（一体）

双调一百二字，上阕十句四平韵，下阕十一句四平韵

黄孝迈

近清明，翠禽枝上消魂。
●○○；●○○●○△

可惜一片清歌，都付与黄昏。
●●●●○○；○●●○△

欲共柳花低诉，怕柳花轻薄，不解伤春。
●●●○○●；●●○○●；●●○△

念楚乡旅宿，柔情别绪，谁与温存。
●●○●●；○○●●；○●○△

空樽夜泣，青山不语，残月当门。
○○●●；○○●●；○●○△

翠玉楼前，惟是有、一江湘水，摇荡湘云。
●●○○；○●●、●○○●；○●○△

天长梦短，问甚时、重见桃根。
○○●●；●●○、○●○△

这次第，算人间没个并刀，剪断心上愁痕。
●●●；●○○●●○○；●●○●○△

（上阕第四、第六、第八句，下阕第十句，用一字领。）

444. 湘江静　　（一体）

双调一百三字，上阕十句五仄韵，下阕十一句五仄韵

史达祖

暮草堆青云浸浦。记匆匆、倦篙曾驻。
⊙⊙○⊙○⊙▲　●○⊙、●○○▲

渔榔四起，沙鸥未落，怕愁沾诗句。
○○●●；⊙○●●；●○○○▲

碧袖一声歌，石城怨、西风随去。
⊙●●○○；⊙○●、○○○▲

沧波荡晚，菰蒲弄秋，还重到、断魂处。
○○●●；○○●⊙；○⊙●、●○▲

酒易醒，思正苦。想空山、桂香悬树。
⊙●○；○●▲　●○○、●○○▲

三年梦冷，孤吟意短，屡烟钟津鼓。
○○●●；○○●●；●○○○▲

屐齿厌登临，移橙后、几番凉雨。
⊙●●○○；○○●、●○○▲

潘郎渐老，风流顿减，闲居未赋。
○○●●；○○●●；○○●▲

（上阕第五句，下阕第六句，用一字领。无名氏词下起并为六字一句，且不用韵。）

445. 湘灵瑟　　（一体）

双调三十三字，上阕四句四平韵，下阕四句三平韵

刘　壎

故妓周懿葬桥南

酸风泠泠。哀笳吹数声。
○○○△　○○○●△

碎雨冥冥。泣瑶英。
●●○△　●○△

花心路，芙蓉城。
○○●；○○△

相思几回魂惊。肠断坟草青。
○○●○○△　○●○●△

（无名氏词，结句前两字平仄互换：●○○●△。）

446. 向湖边　　（一体）

双调一百四字，上阕十句四仄韵，下阕十句六仄韵

江　纬

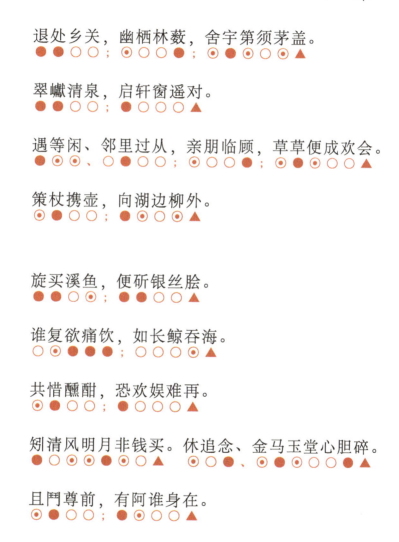

退处乡关，幽栖林薮，舍宇第须茅盖。
●●○○；⊙○○●；⊙●⊙○⊙▲

翠巘清泉，启轩窗遥对。
●●○○；●○○○▲

遇等闲、邻里过从，亲朋临顾，草草便成欢会。
●⊙⊙、○●○○；⊙○○●；⊙●⊙○○▲

策杖携壶，向湖边柳外。
⊙●○○；●⊙○⊙▲

旋买溪鱼，便斫银丝脍。
●●○⊙；●●○○▲

谁复欲痛饮，如长鲸吞海。
○⊙●●●；○○○⊙▲

共惜醺酣，恐欢娱难再。
⊙●○○；●○○○▲

矧清风明月非钱买。休追念、金马玉堂心胆碎。
●○⊙⊙●⊙○▲　⊙○●、⊙●⊙○○●▲

且鬥尊前，有阿谁身在。
⊙●○○；●⊙○○▲

（上阕第五句、结句，下阕第四、第六、第七句及结句，用一字领。）

447. 逍遥乐　　（一体）

双调九十八字，上阕十一句六仄韵，下阕八句五仄韵

黄庭坚

春意渐归芳草。故国佳人，千里信沉音杳。

○●●○○▲　●●○○；○●●○○▲

雨润烟光，晚景澄明，极目危栏斜照。

●●○○；●●○○；●●○○○▲

梦当年少。对樽前、上客邹枚，小鬟燕赵。

●○○▲　●○○、●●○○；●○○▲

共舞雪歌尘，醉里谈笑。

●●●○○；●●○▲

花色枝枝争好。鬓丝年年渐老。

○●○○○▲　●○○○●▲

如今遇风景，空瘦损、向谁道。

○○●○●；○●●、●○▲

东君幸赐与，天幕翠遮红绕。

○○●●●；○●●○○▲

休休醉乡岐路，华胥蓬岛。

○○●○○●；○○○▲

（上阕第十句用一字领。）

448. 潇湘忆故人慢　　（一体）

双调一百零四字，上下阕各十句，五平韵

王安礼

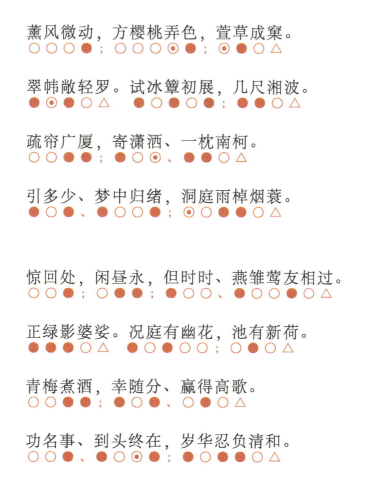

薰风微动，方樱桃弄色，萱草成窠。
○○○●；○○○⊙●；⊙●○△

翠帏敞轻罗。试冰簟初展，几尺湘波。
●⊙●○△　●○●○●；●●○△

疏帘广厦，寄潇洒、一枕南柯。
○○●●；●○⊙、●●○△

引多少、梦中归绪，洞庭雨棹烟蓑。
●○●、●○○●；⊙○●●○△

惊回处，闲昼永，但时时、燕雏莺友相过。
○○●；○●●；●○○、●○○●○△

正绿影婆娑。况庭有幽花，池有新荷。
●●●○△　●○●○○；○●○△

青梅煮酒，幸随分、赢得高歌。
○○●●；●○●、○●○△

功名事、到头终在，岁华忍负清和。
○○●、●○⊙●；●○●●○△

（上下阕后七句句式似同。除上阕第四句外，其余五字句用一字领。钱应金词上阕第四、第五句，重组为三字两句、四字一句。）

潇湘忆故人慢　（宋词）

钱应金

深秋村落，夸青菱香熟，素手甜和。擘紫蟹，蒸黄雀，知己团聚，笑语婆娑。浓烟淡雪，剪湘湖、几尺渔蓑。纵消受、白苹红蓼，生平未免情多。　　空怀古，时悱恻，十年来、可偿文债诗魔。叹世路蹉跎。恐心费参熊，眉费松螺。风期阔绝，喜今夕、重话云窝。寒潭月、皎然见底，问君不醉如何。

449. 潇潇雨　　　（一体）

双调九十七字，上下阕各九句，四平韵

张　炎

泛江有怀袁通父、唐月心

空山弹古瑟，掬长流、洗耳复谁听。
○○○●●；●○○、●●●○△

倚阑干不语，江潭树老，风挟波鸣。
●○○●●；○○●●；○●○△

愁里不须啼鴂，花落石床平。
○●●○○●；○●●○△

岁月鸥前梦，耿耿离情。
●●○○●；●●○△

记得相逢竹外，看词源倒泻，一雪尘缨。
●●○○●●；●○○●●；●●○△

笑匆匆呼酒，飞雨夜舟行。
●○○○●；○●●○△

又天涯、零落如此，掩闲门、得似晋人清。
●○○、○●○●；●○○、●●●○△

相思恨趁杨花去，错到长亭。
○○●●○○●；●●○△

（上阕第三句，下阕第二、第四句，用一字领。）

450. 小镇西犯　　（二体）

（一）又名镇西、小镇西，双调七十九字，上阕八句四仄韵，下阕九句五仄韵

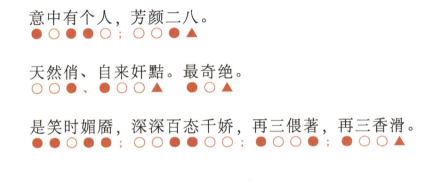

柳　永

意中有个人，芳颜二八。
●○●●○；○○●▲

天然俏、自来奸黠。最奇绝。
○○●、●○○▲　●○▲

是笑时媚靥，深深百态千娇，再三偎著，再三香滑。
●●○●●；○○●●○○；●○○●；●○○▲

久离缺。夜来魂梦里，尤花殢雪。
●○▲　●○○●●；○○●▲

分明似、旧家时节。正欢悦。
○○●、●○○▲　●○▲

被邻鸡唤起，一场寂寥，无眠向晓，空有半窗残月。
●○○●●；●○●●；○○●●；○●●○○▲

（上阕第五句，下阕第六句，用一字领。蔡伸词上阕末三句，重组为四字两句、六字一句。）

（二）又名镇西、小镇西，双调七十一字，上阕七句五仄韵，下阕八句六仄韵

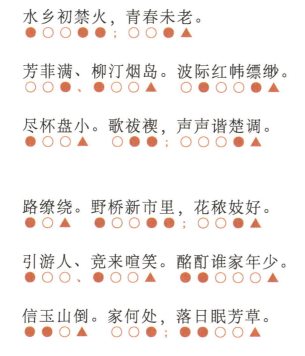

柳　永

水乡初禁火，青春未老。
●○○●●；○○●▲

芳菲满、柳汀烟岛。波际红帏缥缈。
○○●、●○○▲　○●○○●▲

尽杯盘小。歌祓禊，声声谐楚调。
●○○▲　○●●；○○○●▲

路缭绕。野桥新市里，花秾妓好。
●○▲　●○○●●；○○●▲

引游人、竞来喧笑。酩酊谁家年少。
●○○、●○○▲　●●○○○▲

信玉山倒。家何处，落日眠芳草。
●●○▲　○○●；●●○○▲

（除下起多三字韵句外，上下阕句式似同。）

451. 谢池春慢　　（一体）

又名谢池春，双调九十字，上下阕各十句，五仄韵

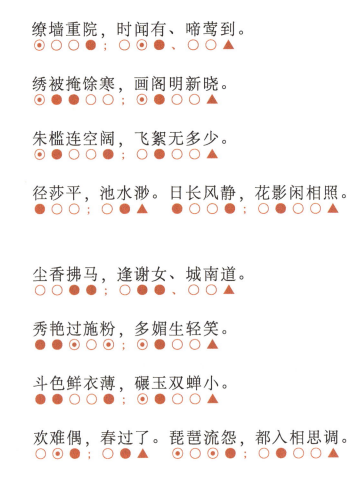

张　先

缭墙重院，时闻有、啼莺到。
⊙○○●；○⊙●、○○▲

绣被掩馀寒，画阁明新晓。
⊙●●○○；⊙●○○▲

朱槛连空阔，飞絮无多少。
⊙●○○●；○●○○▲

径莎平，池水渺。日长风静，花影闲相照。
●○○；○●▲　●○○●；○●○○▲

尘香拂马，逢谢女、城南道。
○○●●；○●●、○○▲

秀艳过施粉，多媚生轻笑。
●●⊙○⊙；⊙●○○▲

斗色鲜衣薄，碾玉双蝉小。
●●○○●；⊙●○○▲

欢难偶，春过了。琵琶流怨，都入相思调。
○⊙●；○●▲　⊙○⊙●；○●○○▲

（上下阕句式似同。）

谢池春慢 （宋词）

李之仪

残寒销尽，疏雨过、清明后。花径敛馀红，风沼萦新皱。乳燕穿庭户，飞絮沾襟袖。正佳时，仍晚昼。著人滋味，真个浓如酒。　　频移带眼，空只恁、厌厌瘦。不见又思量，见了还依旧。为问频相见，何似长相守。天不老，人未偶。且将此恨，分付庭前柳。

452. 谢新恩　　（一体）

双调四十四字，上阕三句两平韵，下阕四句两平韵

李　煜

樱花落尽阶前月，象床愁倚薰笼。
○○●●○○●；⊙○⊙●○△

远是去年今日、恨还同。
●●⊙⊙○⊙、⊙⊙△

双鬟不整云憔悴，泪沾红抹胸。
○○●●○○●；●○○●△

何处相思苦，纱窗醉梦中。
⊙●○○●；⊙○⊙●△

（吕远刻本《南唐二主词》）

453. 行香子慢　　（一体）

双调九十六字，上阕十句五平韵，下阕十一句六平韵

无名氏

瑞景光融。换中天霁烟，佳气葱葱。
●●○△　●○○●○；○●○△

皇居崇壮丽，金碧辉空。
○○○●●；○●○△

彤霄外、瑶殿深处，帘卷花影重重。
○○●、○●○●；○●○●○△

迎步辇、几簇真仙，贺庆寿新宫。
○●●；●●○○；●●●○△

方逢。圣主飞龙。正休盛大宁，朝野欢同。
○△　●●○△　●○●●○；○●○△

何妨宴赏，奉宸意慈容。
○○●●；●○●○△

韶音按、露觞将进，蕙炉飘馥香浓。
○○●、●○○●；●○○●○△

长愿承颜，千秋万岁，明月清风。
○●○○；○○●●；○●○△

（上阕第二句、结句，下阕第三、第六句，用一字领。）

454. 杏花天慢　　（一体）

双调一百零三字，上下阕各九句，五仄韵

曹　勋

桃蕊初谢，双燕来后，枝上嫩苞时节。
○●○●；○●○●；○●●○○▲

绛萼滋浩露，照晓景、裁翦冰绡标格。
●●○●●；●●●、○●○○○▲

烟传靓质。似淡拂、妆成香颊。
○○●▲　●●●、○○○▲

看暖日催吐繁英，占断上林风月。
●●●○●○○；●●●○○▲

坛边曾见数枝，算应是真仙，故留春色。
○○○●●○；●○●○○；●○○▲

顿觉偏造化，且任他、桃李成蹊谁说。
●●○●●；●●○、○●○○○▲

晴霁易雪。待对饮、清赏无歇。
○●●▲　●●●、○●○▲

更爱惜、留引鹇禽，未须再折。
●●●、○●○○；●○●▲

（上阕第八句，下阕第二句，用一字领。）

455. 杏园芳　　（一体）

又名杏园春，双调四十五字，上阕四句四平韵，下阕四句三平韵

尹　鹗

严妆嫩脸花明。交人见了关情。
○○●●○△　○○●●○△

含羞举步越罗轻。称娉婷。
○○●●●○△　●○△

终朝咫尺窥香阁，迢遥似隔层城。
○○●●○○●；○○●●○△

何时休遣梦相萦。入云屏。
○○○●●○△　●○△

456. 绣停针　　　（一体）

双调九十八字，上阕十句五仄韵，下阕十句六仄韵

陆　游

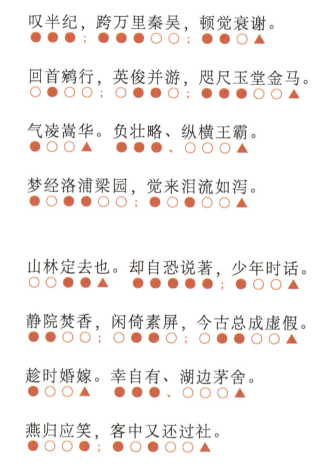

叹半纪，跨万里秦吴，顿觉衰谢。

●●●；●●●○○；●●○▲

回首鹓行，英俊并游，咫尺玉堂金马。

○●○○；○●●○；●●●○○▲

气凌嵩华。负壮略、纵横王霸。

●○○▲　●●●、○○○▲

梦经洛浦梁园，觉来泪流如泻。

●○●●○○；●○●○○▲

山林定去也。却自恐说著，少年时话。

○○●●▲　●●●●●；●○○▲

静院焚香，闲倚素屏，今古总成虚假。

●●○○；○●●○；○●●○○▲

趁时婚嫁。幸自有、湖边茅舍。

●○○▲　●●●、○○○▲

燕归应笑，客中又还过社。

●○○●；●○●○○▲

（除起句、倒数第二句外，上下阕句式似同，第二句用一字领。山阴语读来更佳。）

457. 宣清　　（一体）

双调一百十五字，上阕十一句四仄韵，下阕十二句五仄韵

柳　永

残月朦胧，小宴阑珊，归来轻寒凛凛。
○●○○；●●○○；○○○○●▲

背银缸、孤馆乍眠，拥重衾、醉魄犹噤。
●○○、○●●○；●○○、●●○▲

永漏频传，前欢已去，离愁一枕。
●●○○；○○●●；○○●▲

暗寻思、旧追游，神京风物如锦。
●○○、●○○；○○○●○▲

念掷果朋侪，绝缨宴会，当时曾痛饮。
●●●○○；●○●●；○○○●▲

命舞燕翩翻，歌珠贯串，向玳筵前，尽是神仙流品。
●○●○○；○○●●；●●○○；●●○○○▲

至更阑、疏狂转甚。更相将、凤帏鸳寝。
●○○、○○●▲　●○○、●○○▲

玉钗横处，任散尽高阳，这欢娱、甚时重恁。
●○○●；●●●○○；●○○、●○○▲

（下阕起句、第四、第六、第十一句用一字领。）

458. 雪花飞　　（一体）

双调四十二字，上下阕各四句，两平韵

黄庭坚

携手青云路稳，天声迤逦传呼。
○●○○●●；○○●●○△

袍笏恩章乍赐，春满皇都。
○●○○●●；○●○△

何处难忘酒，琼花照玉壶。
○●○○●；○○●●△

归袅丝梢竞醉，雪舞郊衢。
○●○○●●；●●○△

459. 雪梅香　　（一体）

双调九十四字，上阕九句四平韵，下阕十句五平韵

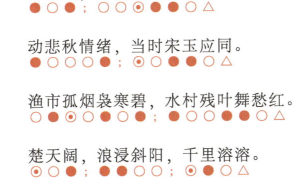

柳　永

景萧索，危楼独立面晴空。
●○●；○○⊙●●○△

动悲秋情绪，当时宋玉应同。
●○○○●；⊙○●●○△

渔市孤烟袅寒碧，水村残叶舞愁红。
○●⊙○●○●；●○○●●○△

楚天阔，浪浸斜阳，千里溶溶。
⊙○●；●●○○；⊙●○△

临风。想佳丽、别后愁颜，镇敛眉峰。
○△　●○●、●●○○；●●○△

可惜当年，顿乖雨迹云踪。
⊙●○○；●○●●○△

雅态妍姿正欢洽，落花流水忽西东。
⊙●○○●○●；●○○●●○△

无憀意，尽把相思，分付征鸿。
○○●；●●○○；⊙●○△

（上下阕后六句句式似同。下起可不用短韵。上阕第三句用一字领。）

460. 雪明鳷鹊夜慢　（一体）

双调九十四字，上阕九句四仄韵，下阕八句四仄韵

赵　信

望五云、多处春深，开阆苑、别就蓬岛。
●●○、○●○○；○●●、●●○▲

正梅雪韵清，桂月光皎。
●○●●○；●●○▲

凤帐龙帘萦嫩风，御座深、翠金间绕。
●●○○○●○；●●○、●○●▲

半天中，香泛千花，灯挂百宝。
●○○；○●○○；○●●▲

圣时观风重腊，有箫鼓沸空，锦绣匝道。
●○○○●●；●○●●○；●●●▲

竞呼卢、气贯调欢笑。
●○○、●●○○▲

暗里金钱掷下，来侍燕、歌太平睿藻。
●●○○●●；○●●、○●○●▲

愿年年此际，迎春不老。
●○○●●；○○●▲

（全宋词定为万俟咏词。上阕第三句，下阕第二、第七句，用一字领。）

461. 雪狮儿　　（一体）

又名狮儿词，双调九十二字，上阕九句五仄韵，下阕九句七仄韵

仇　远

梅

武林春早，乘兴试问，孤山枝南枝北。
⊙○●●；○●⊙●；○○○○○▲

见说椒红初破，芳苞犹绿。
⊙●○○⊙●；○○○▲

罗浮梦熟。记曾有、幽禽同宿。
○○●▲　⊙⊙●、⊙○○▲

依稀似、缟衣楚楚，佳人空谷。
⊙⊙●、⊙○●●；○○○▲

娇小春意未足。甚娇羞，怕入玉堂金屋。
⊙⊙○⊙●▲　●○○；●●●○○▲

误学宫妆，粉额蜂黄轻扑。
⊙●○○；●●○○○▲

江空岁晚，最难是、旧交松竹。
○○⊙●；⊙⊙●、⊙○○▲

忒幽独。笛倚画楼西曲。
⊙○▲　●⊙⊙○○▲

（程垓词上阕第三句少两字，张雨词上阕第二句多一衬字，下阕第六句多用一韵，不予参校。）

雪狮儿 （宋词）

程　垓

断云低晚，轻烟带暝，风惊罗幕。数点梅花香倚，雪窗摇落。红炉对谑。正酒面、琼酥初削。云屏暖，不知门外，月寒风恶。　　迤逦慵云半掠。笑盈盈，闲弄宝筝弦索。暖极生春，已向横波先觉。花娇柳弱。渐倚醉、要人搂著。低告托。早把被香熏却。

雪狮儿 （金元词）

张　雨

赋梅次仇山村韵

含香弄粉，便勾引游骑，寻芳城南城北。别有西村断港，冰澌微绿。孤山路熟。伴老鹤、晚先寻宿。怕冻损、三花两蕊，寒泉幽谷。　　几番花阴濯足。记归来，醉卧雪深平屋。春梦无凭，鬓底闹蛾争扑。不如图画，相对展、官奴风竹。烧黄独。自听瓶笙调曲。

462. 雪夜渔舟　　　（一体）

双调一百字，上下阕各十一句，六仄韵

张继先

晚风歇。漫自棹扁舟，顺流观雪。
●○▲　●●●○○；●○○▲

山耸瑶峰，林森玉树，高下尽无分别。
○●○○；○○●●；○●●○○▲

性情澄彻。更没个、故人堪说。
○○○▲　●●●、●○○▲

恍然身世，如居天上，水晶宫阙。
●○○●；○○○●；●○○▲

万尘声影绝。莹蘇空无外，水天相接。
●○○●▲　●○○○●；●○○▲

一叶身轻，三花顶聚，永夜不愁寒冽。
●●○○；○○●●；●●●○○▲

漫怜薄劣。但只解、赴炎趋热。
●○●▲　●●●、●○○▲

停桡失笑，知心都付，野梅江月。
○○●●；○○○●；●○○▲

（除起句外上下阕句式似同。）

463. 寻芳草　　　（一体）

双调五十二字，上阕四句四仄韵，下阕四句三仄韵

辛弃疾

有得许多泪。又闲却、许多鸳被。
●●●○▲　●○●、●○○▲

枕头儿、放处都不是。旧家时、怎生睡。
●○○、●●○●▲　●○○、●○▲

更也没书来，那堪被、雁儿调戏。
●●●○○；●○●、●○○▲

道无书、却有书中意。排几个、人人字。
●○○、●●○○▲　○●●、○○▲

（上下阕句式似同。）

464. 寻梅　　（一体）

双调六十字，上下阕各五句，四仄韵

沈　蔚

今年早觉花信蹉。想芳心、未应误我。
○○●●⊙●▲　●⊙⊙、⊙○●▲

一月小径几回过。始朝来、寻见雪痕微破。
●⊙⊙●⊙○▲　●○○、⊙●●○○▲

眼前大抵情无那。好景色、只消些个。
⊙○●●○○▲　●⊙⊙、⊙○○▲

春风烂熳都且可。是而今、枝上三朵两朵。
⊙○●●○⊙▲　●⊙○、⊙●⊙⊙⊙▲

（上下阕句式似同。）

465. 盐角儿　　(一体)

双调五十字，上阕六句三仄韵、一叠韵，下阕五句三仄韵

晁补之

开时似雪。谢时似雪。花中奇绝。
○○●▲　●○●▲　⊙○○▲

香非在蕊，香非在萼，骨中香彻。
○○●●；⊙○●●；⊙○○▲

占溪风，留溪月。堪羞损、山桃如血。
●○○；○⊙▲　○⊙●、⊙⊙○▲

直饶更、疏疏淡淡，终有一般情别。
⊙○●、⊙⊙⊙●；⊙●⊙○○▲

（欧阳修词下阕第三句多一衬字。欧阳修别首，上阕第五句为：○●●●。下阕第四句后四字不可皆为仄声。）

盐角儿　（宋词）

欧阳修

人生最苦，少年不得，鸳帏相守。西风时节，那堪话别，双蛾频皱。　暗消魂，重回首。奈心儿里、彼此皆有。后时我、两个相见，管取一双清瘦。

466. 檐前铁　　　（一体）

双调七十一字，上阕八句三仄韵，下阕六句三仄韵

无名氏

悄无人，宿雨厌厌，空庭乍歇。
●○○；●●○○；○○●▲

听檐前、铁马戛叮当，敲破梦魂残结。
●○○、●●●○○；○●●○○▲

丁年事，天涯恨，又早在、心头咽。
○○●；○○●；●●●、○○▲

谁怜我、绮帘前，镇日鞋儿双跌。
○○●、●○○；●●○○○▲

今番也、石人应下千行血。
○○●、●○○●○○▲

拟展青天，写作断肠文，难尽说。
●●○○；●●●○○；○●▲

467. 宴琼林　　（一体）

双调一百四字，上阕十句四仄韵，下阕十句五仄韵

黄　裳

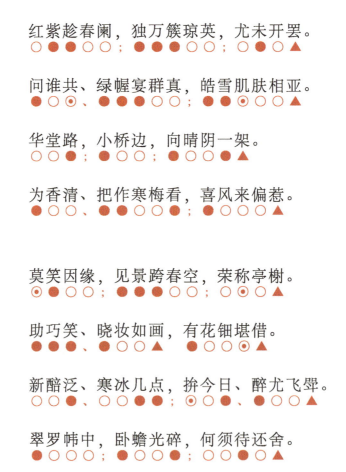

红紫趁春阑，独万簇琼英，尤未开罢。
○●●○○；●●●○○；○●○▲

问谁共、绿幄宴群真，皓雪肌肤相亚。
●○⊙、●●●○○；●●⊙○○▲

华堂路，小桥边，向晴阴一架。
○○●；●○○；●○○●▲

为香清、把作寒梅看，喜风来偏惹。
●○○、●●○○●；●○○○▲

莫笑因缘，见景跨春空，荣称亭榭。
⊙●○○；●●●○○；○⊙○▲

助巧笑、晓妆如画，有花钿堪借。
●●●、●○○▲ ●○○⊙▲

新醅泛、寒冰几点，拚今日、醉尤飞斝。
○○●、○○●●；⊙○●、●○○▲

翠罗帏中，卧蟾光碎，何须待还舍。
●○○○；●○○●；○○●○▲

（上阕第二、第八句及结句，下阕第二、第五句用一字领。）

468. 宴瑶池　　　　（一体）

双调五十三字，上下阕各四句，三仄韵

欧阳修

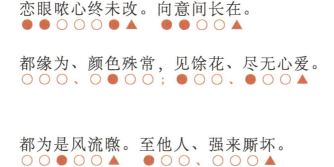

恋眼哝心终未改。向意间长在。
●●○○○●▲　●●○○▲

都缘为、颜色殊常，见馀花、尽无心爱。
○○○、○●○○；●○○、●○○▲

都为是风流瞰。至他人、强来厮坏。
○○●○○▲　●○○、○○○▲

从今后、若得相逢，绣帏里、痛惜娇态。
○○●、●●○○；●○●、●●○▲

（上阕第二句用一字领。）

469. 宴瑶池慢　　（一体）

双调一百一字，上阕九句四仄韵，下阕十句五仄韵

奚　岊

神仙词

紫鸾飞舞，又东华宴罢，归步凝碧。
●○○●；●○○●●；○●○▲

缥缈天风吹送处，泠泠珮声清逸。
●●○○○●●；○○●○○▲

表童两两，争笑捻、琪花半折。
●○●●；○●●、○○●▲

羽衣寒露香披，翠幢珠辂去云疾。
●○○●○○；●○○●●○▲

西真还又传帝敕。霞城检校，问学仙消息。
○○○●○●▲　○○●●；●●○○▲

玉府高寒，有不老丹容，自然琼液。
●●○○；●●●○○；●○○▲

人间尘梦，应误认、烟痕雾迹。
○○○●；○●●、○○●▲

洞云依约开时，丹华飞素白。
●○○●○○；○○○●▲

（上阕第二句，下阕第三、第五句用一字领。）

470. 燕归慢　　　（一体）

双调一百字，上阕九句五平韵，下阕十句五平韵

梁　寅

上巳雨

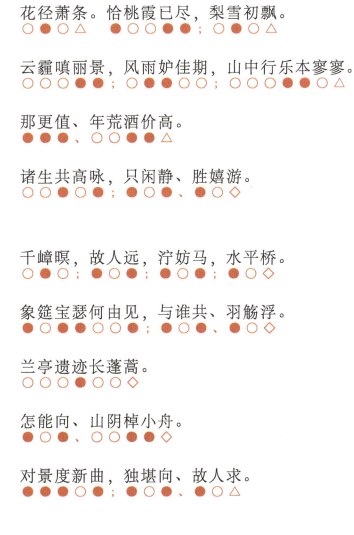

花径萧条。恰桃霞已尽，梨雪初飘。
○●○△　●○○●●；○●○△

云霾嗔丽景，风雨妒佳期，山中行乐本寥寥。
○○○●●；○●●○○；○○○●●○△

那更值、年荒酒价高。
●●●、○○●●△

诸生共高咏，只闲静、胜嬉游。
○○●○●；●○●、●○◇

千嶂暝，故人远，泞妨马，水平桥。
○●○；●○●；●○●；●○◇

象筵宝瑟何由见，与谁共、羽觞浮。
●○●●○○●；●○●、●○◇

兰亭遗迹长蓬蒿。
○○○●○○◇

怎能向、山阴棹小舟。
●○●、○○●●◇

对景度新曲，独堪向、故人求。
●●●○●；●○●、●○△

（换韵需换回原韵。上阕第二句，下阕第九句，用一字领。）

471. 雁侵云慢　　(一体)

双调九十五字，上阕九句一平韵四叶韵，下阕九句三平韵四叶韵

曹　勋

咏题

晓云低。是残暑渐消，凉意初至。

●○△　●○●●○；○●○▼

翠帘燕去，觉商飙天气。

●○●●；●○○○▼

凝华吹动绣额，乍殿阁、金茎风细。

○○○●●●；●●●、○○○▼

夜雨笼微阴，满绮窗、疏影响清吹。

●●○○○；●●○、○●●○▼

轻飔嫩细透衣。想宵长漏迟。香动罗袂。

○○●●●△　●○○●△　○●○▼

戏曾计日，忆宾鸿来期。

●○●●；●○○○△

杯盘排备宴适，乍好景、心情先喜。

○○○●●●；●●●、○○○▼

待淡月疏烟里。试寻岩桂蕊。

●●●○○▼　●○○●▼

（上阕第二、第五句，下阕第二、第五、第八句，用一字领。）

472. 厌金杯　　（一体）

双调六十六字，上下阕各七句，四仄韵

贺　铸

风软香迟，花深漏短。可怜宵、画堂春半。
○●○○；○○●▲　●○○、●○○▲

碧纱窗影，卷帐烛灯红，鸳枕畔。
●○○●；●●●○○；○●▲

密写乌丝一段。
●●○○●▲

拾翠沙空，采蘋溪晚。尽愁倚、梦云飞观。
●●○○；●○○▲　●○●、●○○▲

木兰艇子，几日渡江来，心目断。
●○●●；●●●○○；○●▲

桃叶青山隔岸。
○●○○●▲

（上下阕句式似同。）

473. 阳春曲　　　（一体）

又名阳春，双调一百零五字，上阕十句五仄韵，下阕八句五仄韵

杨无咎

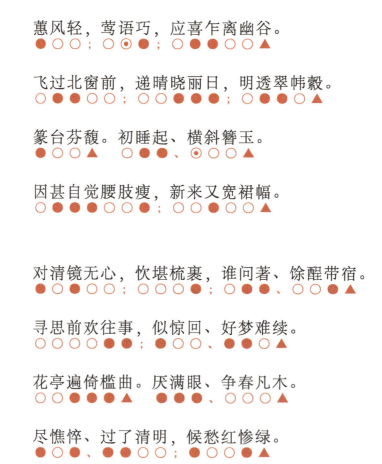

蕙风轻，莺语巧，应喜乍离幽谷。
●○○；○⊙●；○●●○○▲

飞过北窗前，递晴晓丽日，明透翠帏縠。
○●●○○；○○●●●；○●●○▲

篆台芬馥。初睡起、横斜簪玉。
●○○▲　○●●、⊙○○▲

因甚自觉腰肢瘦，新来又宽裙幅。
○●●●○○●；○○●○○▲

对清镜无心，忺堪梳裹，谁问著、馀醒带宿。
●○●○○；○○○●；○●●、○○●▲

寻思前欢往事，似惊回、好梦难续。
○○○○●●；●○○、●●○▲

花亭遍倚槛曲。厌满眼、争春凡木。
○○●●●▲　●●●、○○○▲

尽憔悴、过了清明，候愁红惨绿。
●○●、●●○○；●○○●▲

（下阕第二句，各本不一，或作“忺梳裹”，或作“堪梳裹”，校词意及史达祖词，应为“忺堪梳裹”。上阕第五句，下阕起句、结句，用一字领。）

阳春曲 （宋词）

史达祖

杏花烟，梨花月，谁与晕开春色。坊巷晓愔愔，东风断、旧火销处近寒食。少年踪迹。愁暗隔、水南山北。还是宝络雕鞍，被莺声、唤来香陌。　　记飞盖西园，寒犹凝结，惊醉耳、谁家夜笛。灯前重帘不挂，殢华裾、粉泪曾拭。如今故里信息。赖海燕、年时相识。奈芳草、正锁江南，梦春衫怨碧。

474. 阳关三叠　　(一体)

三段一百三十一字，前段九句五平韵，中段八句四平韵，后段九句五平韵

柴　望

庚戌送何师可之维扬

西风吹鬓，残鬓早星星。
○○○●；○●●○△

叹故国斜阳，断桥流水，荣悴本无凭。
●●●○○；●○○●；○●●○△

但朝朝、才雨又晴。人生飘聚等浮萍。
●○○、○●●△　○○○●●○△

谁知桃叶，千古是离情。
○○○●；○●●○△

正无奈、黯黯离情。渡头烟暝，愁杀渡江人。
●○●、●●○△　●○○○；○●●○△

伤情处，送君且待江头月，人共月、千里难并。
○○●；●○●●○○●；○●●、○●○△

笳鼓发，戍云平。
○●●；●○△

此夜思君，肠断不禁。仅思君送君。

●●○△　○●●△　●○○●△

立尽江头月，奈此去、君出阳关，纵有明月，无酒酌故人。

●●○○●；●●●、○●○○；●●○●；○●●●△

奈此去、君出阳关，明朝无故人。

●●●、○●○○；○○○●△

（前段及后段第三句，用一字领。）

475. 阳关引　　(一体)

又名古阳关，双调七十八字，上阕八句五仄韵，下阕八句四仄韵

寇　准

塞草烟光阔，渭水波声咽。
●●○○▲　●●○○▲

春朝雨霁，轻尘敛，征鞍发。
○○●●；○○●；○○▲

指青青杨柳，又是轻攀折。
●○○⊙●；●●○○▲

动黯然、知有后会甚时节。
●●○、○⊙●●●○▲

更尽一杯酒，歌一阕。
⊙●⊙○●；○●▲

叹人生里，难欢聚，易离别。
●○○●；○○●；●○▲

且莫辞沉醉，听取阳关彻。
●●○⊙●；●●○○▲

念故人、千里自此共明月。
●●○、○⊙●●●○▲

（除起两句外，后六句句式似同。上下阕第六句，用一字领。）

阳关引 （宋词）

晁补之

寄无斁八弟宰宝应

暮草蛩吟噎。暗柳萤飞灭。空庭雨过，西风紧，飘黄叶。卷书帷寂静，对此伤离别。重感叹、中秋数日又圆月。　沙犄樯竿上，淮水阔。有飞凫客，词珠玉，气冰雪。且莫教皓月，照影惊华鬓。问几时、清尊夜景共佳节。

476. 阳台路　　（一体）

双调九十六字，上阕十句六仄韵，下阕八句四仄韵

柳　永

楚天晚。坠冷枫败叶，疏红零乱。

●○▲　●●○●●；○○○▲

冒征尘、匹马驱驱，愁见水遥山远。

●○○、●●○○；○●●○○▲

追念少年时，正恁凤帏，倚香偎暖。嬉游惯。

○●●○○；●●●○；●○○▲　○○▲

又岂知、前欢云雨分散。

●●○、○○○●○▲

此际空劳回首，望帝里、难收泪眼。

●●○○○●；●●●、○○●▲

暮烟衰草，算暗锁、路歧无限。

●○○●；●●●、●○○▲

今宵又、依前寄宿，甚处苇村山馆。

○○●、○○●●；●●●○○▲

寒灯半夜厌厌，凭何消遣。

○○●●○○；○○○▲

（上阕第二句用一字领。）

477. 阳台梦　　（一体）

双调五十七字，上阕五句三仄韵、两平韵，下阕五句两仄韵、两平韵

解　昉

仙姿本寓。十二峰前住。千里行云行雨。
○○●▲　●●○○▲　○●○○○▲

偶因鹤驭过巫阳。邂逅他、楚襄王。
●○●●●○△　●●○、●○△

无端宋玉夸才赋。诬诞人心素。
○○●●○○▲　○●○○▲

至今狂客到阳台。也有痴心，望妾入、梦中来。
●○○●●○◇　●●○○；●●●、●○△

478. 阳台梦令　　(一体)

双调四十九字，上阕四句三仄韵，下阕四句两仄韵

李　晔

薄罗衫子金泥缝。困纤腰、怯铢衣重。
●○○●○○▲　●○○、●○○▲

笑迎移步小兰丛，亸金翘玉凤。
●○○●●○○；●○○●▲

娇多情脉脉，羞把同心捻弄。
○○○●●；○●○○●▲

楚天云雨却相和，又入阳台梦。
●○○●●○○；●●○○▲

（原名阳台梦，为别，改之。上结用一字领。）

479. 阳台怨　　（一体）

双调四十六字，上下阕各四句，三仄韵

仇　远

月明如白日。遮径花阴密密。
●○○●▲　○●○○●▲

未见黄云衬袜来，空伴花阴立。
●●○○●●○；○●○○▲

疑是碧瑶台，不放彩鸾飞出。
○●●○○；●●●○○▲

隐隐隔花清漏急。一巾红露湿。
●●●○○●▲　●○○●▲

（上下阕句式似同。下阕与《阳台梦令》相近。）

480. 妖木笪　　（一体）

单调二十八字，四句三仄韵

无名氏

酒入愁肠，谁信道、都做泪珠儿滴。
●●○○；○●●、○●●○○▲

又怎知道恁他忆。再相逢、瘦了才信得。
●●○●●○▲　●○○、●●○●▲

481. 遥天奉翠华引　　（一体）

双调八十九字，上下阕各八句，五平韵

侯　寘

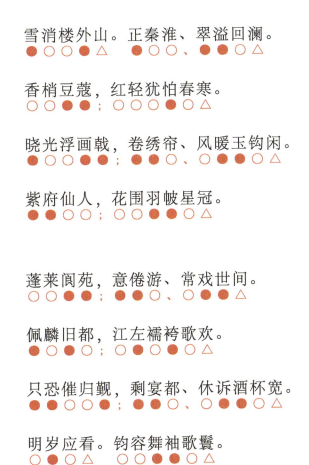

雪消楼外山。正秦淮、翠溢回澜。
●○○●△　●○○、●●○△

香梢豆蔻，红轻犹怕春寒。
○○●●；○○○●○△

晓光浮画戟，卷绣帘、风暖玉钩闲。
●○○●●；●●○、○●●○△

紫府仙人，花围羽帔星冠。
●●○○；○○●●○△

蓬莱阆苑，意倦游、常戏世间。
○○●●；●●○、○●●△

佩麟旧都，江左襦袴歌欢。
●○●○；○●○●○△

只恐催归觐，剩宴都、休诉酒杯宽。
●●○○●；●●○、○●●○△

明岁应看。钧容舞袖歌鬟。
○●○△　○○●●○△

（除起句外，上下阕句式似同。）

482. 瑶阶草　　（一体）

双调八十字，上阕八句四仄韵，下阕九句五仄韵

程　垓

空山子规叫，月破黄昏冷。
○○●○●；●●○○▲

帘幕风轻，绿暗红又尽。
○●○○；●●○●▲

自从别后，粉销香腻，一春成病。
●○●●；●○○●；●○○▲

那堪昼闲日永。
●○●○●▲

恨难整。起来无语，绿萍破处池光净。
●○▲　●○○●；●○●●○○▲

闷理残妆，照花独自怜瘦影。
●●○○；●○●●○●▲

睡来又怕，饮来越醉，醒来却闷。
●○●●；●○●●；●○●▲

看谁似我孤伶。
○○●●○▲

483. 幺凤　　（一体）

双调一百字，上阕十句五仄韵，下阕九句五仄韵

张　翥

幺凤

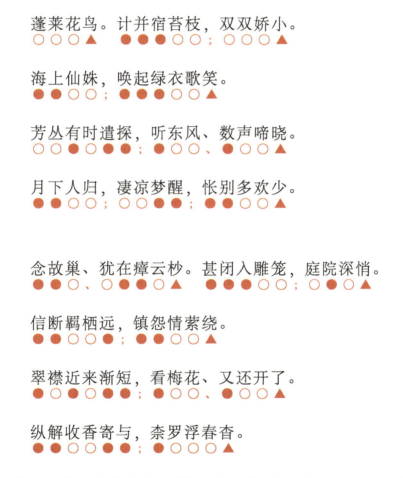

蓬莱花鸟。计并宿苔枝，双双娇小。
○○○▲　●●●○○；○○○▲

海上仙姝，唤起绿衣歌笑。
●●○○；●●●○○▲

芳丛有时遣探，听东风、数声啼晓。
○○●○●●；●○○、●○○▲

月下人归，凄凉梦醒，怅别多欢少。
●●○○；○○●●；●●○○▲

念故巢、犹在瘴云杪。甚闭入雕笼，庭院深悄。
●●○、○●●○▲　●●●○○；○●○▲

信断羁栖远，镇怨情萦绕。
●●○○●；●●○○▲

翠襟近来渐短，看梅花、又还开了。
●○●○●●；●○○、●○○▲

纵解收香寄与，柰罗浮春杳。
●●○○●●；●○○○▲

（张翥词，咏丹凤也。原名《丹凤吟》，与周邦彦词重名，实乃两谱，取其题重名之。上下阕第二句、结句用一字领。）

484. 夜半乐　　(一体)

三段一百四十四字，前段十句五仄韵，中段九句四仄韵，后段七句五仄韵

柳　永

冻云黯淡天气，扁舟一叶，乘兴离江渚。
●○⊙●○●；○⊙⊙●；○⊙○○▲

渡万壑千岩，越溪深处。
●⊙●○○；⊙○○▲

怒涛渐息，樵风乍起，更闻商旅相呼，片帆高举。
●○●●；○○●●；●○○●○○；●○○▲

泛画鹢、翩翩过南浦。
●●●、○○●○▲

望中酒旆闪闪，一簇烟村，数行霜树。
●○⊙●●●；●●○○；●○○▲

残日下、渔人鸣榔归去。
○●●、○○○○○▲

败荷零落，衰杨掩映，岸边两两三三，浣沙游女。
●○⊙●；○○⊙●；●○⊙●○○；●○○▲

避行客、含羞笑相语。
●⊙●、○○●○▲

到此因念，绣阁轻抛，浪萍难驻。
●●○●；●●○○；●○○▲

叹后约、丁宁竟何据。
●●●、○○●○▲

惨离怀、空恨岁晚归期阻。
●○○、○●●⊙⊙○▲

凝泪眼、杳杳神京路。断鸿声远长天暮。
○●●、⊙●○○▲　●○○●○○▲

（前段第四句用一字领。上起可重组为四字两句、七字一句。下结可添一领字。）

夜半乐 （宋词）

柳　永

艳阳天气，烟细风暖，芳郊澄朗闲凝伫。渐妆点亭台，参差佳树。舞腰困力，垂杨绿映，浅桃秾李夭夭，嫩红无数。度绮燕、流莺斗双语。　　翠娥南陌簇簇，蹑影红阴，缓移娇步。抬粉面、韶容花光相妒。绛绡袖举。云鬟风颤，半遮檀口含羞，背人偷顾。竞斗草、金钗笑争赌。　　对此嘉景，顿觉消凝，惹成愁绪。念解佩、轻盈在何处。忍良时、孤负少年等闲度。空望极、回道斜阳暮。叹浪萍风梗知何去。

485. 一点春　　　(一体)

单调二十四字，四句两平韵

侯夫人

砌云消无日，卷帘时自颦。
●○○○●；●○○●△

庭梅对我有怜意，先露枝头一点春。
○○●●●○●；○●○○●●△

（据《词律》补，据云乃隋宫春梅曲也。）

486. 一井金　　(二体)

（一）单调四十一字，八句七仄韵

李　甏

绿阴清昼。两茸茸、梅子黄时候。
●○○▲　●○○、○●○○▲

华堂金兽。香润炉烟透。
○○○▲　○●○○▲

舞燕回轻袖。歌凤翻新奏。
●●○○▲　○●○○▲

院静人稀，永日迟迟花漏。
●●○○；●●○○○▲

（二）单调四十一字，八句七仄韵

李　甏

一杯为寿。笑捧处、自传纤手。
●○○▲　●●●、●○○▲

钗头况有瑞草。齐眉偕老。应难比效。
○○●●●◆　○○○▲　●○●▲

鸳鸾镇日于飞，惟愿一百二十岁。
○○●●○○；○●●●●●◆

永同欢、如鱼似水。
●○○、○○●▲

487. 一七令 (一体)

(一) 单调五十五字，十三句，七平韵

白居易

诗。绮美，瑰奇。明月夜，落花时。
△ ⊙●；○△ ○●●；●⊙△

能助欢笑，亦伤别离。调清金石怨，吟苦鬼神悲。
○⊙⊙●；●⊙⊙△ ●○○●●；○●●○△

天下只应我爱，世间惟有君知。
○●●○⊙●；⊙○⊙●○△

自从都尉别苏句，便到司空送白辞。
●○○●●○●；●●○○●●△

（七字句一作：●●○○○●●；●○●●●○△。）

(二) 单调五十五字，十三句，七仄韵

韦　式

竹。临池，似玉。裛露静，和烟绿。
▲ ⊙○；⊙▲ ●⊙⊙；○⊙▲

抱节宁改，贞心自束。渭曲种偏多，王家看不足。
●●○●；○○●▲ ⊙⊙●⊙○；○⊙○⊙▲

仙仗正惊龙化，美实当从凤熟。
○⊙●⊙○●；⊙●○○●▲

唯愁吹作别离声，回首驾骖舞阵速。
⊙○⊙●●○○；○●●○⊙●▲

（平韵体及仄韵体皆有起句添一字叠韵者。）

488. 一叶落　　（一体）

单调三十一字，七句五仄韵、一叠韵

李存勖

一叶落。褰珠箔。此时景物正萧索。
●●▲　○○▲　●○●●●○▲

画楼月影寒，西风吹罗幕。
●○●●○；○○○○▲

吹罗幕。往事思量著。
○○▲　●●○○▲

489. 伊川令　　（一体）

双调五十一字，上下阕各四句，三仄韵

无名氏

西风昨夜穿帘幕。闺院添消索。
○○●●○○▲　○●○○▲

最是梧桐零落时，又迤逦、秋光过却。
○●○○○●○；●●●、○○●▲

人情音信难托。鱼雁成耽阁。
○○○●○▲　○●○○▲

教奴独自守空房，泪珠与、灯花共落。
○○●●●○○；●○●、○○●▲

（上下阕似同，唯下起少一字耳。一题“花仲胤妻”作。）

490. 伊州曲　　（一体）

双调一百十八字，上阕十一句八仄韵，下阕十二句五仄韵两叶韵

无名氏

金鸡障下胡雏戏。乐极祸来，渔阳兵起。

○○●●○○▲　●●●○；○○○▲

鸾舆幸蜀，玉环缢死。马嵬坡下尘滓。

○○●●；●○●▲　●○○●○▲

夜对行宫皓月，恨最恨、春风桃李。

●●○○●●；●●●、○○○▲

洪都方士。念君萦系妃子。蓬莱殿里。

○○○▲　●○○●○▲　○○●▲

觅寻太真，宫中睡起。

●○●○；○○●▲

遥谢君意。泪流琼脸，梨花带雨，仿佛霓裳初试。

○●○▲　●○○●；○○●●；○●○○○▲

寄钿合，共金钗，私言徒尔。

●●●；●○○；○○○▲

在天愿为、比翼同飞。居地应为、连理双枝。

●○●○、●●○▽　○●○○、○●○▽

天长与地久，唯此恨无已。

○○●●●；○●●○▲

（结用一字领。）

491. 伊州三台令　　(一体)

又名伊州三台，双调四十八字，上下阕各四句，四平韵

赵师侠

桂华移自云岩。更被灵砂染丹。
●○⊙●○△　●●○○●△

清露湿酡颜。醉乘风、下临世间。
⊙●●○△　●○○、●○●△

素娥襟韵萧闲。不与群芳并看。
⊙○⊙●○△　●●○○●△

蔌蔌绛绡单。觉身轻、梦回广寒。
●●●○△　●○○、⊙○●△

（上下阕句式同。）

伊州三台令　（宋词）

杨韶父

水村月淡云低。为爱寒香晚吹。瘦马立多时。是谁家、茅舍竹篱。　　三三两两芳蕤。未放琼铺雪堆。只这一些儿。胜东风、千枝万枝。

492. 宜男草　　(二体)

（一）双调五十八字，上下阕各四句，三仄韵

范成大

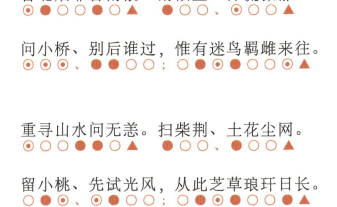

舍北烟霏舍南浪。雨倾盆、滩流微涨。

⊙●○○●○▲　●○○、⊙○○▲

问小桥、别后谁过，惟有迷鸟羁雌来往。

⊙⊙⊙、●●○○；○●⊙●○○⊙▲

重寻山水问无恙。扫柴荆、土花尘网。

⊙○○●●○▲　●○○、●○○▲

留小桃、先试光风，从此芝草琅玕日长。

○●⊙、⊙●○○；○●⊙●○○●▲

（上下阕句式似同，上下结用二字领。）

（二）双调六十字，上下阕各四句，三仄韵

范成大

篱菊滩芦被霜后。袅长风、万重高柳。
⊙●○○●○▲　●○○、⊙○○▲

天为谁、展尽湖光渺渺，应为我、扁舟入手。
⊙⊙⊙、●●○○⊙●；⊙●●、○○●▲

橘中曾醉洞庭酒。辗云涛、挂帆南斗。
⊙○○●●○▲　●○○、●○○▲

追旧游、不减商山杳杳，犹有人、能相记否。
○●⊙、⊙●○○●●；⊙⊙⊙、○○●▲

（上下阕句式似同。）

宜男草 （宋词）

陈三聘

摇落丹枫素秋后。舞长亭、尚馀衰柳。别梦回、忆得霜柑分我，应自有、浓香噀手。　　宿酲谁解三杯酒。晓山横、望中衔斗。人去也、纵得相逢似旧，问当日、红颜在否。

宜男草 （宋词）

陈三聘

绿水黏天净无浪。转东风、縠纹微涨。个中趣、莫遣人知，容我日日扁舟独往。　　平生书癖已均恙。解名缰、更逃羁网。春近也、梅柳频看，枝上玉蕊金丝暗长。

493. 倚风娇近　　(一体)

双调七十字，上下阕各六句，五仄韵

周　密

填霞翁谱赋大花

云叶千重，麝尘轻染金缕。
○●○○；●○○●○▲

弄娇风软霞绡舞。花国选、倾城暖玉。
●○○●○○▲　○●●、○○●▲

倚银屏、绰约娉婷浅素。宫黄争妩。
●○○、●●○○●▲　○○○▲

生怕春知，金屋藏娇深处。
○●○○；○●○○○▲

蜂蝶寻芳无据。醉眼迷花映红雾。
○●○○○▲　●●○○●○▲

修花谱。翠毫夜湿天香露。
○○▲　●○●●○○▲

494. 倚阑人　　（一体）

双调一百一十三字，上阕十一句四仄韵，下阕十句五仄韵

曹　勋

清明池馆，芳菲渐晚，晴香满架笼永昼。
○○○●；○○●●；○○●●○●▲

翠拥柔条，玉铺繁蕊，袅袅舞低襟袖。
●●○○；●○○●；●●●○○▲

秀蓓凝浩露，疑挂六铢衣绉。
●●○●●；○●●○○▲

檀点芳心，体薰清馥，粉容宜捻春风手。
○●○○；●○○●；●○○●○○▲

肯与芝兰共嗅。
●●○○●▲

向夜阑、凝月洞花户，别是素芳依旧。
●●○、○●●○●；●●●○○▲

剪取长梢，青蛟喷雪，挽住晓云争秀。
●●○○；○○●●；●●●○○▲

楼上人未去，常恐风欺雨瘦。
○●○●●；○●○○●▲

红绡收取，举觞犹喜，窨得醺醺酒。
○○○●；●○○●；●●○○▲

495. 倚西楼　　　（一体）

双调五十八字，前段四句三仄韵，后段四句两仄韵

韦彦温

禁鼓初传时下打。虚过清风明月夜。
●●○○○●▲　○●○○○●▲

眼如鱼目几曾干，心似酒旗终日挂。
●○○●●○○；○●●○○●▲

银汉低垂星斗斜。院宇空寥银烛卸。
○●○○○●○；●●○○○●▲

西楼萧瑟有谁知，教我独自上来独自下。
○○○●●○○；○●●●●○●●▲

（《全宋词》录为无名氏作，此据《钦定词谱》。失粘对之仄韵七律也，唯结句多两领字耳。）

496. 忆帝京　　　（一体）

双调七十三字，上阕六句四仄韵，下阕七句四仄韵

柳　永

薄衾小枕凉天气。乍觉别离滋味。
⊙○●●○○▲　●●●○○▲

展转数寒更，起了还重睡。
⊙●●○○；●●○○▲

毕竟不成眠，一夜长如岁。
●●●○○；●●○○▲

也拟待、却回征辔。又争奈、已成行计。
⊙●●、⊙○○▲　●⊙●、⊙⊙⊙▲

万种思量，多方开解，只恁寂寞厌厌地。
●●○○；○○⊙●；●●⊙●○○▲

系我一生心，负你千行泪。
●●●○○；●●○○▲

（别本起句作：薄衾小枕天气，校黄庭坚词，应非。黄庭坚别首及朱敦儒词字有增减，不予校订。）

497. 忆东坡　　（一体）

双调九十八字，上下阕各九句，四仄韵

王之道

雪霁柳舒容，日薄梅摇影。
●●●○○；●●○○▲

新岁换符来，天上初见颁桃梗。
○●●○○；○●○●○○▲

试问我酬君唱，何如博塞欢娱，百万呼卢胜。
●●●○○●；○○●●○○；●●○○▲

投珠报玉，须放骚人遣春兴。
○○●●；○●○○●○▲

诗成谈笑，写出无穷景。
○○○●；●●○○▲

不妨时作颠草，驰骋张芝圣。
●○○●○●；○●○○▲

谁念杜陵野老，心同流水必东，与物初无竞。
○●●○●●；○○○●●○；●●○○▲

公侯应有种哉，倾否由天命。
○○○●●○；○●○○▲

498. 忆汉月　　（一体）

双调五十二字，上下阕各四句，三仄韵

杜安世

红杏一枝遥见。凝露粉愁香怨。
○●●○○▲　⊙●⊙○○▲

吹开吹谢任春风，恨流莺、不能拘管。
⊙○⊙●⊙○○；●○⊙、⊙○○▲

曲池连夜雨，绿水上、碎红千片。
⊙○○●●；⊙●●、●○○▲

直拟移来向深苑。任凋零、不孤双眼。
⊙●○○●○▲　●⊙⊙、●⊙○▲

（下阕起句可用韵，第三句可不用韵。下阕第三句有作：⊙○⊙●●○○。柳永词下阕第二句少一字，欧阳修词上下结各少一字，不予参校。）

499. 忆黄梅　　（一体）

双调七十九字，上下阕各七句，五仄韵

王　观

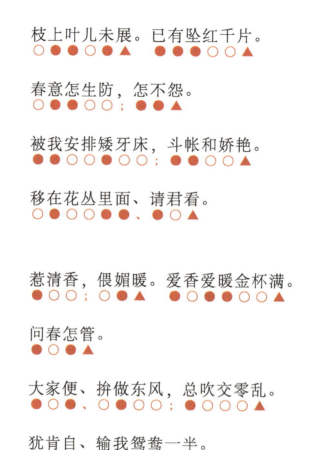

枝上叶儿未展。已有坠红千片。
○●●○●▲　●●●○○▲

春意怎生防，怎不怨。
○●●○○；●●▲

被我安排矮牙床，斗帐和娇艳。
●●○○●○○；●●○○▲

移在花丛里面、请君看。
○●○○●●、●○▲

惹清香，偎媚暖。爱香爱暖金杯满。
●○○；○●▲　●○●●○○▲

问春怎管。
●○●▲

大家便、拚做东风，总吹交零乱。
●○●、○●○○；●○○○▲

犹肯自、输我鸳鸯一半。
○●●、○●○○●▲

500. 忆江南近　　（一体）

单调二十七字，五句三平韵

萨都剌

天喉舌，尚书老布衣。
○○●；⊙○●●△

向璇穹、尝扶日出，卷珠箔、闲看云飞。
●○○、○○⊙●；●○⊙、○●○△

成全今古稀。
○○○●△

（平仄、句读异于《忆江南》，故另列一谱。起句有作：●●○。结句有作：●●●○△）

501. 忆江南词　　(一体)

双调五十九字，上下阕各五句两仄韵、两平韵

冯延巳

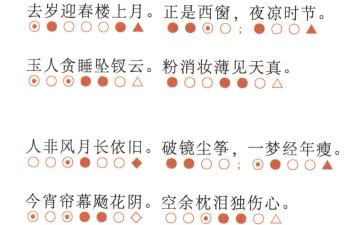

去岁迎春楼上月。正是西窗，夜凉时节。
⊙●○○○●▲　●●⊙○；●○○▲

玉人贪睡坠钗云。粉消妆薄见天真。
⊙○⊙●●○△　●○○●●○△

人非风月长依旧。破镜尘筝，一梦经年瘦。
○○⊙●○○◆　●●○○；⊙●○○▲

今宵帘幕飏花阴。空余枕泪独伤心。
⊙○⊙●●○◇　○○⊙●●○△

（除下阕第三句增一字外，上下阕句式似同。）

忆江南词 （五代词）

冯延巳

今日相逢花未发。正是去年，别离时节。东风次第有花开。恁时须约却重来。　　重来不怕花堪折。只怕明年，花发人离别。别离若向百花时。东风弹泪有谁知。

502. 忆闷令　　(一体)

双调四十七字，上下阕各四句，三仄韵

晏几道

取次临鸾匀画浅。酒醒迟来晚。
●●○○○●▲　●○○○▲

多情爱惹闲愁，长黛眉低敛。
○○●●○○；⊙●○○▲

月底相逢花不见。有深深良愿。
●●○○○●▲　●○○○▲

愿期信、似月如花，须更教长远。
●○●、●●○○；○●○○▲

（两结及上下阕第二句有用一字领者。）

忆闷令 （宋词）

仇　远

岸柳丝丝青尚浅。渐春归吴苑。缭垣不隔花屏，爱翠深红远。　瞥地飞来何处燕。小乌衣新剪。想芹短、未出香泥，波面时时点。

503. 饮马歌　　（一体）

单调三十四字，八句六仄韵

曹　勋

边城春未到。雪满交河道。
○○○●▲　●●○○▲

暮沙明残照。塞烽云间小。
●○○○▲　●○○○▲

断鸿悲，陇月低，泪湿征衣悄。
●○○；●●○；●●○○▲

岁华老。
●○▲

504. 引驾行　　（二体）

（一）双调一百字，上阕十句七仄韵，下阕十句五仄韵

柳　永

虹收残雨。蝉嘶败柳长堤暮。
○○○▲　○○●●○○▲

背都门、动消黯，西风片帆轻举。愁睹。
●○○、●○●；○⊙●○○▲　○▲

泛画鹢翩翩，灵鼍隐隐下前浦。
●●●○○；○○⊙●●○▲

忍回首、佳人渐远，想高城、隔烟树。几许。
●⊙●、○○●●；●○○、●⊙▲　⊙▲

秦楼昼永，谢阁连宵奇遇。
○○●●；●●○○○▲

算赠笑千金，酬歌百琲，尽成轻负。南顾。
●●●○○；○○●●；●○○▲　⊙▲

念吴邦越国，风烟萧索在何处。
●○○⊙●；○○○●●○▲

独自个、千山万水，指天涯去。
●●●、○○●●；●○○▲

（上阕第六句，下阕第四、第八句、结句，用一字领。）

（二）双调一百二十五字，上阕十四句七平韵，下阕十句五平韵

柳　永

红尘紫陌，斜阳暮草长安道，是离人、断魂处，
○○●●；○○●●○○●；●○○、●○●；

迢迢匹马西征。新晴。
○○●●○△　○△

韶光明媚，轻烟淡薄和气暖，望花村、路隐映，
○○○●；○○●●○●●；●○○、●●●；

摇鞭时过长亭。愁生。
○○○●○△　○△

伤凤城仙子，别来千里重行行。
○●○○●；●○○●●○△

又记得临歧，泪眼湿、莲脸盈盈。
●●●○○；●●●、○●○△

消凝。花朝月夕，最苦冷落银屏。
○△　○○●●；●●●●○△

想媚容、耿耿无眠，屈指已算回程。相萦。
●●○、●●○○；●●●●○△　○△

空万般思忆，争如归去睹倾城。
○●○○●；○○○●●○△

向绣帏、深处并枕，说如此牵情。
●●○、○●●●；●○●○△

（柳永平韵体与仄韵体较，似多第一片或第二片二十五字。其“红尘紫陌”与“韶光明媚”两片间，意有重复。或三变未定之章，而多出一片矣。）

引驾行 （宋词）

晁补之

梅梢琼绽，东君次第开桃李。痛年年，好风景无事，对花垂泪。园里。旧赏处、幽葩柔条，一一动芳意。恨心事、春来间阻，忆年时、把罗袂。　　雅戏。樱桃红颗，为插鬓边明丽。又渐是樱桃尝新，忍把旧游重记。何意。便云收雨歇，瓶沉簪折雨无计。谩追悔、凭谁向说，只厌厌地。

505. 应景乐　　（一体）

双调八十字，上阕九句五仄韵，下阕八句四仄韵

萧　回

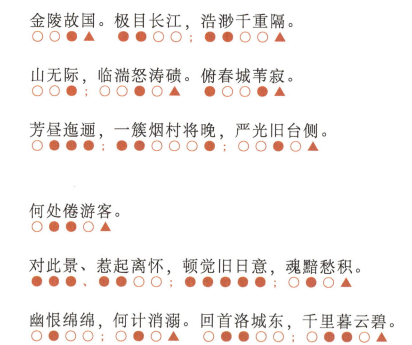

金陵故国。极目长江，浩渺千重隔。
○○●▲　●●○○；●●○○▲

山无际，临湍怒涛碛。俯春城苇寂。
○○●；○○●○▲　●○○●▲

芳昼迤逦，一簇烟村将晚，严光旧台侧。
○●●●；●●○○○●；○○●○▲

何处倦游客。
○●●○▲

对此景、惹起离怀，顿觉旧日意，魂黯愁积。
●●●、●●○○；●●●●●；○●○▲

幽恨绵绵，何计消溺。回首洛城东，千里暮云碧。
○●○○；○●○▲　○●●○○；○●●○▲

（上阕第六句用一字领。）

506. 莺声绕红楼　　（一体）

双调五十字，上阕四句四平韵，下阕四句三平韵

姜　夔

甲辰春，平甫与予自越来吴，携家妓观梅于孤山之西村，命国工吹笛，妓皆以柳黄为衣

十亩梅花作雪飞。冷香下、携手多时。
●●○○●●△　●○●、○●○△

两年不到断桥西。长笛为予吹。
●○●●●○△　○●○○△

人妒垂杨绿，春风为、染作仙衣。
○●○○●；○○●、●●○△

垂杨却又妒腰肢。近前舞丝丝。
○○●●●○△　●○●○△

（唯下起减两字，余上下阕句式似同。酷似《惜春令》。）

507. 樱桃歌　　　（二体）

（一）又名踏阳春，单调二十四字，四句两仄韵

元　稹

樱桃花，一枝两枝千万朵。
○○○；●○●○○●▲

花塼曾立采花人，窣破罗裙红似火。
○○○●●○○；●●○○○●▲

（康熙本《古今词话》上卷）

（二）又名踏阳春，单调二十四字，四句三平韵

无名氏

踏阳春。人间二月雨和尘。
●○△　○○●●●○△

阳春踏尽秋风起，肠断人间鹤发人。
○○●●○○●；○●○○●●△

（此谱原名《踏阳春》。见内府本《历代诗余》卷一。）

508. 鹦鹉曲　　（一体）

双调五十四字，上阕四句三仄韵，下阕四句两仄韵

白无咎

依家鹦鹉洲边住。是个不识字渔父。
○○⊙●○○▲　⊙⊙●⊙●○▲

浪花中、一叶扁舟。睡煞江南烟雨。
●○○、⊙●○○；●●○○○▲

觉来时、满眼青山，抖擞绿蓑归去。
●⊙○、⊙●○○；●●●○○▲

算从前、错怨天公，甚也有、安排我处。
●○○、⊙●○○；●●●、○○●▲

509. 迎仙客　　（一体）

双调五十六字，上下阕各七句，六仄韵

史　浩

洞天

瑞云绕。四窗好。何须隔水寻蓬岛。
●○▲　●○▲　○○●●○○▲

日常晓。春不老。玉蕊楼台，果是无尘到。
●○▲　○●▲　●●○○；●●○○▲

没智巧。没华妙。个中只喜风波少。
●●▲　●○▲　●○●●○○▲

清尊倒。朱颜笑。回首行人，犹在长安道。
○○▲　○○▲　○●○○；○●○○▲

（上下阕句式似同。）

510. 迎新春　　（一体）

双调一百零五字，上阕八句七仄韵，下阕九句六仄韵

柳　永

嶰管变青律，帝里阳和新布。晴景回轻煦。
●●●○●；●●○○○▲　○●○○▲

庆嘉节、当三五。列华灯、千门万户。
●○●、○○▲　●○○、○○●▲

遍九陌、罗绮香风微度。
●●●、○●○○○▲

十里燃绛树。鳌山耸、喧天箫鼓。
●●○●▲　○○●、○○○▲

渐天如水，素月当午。香径里、绝缨掷果无数。
●○○●；●●○▲　○●●、●○●●○▲

更阑烛影花阴下，少年人、往往奇遇。
○○●●○○●；●○○、●●○▲

太平时、朝野多欢民康阜。
●○○、○●○○○○▲

随分良聚。堪对此景，争忍独醒归去。
○●○▲　○●●●；○●●○○▲

511. 映山红慢　　（一体）

双调一百零一字，上阕九句五仄韵，下阕八句五仄韵

元　绛

谷雨风前，占淑景、名花独秀。
●●○○；●●●、○○●▲

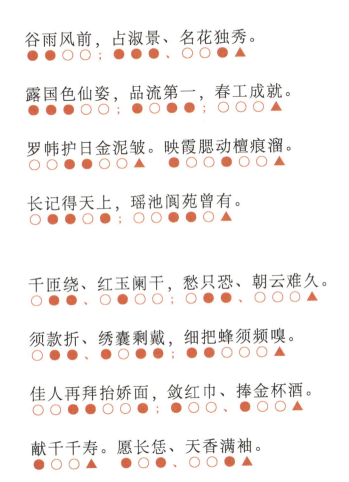

露国色仙姿，品流第一，春工成就。
●●●○○；●○●●；○○○▲

罗帏护日金泥皱。映霞腮动檀痕溜。
○○●●○○▲　●○○●○○▲

长记得天上，瑶池阆苑曾有。
○●●○●；○○●●○▲

千匝绕、红玉阑干，愁只恐、朝云难久。
○●●、○●○○；○●●、○○○▲

须款折、绣囊剩戴，细把蜂须频嗅。
○●●、●○●●；●●○○○▲

佳人再拜抬娇面，敛红巾、捧金杯酒。
○○●●○○●；●○○、●○○▲

献千千寿。愿长恁、天香满袖。
●○○▲　●○●、○○●▲

（上阕第三句用一字领。）

512. 永同欢　　（一体）

单调二十七字，五句三仄韵一叶韵

仲　殊

绣帘卷，沉烟细。燕堂深、玳筵初启。
●○●；○○▲　●○○、●○○▲

庭下芝兰劝金卮，有多少、雍容和气。
○●○○●○▽　●○●、○○○▲

513. 拥鼻吟　　（一体）

又名吴音子，双调七十九字，上阕八句四仄韵，下阕十句六仄韵

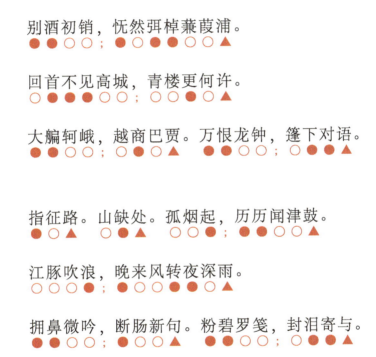

贺　铸

拥鼻吟

别酒初销，怃然弭棹蒹葭浦。
●●○○；●○●●○○▲

回首不见高城，青楼更何许。
○●●●○○；○○●○▲

大艑轲峨，越商巴贾。万恨龙钟，篷下对语。
●●○○；○●○▲　●●○○；○●●▲

指征路。山缺处。孤烟起，历历闻津鼓。
●○▲　○●▲　○○●；●●○○▲

江豚吹浪，晚来风转夜深雨。
○○○●；●○○●●○▲

拥鼻微吟，断肠新句。粉碧罗笺，封泪寄与。
●●○○；●○○▲　●●○○；○●●▲

（原名《吴音子》，异。改今名。）

514. 有有令　　(一体)

双调八十一字，上阕八句四仄韵，下阕八句七仄韵

赵长卿

前山减翠。疏竹度轻风，日移金影碎。

○○●▲　○●●○○；●○○●▲

还又年华暮，看看是、新春至。

○●○○●；○○●、○○▲

那更堪、有个人人，似花似玉，温柔伶俐。

●●○、●●○○；●○●●；○○○▲

准拟。恩情海似。拈弄上、则人难比。

●▲　○○●▲　○●●、●○○▲

我也诚心一片，你也争些气。

●●○○●●；●●○○▲

大家到底如此。美中更美。厮守定、共伊百岁。

●○●●○▲　●○●▲　●●●、●○●▲

515. 渔父词　　（一体）

单调十八字，三句三平韵

顾　况

新妇矶边月明。女儿浦口潮平。沙头鹭宿鱼惊。

○●○○●△　●○●●○△　○○●●○△

516. 渔父引　　(一体)

单调十八字，四句三平韵

戴复古

四首之二

渔父醉，钓竿闲。柳下呼儿牢系船。高眠风月天。
○●●；●○△　●●○○○●△　○○⊙●△

（第三句平仄可换为：⊙○⊙●●○△。第四句平仄可换为：●●●○△。）

517. 雨中花近　（一体）

双调七十字，上下阕各七句，三平韵

周紫芝

山雨细、泉生幽谷，水满平田。
○●●、○○○●；●●○△

雪茧红蚕熟后，黄云陇麦秋间。
●●○○●●；○○●●○△

武陵烟暖，数声鸡犬，别是山川。
●○○●；●○○●；●●○△

嗟老去、倦游踪迹，长恨华颠。
○●●、●○○●；○●○△

行尽吴头楚尾，空惭万壑千岩。
○●○○●●；○○●●○△

不如休也，一庵归去，依旧云山。
●○○●；●○○●；○●○△

（《钦定词谱》原名《雨中花令》，有别，改今名。）

518. 玉抱肚　　(一体)

三段一百四十一字，前段九句六仄韵，中段八句五仄韵，后段六句四仄韵

杨无咎

同行同坐。同携同卧。
○○○▲　○○○▲

正朝朝暮暮同欢，怎知终有抛弹。
●○○●●○○；●○○●○▲

记江皋惜别，那堪被、流水无情送轻舸。
●○○●●；○○●、○●○○●○▲

有愁万种，恨未说破。知重见、甚时可。
●○●●；●●●▲　○○●、●○▲

见也浑闲，堪嗟处、山遥水远，音书也无个。
●●○○；○○●、○○●●；○○●○▲

这眉头、强展依前锁。这泪珠、强拭依前堕。
●○○、●●○○▲　●●○、●●○○▲

我平生、不识相思，为伊烦恼忒大。你还知么。
●○○、●●○○；●○○●●▲　●○○▲

你知后、我也甘心受摧挫。
●○●、●●○○●○▲

又只恐你，背盟誓、如风过。共别人、忘著我。
●●●●；●○●、○○▲　●●○、○●▲

把扬澜左蠡都卷尽，也杀不得这心头火。
●○○●●○●●；●●●●●○○▲

（前段第三、第五句，后段第五、第六句用一字领。元曲有商调《玉抱肚》。）

519. 玉簟凉　　（一体）

双调九十七字，上下阕各十句，五平韵

史达祖

秋是愁乡。自锦瑟断弦，有泪如江。
○●○△　●●●●○；●●○△

平生花里活，奈旧梦难忘。
○○○●●；●●●○△

蓝桥云树正绿，料抱月、几夜眠香。
○○○●●●；●●●、●●○△

河汉阻，但凤音传恨，阑影敲凉。
○●●；●●○○●；○●○△

新妆。莲娇试晓，梅瘦破春，因甚却扇临窗。
○△　○○●●；○●●○；○●●●○△

红巾衔翠翼，早弱水茫茫。
○○○●●；●●●○△

柔情各自未翦，问此去、莫负王昌。
○○●●●●；●●●、●●○△

芳信准，更敢寻、红杏西厢。
○●●；●●○、○●○△

（上阕第二、第五句，下阕第六句，用一字领。）

520. 玉合　　　　(一体)

双调五十二字，上阕六句四仄韵，下阕六句两仄韵三平韵

韩　偓

罗囊绣，两凤凰。玉合雕，双鸂鶒。
○○▲　●●○；●●○；○○◆

中有兰膏渍红豆，每回拈著长相忆。
○●○○●○◆　●○○●○○◆

长相忆，经几春。人怅望，香氤氲。
○○▲　○●△　○●●；○○△

开缄不见新书迹，带粉犹残旧泪痕。
○○●●○○▲　●●○○●●△

（王国维辑本《香奁词》。换韵则换回原韵。上下阕句式似同。）

521. 玉蝴蝶令　　（二体）

（一）又名玉蝴蝶，双调四十一字，上阕四句四平韵，下阕四句三平韵

温庭筠

秋风凄切伤离。行客未归时。
○○○●○△　○●●○△

塞外草先衰。江南雁到迟。
●●●○△　○○●●△

芙蓉凋嫩脸。杨柳堕新眉。
○○○●●；○●●○△

摇落使人悲。断肠谁得知。
○●●○△　●○○●△

（异于玉蝴蝶，改此名。除起句六字外，平起五律也。）

（二）又名玉蝴蝶，双调四十二字，上阕五句四平韵，下阕五句两仄韵、三平韵

孙光宪

春欲尽，景仍长。满园花正黄。
○●●；●○△　●○○●△

粉翅两悠扬。翩翩过短墙。
●●●○△　○○●●△

鲜飚暖。牵游伴。飞去立残芳。
○○▲　○○▲　○●●○△

无语对萧娘。舞衫沉麝香。
○●●○△　●○○●△

522. 玉京秋　（一体）

双调九十五字，上阕十一句六仄韵，下阕九句六仄韵

周　密

烟水阔。高林弄残照，晚蜩凄切。

○●▲　○○●○●；●○○▲

画角吹寒，碧砧度韵，银床飘叶。

●●○○；●○●●；○○○▲

衣湿桐阴露冷，采凉花、时赋秋雪。

○●○○●●；●○○、○●○▲

叹轻别。一襟幽事，砌蛩能说。

○○▲　●○○●；●○○▲

客思吟商还怯。怨歌长、琼壶暗缺。

●●○○○▲　●○○、○○●▲

翠扇阴疏，红衣香褪，翻成消歇。

●●○○；○○○●；○○○▲

玉骨西风，恨最恨、闲却新凉时节。

●●○○；●●●、○●○○○▲

楚箫咽。谁倚西楼淡月。

●○▲　○●○○●▲

523. 玉京秋慢　　　（一体）

又名玉京秋，双调一百三字，上阕十一句四仄韵，下阕十一句五仄韵

贺　铸

陇首霜晴，泗滨云晚，乍遥落。
●●○○；●○○●；●○▲

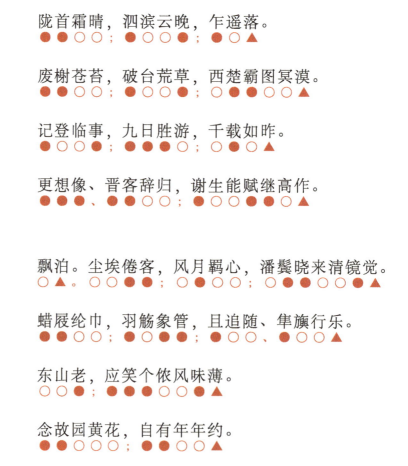

废榭苍苔，破台荒草，西楚霸图冥漠。
●●○○；●○○●；○●●○○▲

记登临事，九日胜游，千载如昨。
●○○●；●●●○；○●○▲

更想像、晋客辞归，谢生能赋继高作。
●●●、●●○○；●○○●●○▲

飘泊。尘埃倦客，风月羁心，潘鬓晓来清镜觉。
○▲。○○●●；○●○○；○●●○○●▲

蜡屐纶巾，羽觞象管，且追随、隼旟行乐。
●●○○；●○●●；●○○、●○○▲

东山老，应笑个侬风味薄。
○○●；●●●○○●▲

念故园黄花，自有年年约。
●●○○○；●●○○▲

（原名《玉京秋》，迥异，改之。上阕第七句，下阕第十句，用一字领。）

524. 玉京谣　　（一体）

双调九十七字，上阕十句五仄韵，下阕九句六仄韵

吴文英

蝶梦迷清晓，万里无家，岁晚貂裘敝。
●●○○●；●●○○；●●○○▲

载取琴书，长安闲看桃李。
●●○○；○○○●○▲

烂绣锦、人海花场，任客燕、飘零谁计。
●●●、○●○○；●●●、○○○▲

春风里。香泥九陌，文梁孤垒。
○○▲　○○●●；○○○▲

微吟怕有诗声翳。镜慵看，但小楼独倚。
○○●●○○▲　●○○；●●○●▲

金屋千娇，从他鸳暖秋被。
○●○○；○○○●○▲

蕙帐移、烟雨孤山，待对影、落梅清泚。
●●○、○●○○；●●●、●○○▲

终不似。江上翠微流水。
○●▲　○●●○○▲

（上下阕中五句句式似同。下阕第三句用一字领。）

525. 玉连环　　（一体）

双调一百零四字，上下阕各十一句，四仄韵

冯伟寿

谪仙往矣，问当年、饮中俦侣，于今谁在。
●○●●；●○○、●○○●；○○○▲

叹沉香醉梦，胡尘日月，流浪锦袍宫带。
●○○●●；○○●●；○●●○○▲

高吟三峡动，舞剑九州隘。
○○○●●；●●●○▲

玉皇归觐，半空遗下，诗囊酒佩。
●○○●；●○○●；○○●▲

云月仰挹，清芬揽、虬须尚友，风流千载。
○●●●；○○●、○○●●；○○○▲

算晋宋颓波，羲皇春梦，都付尊前一慨。
●●●○○；○○○●；○●○○●▲

待相将共蹑，向龙肩鲸背。
●○○●●；●○○○▲

苍茫极目，海山何处，五云叆叆。
○○●●；●○○●；●○●▲

（上下阕句式似同。上阕第四句，下阕第四、第七、第八句，用一字领。）

526. 玉楼人　　（一体）

双调五十四字，上下阕各四句，三仄韵

无名氏

去年寻处曾持酒。还是向、南枝见后。
●○○●○○▲　○●●、○○●▲

宜霜宜雪精神，没些儿、风味减旧。
○○○●○○；●○○、○●●▲

先春似与群芳鬥。暗度香、不待频嗅。
○○●●○○▲　●●○、●●○▲

有人笑折归来，玉纤长、尽露罗袖。
●○●●○○；●○○、●●○▲

（上下阕句式似同。）

527. 玉楼宴　　　（一体）

双调一百三字，上下阕各十句，四平韵

晁端礼

记红颜、日向瑶阶，得俊饮，散蓬壶。
●○○、●●○○；●●●；●○△

绣鞍纵骄马，故坠鞭柳径，缓辔花衢。
●○●○●；●●○●●；●●○△

斗帐兰釭曲，曾是振、声名上都。
●●○○●；○●●、○○●△

醉倒旗亭更深，未归笑倩人扶。
●●○○○○；●○●●○△

光阴到今二纪算，难寻前好，懒访仙居。
○○●○●●●；○○○●；●●○△

近来似闻道，向雾关云洞，自乐清虚。
●○●○●；●●○○●；●●○△

月帔与星冠，不念我、华颠皓须。
●●●○○；●●●、○○●△

纵教重有相逢，似得旧时无。
●●○●○○；●●●○△

（较上阕，下阕第二、第三句各添一字，结减一字，其余句式似同。上下阕第五句用一字领。）

528. 玉梅令　　（一体）

双调六十六字，上阕六句四仄韵，下阕六句三仄韵

姜　夔

疏疏雪片。散入溪南苑。春寒锁、旧家亭馆。
○○●▲　●●○○▲　○○●、●○○▲

有玉梅几树，背立怨东风，花未吐、暗香已远。
●●○●●；●●●○○；○●●、●○●▲

公来领略，梅下花能劝。花长好、愿公更健。
○○●●；○●○○▲　○○●、●○●▲

便揉春为酒，翦雪作新诗，拚一日、绕花千转。
●●○○●；●●●○○；○●●、●○○▲

（上下阕句式似同，第四句用一字领。）

529. 玉梅香慢　　（一体）

双调九十五字，上阕十句五仄韵，下阕八句五仄韵

无名氏

寒色犹高，春力尚怯。微律先催梅坼。
○●○○；○●●▲　○●○○○▲

晓日轻烘，清风频触，凝散疏枝残雪。
●●○○；○○○●；○●○○○▲

嫩英妒粉，嗟素艳、有蜂蝶。
●○●●；○●●、●○▲

全似人人向我，依然顿成离缺。
○●○○●●；○○●○○▲

徘徊寸肠万结。又因花、暗城凝咽。
○○●○●▲　●○○、●○○▲

捻蕊怜香，不禁恨深难绝。
●●○○；●●●○○▲

若是芳心解语，应共把、此情细细说。
●●○○●●；○●●、●○●●▲

泪满阑干，无言强折。
●●○○；○○●▲

530. 玉女迎春慢　（一体）

双调九十五字，上阕九句六仄韵，下阕九句五仄韵

彭元逊

才入新年，逢人日、拂拂淡烟无雨。
○●○○；○○●、●●●○○▲

叶底妖禽自语。小啄幽香还吐。
●●○○●▲　●●○○○▲

东风辛苦。便怕有、踏青人误。
○○○▲　●●●、●○○▲

清明寒食，消得渡江，黄翠千缕。
○○○●；○●●○；○●○▲

看临小帖宜春，填轻晕湿，碧花生雾。
○○●●○○；○○●●；●○○▲

为说钗头袅袅，系著轻盈不住。
●●○○●●；●●○○●▲

问郎留否。似昨夜、教成鹦鹉。
●○○▲　●●●、●○○▲

走马章台，忆得画眉归去。
●●○○；●●●○○▲

531. 玉人歌　　(一体)

双调八十八字，上阕十句五仄韵，下阕八句五仄韵

杨炎正

西风起。又老尽篱花，寒轻香细。
○○▲　●●●○○；○○○▲

漫题红叶，句里意谁会。
●○○●；●●●○▲

长天不恨江南远，苦恨无书寄。
○○●●○○●；●●○○▲

最相思，盘橘千枚，脍鲈十尾。
●○○；○●○○；●○●▲

鸿雁阻归计。算愁满离肠，十分岂止。
○●●○▲　●○●○○；●○●▲

倦倚阑干，顾影在天际。
●●○○；●●●○▲

凌烟图画青山约，总是浮生事。
○○○●○○●；●●○○▲

判从今、买取朝醒夕醉。
●○○、●●○○●▲

（上下阕第二句用一字领。）

532. 玉山枕　　（一体）

双调一百十三字，上下阕各十一句，五仄韵

柳　永

骤雨新霁。荡原野、清如洗。
●●○▲　●○●、○○▲

断霞散彩，残阳倒影，天外云峰，数朵相倚。
●○●●；○○●●；○●○○；●●○▲

露荷烟芰满池塘，见次第、几番红翠。
●○○●●○○；●●●、●○○▲

当是时、河朔飞觞，避炎蒸，想风流堪继。
○●○、○●○○；●○○；●○○○▲

晚来高树清风起。动帘幕、生秋气。
●○○●○○▲　●○●、○○▲

画楼昼寂，兰堂夜静，舞艳歌姝，渐任罗绮。
●○●●；○○●●；●●○○；●●○▲

讼闲时泰足风情，便争奈、雅歌都废。
●○○●●○○；●○●、●○○▲

省教成、几阕清歌，尽新声，好尊前重理。
●●○、●●○○；●○○；●○○○▲

（除起句外，上下阕句式似同。上下结用一字领。）

533. 玉堂春　　(一体)

双调六十一字，上阕七句两仄韵、两平韵，下阕五句两平韵

晏　殊

斗城池馆。二月风和烟暖。
●○○▲　⊙●⊙○○▲

绣户珠帘，日影初长。
●●○○；●●○△

玉辔金鞍，缭绕沙堤路，几处行人映绿杨。
●●○○；●●○○●；●●○○●●△

小槛朱阑回倚，千花浓露香。
●●⊙○○●；○○○●△

脆管清弦，欲奏新翻曲，依约林间坐夕阳。
●●○○；●●○○●；⊙●○○●●△

534. 玉团儿　　（一体）

双调五十二字，上下阕各五句，三仄韵

周邦彦

铅华淡伫新妆束。好风韵、天然异俗。
○○●●○○▲　●⊙●、○○●▲

彼此知名，虽然初见，情分先熟。
●●○○；○○⊙●；○●○▲

垆烟淡淡云屏曲。睡半醒、生香透肉。
⊙○●●○○▲　●●●、○○●▲

赖得相逢，若还虚过，生世不足。
●●○○；⊙○○●；○●●▲

（上下阕句式似同。）

玉团儿 （宋词）

袁去华

吴江渺渺疑天接。独著我、扁舟一叶。步袜凌波，芙蓉仙子，绿盖红颊。　　登临正要诗弹压。叹老去、都忘句法。剧饮狂歌，清风明月，相应相答。

535. 玉叶重黄　　　（一体）

双调五十三字，上下阕各四句，三仄韵

晁端礼

玉纤初捻梅花蕊。早忆著、上元天气。
●○○●○○▲　●●●、●○○▲

重寻旧曲声韵，收拾放灯欢计。
○○●●○●；○●●○○▲

况人生、百岁能几。任东风、笑我双鬓里。
●○○、●●○▲　●○○、●●○●▲

重来花下醉也，不减旧时风味。
○○○●●●；●●●○○▲

（酷似《玉困儿》，唯下阕第二句多一字，两结重组为六字两句。）

536. 御带花　　（一体）

双调一百字，上阕十句四仄韵，下阕十一句四仄韵

欧阳修

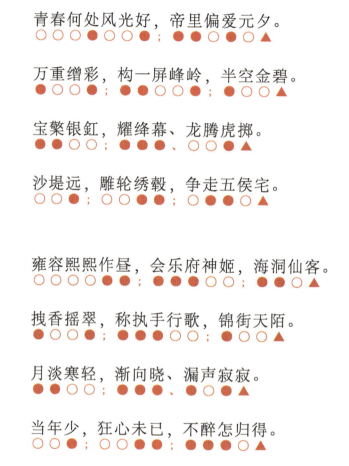

青春何处风光好，帝里偏爱元夕。
○○○●○○●；●●○●○▲

万重缯彩，构一屏峰岭，半空金碧。
●○○●；●●○○●；●○○▲

宝檠银釭，耀绛幕、龙腾虎掷。
●●○○；●●●、○○●▲

沙堤远，雕轮绣毂，争走五侯宅。
○○●；○○●●；○●●○▲

雍容熙熙作昼，会乐府神姬，海洞仙客。
○○○○●●；●●●○○；●●○▲

拽香摇翠，称执手行歌，锦街天陌。
●○○●；●●●○○；●○○▲

月淡寒轻，渐向晓、漏声寂寂。
●●○○；●●●、●○●▲

当年少，狂心未已，不醉怎归得。
○○●；○○●●；●●●○▲

（上下阕后八句句式似同。上阕第四句，下阕第二、第五句，用一字领。）

537. 远朝归　　（一体）

双调九十二字，上阕十句五仄韵，下阕九句五仄韵

赵耆孙

金谷先春，见乍开江梅，晶明玉腻。
○●○○；●●○○○；○○●▲

珠帘院落，人静雨疏烟细。
○○●⊙；⊙●●○○▲

横斜带月，又别是、一般风味。
○○●●；●⊙●、⊙○○▲

金尊里。任遗英乱点，残粉低坠。
○○▲　●⊙○●⊙；○●○▲

惆怅杜陇当年，念水远天长，故人难寄。
○●●●○○；●●●○○；●⊙○▲

山城倦眼，无绪更看桃李。
○○●●；○●●○○▲

当时醉魄，算依旧、徘徊花底。
○○●●；●⊙●、○○○▲

斜阳外。谩回首、画楼十二。
○○▲　●○⊙、●○⊙▲

（中七句句式似同。上阕第二句、结句，下阕第二句，用一字领。）

538. 怨春闺　　(一体)

双调七十五字，上阕八句三仄韵，下阕九句五仄韵

无名氏

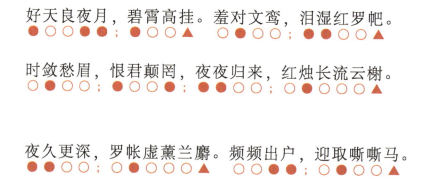

好天良夜月，碧霄高挂。羞对文鸾，泪湿红罗帊。
●○○●●；●○○▲　○●○○；●●○○▲

时敛愁眉，恨君颠罔，夜夜归来，红烛长流云榭。
○●○○；●○○●；●●○○；○●○○○▲

夜久更深，罗帐虚薰兰麝。频频出户，迎取嘶嘶马。
●●○○；○●○○○▲　○○●●；○●○○▲

含笑阖，轻轻骂。把衣挦撦。叵耐金枝，扶入水精帘下。
○●●；○○▲　●○○▲　●●○○；○●●○○▲

（《敦煌曲子词》伯二七四八卷。）

539. 怨春郎 （一体）

双调五十九字，上下阕各五句，三仄韵

欧阳修

为伊家，终日闷。受尽恓惶谁问。
●○○；○●▲ ●●○○○▲

不知不觉上心头，悄一霎身心顿也没处顿。
●○●●●○○；●●●○○●●●●▲

恼愁肠，成寸寸。已恁莫把人萦损。
●○○；○●▲ ●●●●○○▲

奈每每人前道著伊，空把相思泪眼和衣揾。
●●●○○●●○；○●○○●●○○▲

（此谱宜用俚语。上结三字领，下结二字领。下阕第四句一字领。）

540. 怨三三　　(一体)

双调五十字，上阕四句四平韵，下阕五句四平韵

贺　铸

玉津春水碧如蓝。宫柳毵毵。
●○○●●○△　⊙●○△

桥上东风侧帽檐。记佳节、约重三。
⊙●○○●●△　●○●、●○△

飞楼十二珠帘。恨不贮、当年彩蟾。
○○●●○△　●⊙●、○○●△

对构雨廉纤。愁随芳草，绿遍江南。
●●●○△　○○○●；●●○△

（下阕第三句用一字领。）

怨三三 （宋词）

李之仪

登姑熟堂寄旧游，用贺方回韵

清溪一派泻揉蓝。岸草毵毵。记得黄鹂语画檐。唤狂里、醉重三。　　春风不动垂帘。似三五、初圆素蟾。镇泪眼廉纤。何时歌舞，再和池南。

541. 月边娇　　（一体）

双调九十七字，上阕十句四仄韵，下阕十句五仄韵

周　密

酥雨烘晴早，柳盼颦娇，兰芽愁醒。
○●○○●；●●○○；○○○▲

九街月淡，千门夜暖，十里宝光花影。
●○●●；○○●●；●●●○○▲

步袜尘凝，送艳笑、争夸轻俊。
●●○▲　●●●、○○○▲

笙箫迎晓，翠幕卷、天香宫粉。
○○○●；●●●、○○○▲

少年韦曲疏狂，絮花踪迹，夜蛾心性。
●○○●○○；●○○●；●○○▲

戏丛围锦，灯帘转玉，拚却舞勾歌引。
●○○●；○○●●；○●●○○▲

前欢谩省。又辇路、东风吹鬓。
○○●▲　●●●、○○○▲

醺醺倚醉，任夜深春冷。
○○●●；●●○○▲

（除起、结外，上下阕句式似同。结用一字领。）

542. 月当厅　　（一体）

双调一百一字，上下阕各十句，四平韵

史达祖

白壁旧带秦城梦，因谁拜下，杨柳楼心。
●●●●○○●；○○●●；○●○△

正是夜分，鱼钥不动香深。
●●●○；○●●●○△

时有露萤自照占，风裳可喜影麸金。
○●●○●●●；○○●●●○△

坐来久，都将凉意，尽付沉吟。
●○●；○○○●；●●○△

残云事绪无人拾，恨匆匆药娥，归去难寻。
○○●●○○●；●○○●○；○●○△

缀取雾窗，曾唱几拍清音。
●●●○；○●●●○△

犹有老来印愁处，冷光应念雪翻簪。
○●●○●○●；●○○●●○△

空独对，西风紧，弄一井桐阴。
○●●；○○●；●●●○△

（下阕第二句、结句用一字领。）

543. 月中桂　　（二体）

（一）又名月中仙，双调一百零五字，上阕十一句五仄韵，下阕十句五仄韵

赵彦端

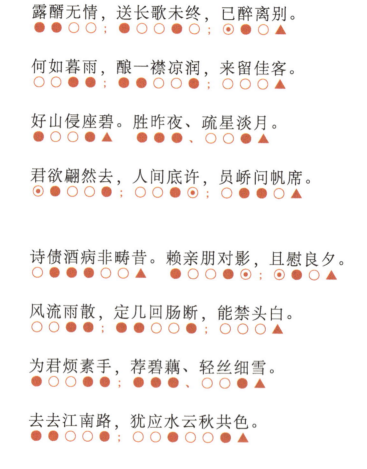

露醑无情，送长歌未终，已醉离别。
●●○○；●○○●○；⊙●○▲

何如暮雨，酿一襟凉润，来留佳客。
○○●●；●●○○●；○○○▲

好山侵座碧。胜昨夜、疏星淡月。
●○○●▲　●●●、○○●▲

君欲翩然去，人间底许，员峤问帆席。
⊙●○○●；○○●⊙；○●●○▲

诗债酒病非畴昔。赖亲朋对影，且慰良夕。
○●●●○○▲　●○○●⊙；⊙●○▲

风流雨散，定几回肠断，能禁头白。
○○●●；●●○○●；○○○▲

为君烦素手，荐碧藕、轻丝细雪。
●○○●●；●●●、○○●▲

去去江南路，犹应水云秋共色。
●●○○●；○○●○○●▲

（上下阕第二、第五句，用一字领。金元道家词下起少一字，不予校订。）

（二）又名月中仙，双调一百二字，上阕十一句四平韵两叶韵，下阕十句两平韵三叶韵

赵孟頫

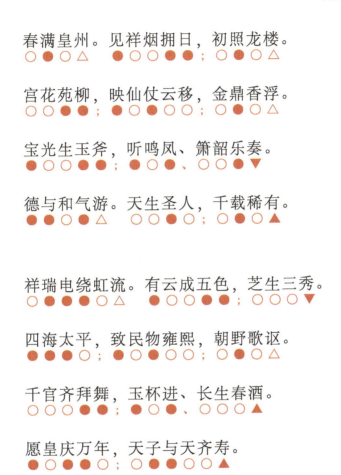

春满皇州。见祥烟拥日，初照龙楼。
○●○△ ●○○●●；○●○△

宫花苑柳，映仙仗云移，金鼎香浮。
○○●●；●○●○○；○●○△

宝光生玉斧，听鸣凤、箫韶乐奏。
●○○●●；●○●、○○●▼

德与和气游。天生圣人，千载稀有。
●●○●△ ○○●○；○●○▲

祥瑞电绕虹流。有云成五色，芝生三秀。
○●●●○△ ●○○●●；○○○▼

四海太平，致民物雍熙，朝野歌讴。
●●●○；●○●○○；○●○△

千官齐拜舞，玉杯进、长生春酒。
○○○●●；●○●、○○○▲

愿皇庆万年，天子与天齐寿。
●○●●○；○●●○○▲

544. 越江吟　　　（一体）

又名瑶池燕、宴瑶池，双调五十一字，上下阕各六句，六仄韵

苏易简

非烟非雾，瑶池宴。片片。
○○○●；○○▲　●▲

碧桃冷落谁见。黄金殿。
●○⊙●○▲　○○▲

虾须半卷。天香散。
○○●▲　○○▲

春云和、孤竹清婉。入霄汉。
⊙○⊙、○⊙○▲　⊙○▲

红颜醉态烂漫。金舆转。
○○●⊙⊙▲　○○▲

霓旌影乱。箫声远。
○○●▲　○○▲

（起句可用韵。）

越江吟 （宋词）

苏 轼

飞花成阵。春心困。寸寸。别肠多少愁闷。无人问。偷啼自搵。残妆粉。　　抱瑶琴、寻出新韵。玉纤趁。南风来解幽愠。低云鬓。眉峰敛晕。娇和恨。

545. 越溪春　　（一体）

双调七十五字，上阕七句三平韵，下阕六句四平韵

欧阳修

三月十三寒食日，春色遍天涯。
○●●○○●●；○●●○△

越溪阆苑繁华地，傍禁垣、珠翠烟霞。
●○●●○○●；●●○、○●○△

红粉墙头，秋千影里，临水人家。
○●○○；○○●●；○●○△

归来晚驻香车。银箭透窗纱。
○○●●○△　○●●○△

有时三点两点雨，霁朱门、柳细风斜。
●○○●●●●；●○○、●●○△

沉麝不烧，金鸭冷笼，月照梨花。
○●●○；○●●○；●●○△

（上下阕句式似同，唯下起少上起一字。）

546. 云仙引　（一体）

双调九十八字，上阕十句四平韵，下阕十一句五平韵

冯伟寿

紫凤台高，红鸾镜里，啡啡几度秋馨。
●●○○；○○●●；○○●●○△

黄金重，绿云轻。
○○●；●○△

丹砂鬓边滴粟，翠叶玲珑烟剪成。
○○●○●●；●●○○○●△

含笑出帘，月香满袖，天雾萦身。
○●●○；●○●●；○●○△

年时花下逢迎。有游女、翩翩如五云。
○○○●○△　●○●、○○○●△

乱掷芳英，为簪斜朵，事事关心。
●●○○；●○○●；●●○△

长向金风，一枝在手，嗅蕊悲歌双黛颦。
○●○○；●○●●；●●○○○●△

绕临溪树，对初弦月，露下更深。
●○○●；●○○●；●●○△

（下阕第九、第十句，用一字领。）

547. 韵令　　　（一体）

双调七十六字，上下阕各九句，五仄韵

程大昌

是男是女，都有官称。孙儿仕也登。
●○●●；○●○△　○○●●△

时新衣著，不待经营。寒时火柜，春里花亭。
○○○●；●●○△　○○●●；○●○△

星辰上履，我只唤卿卿。
○○●●；●●●○△

寿开八秩，两鬓全青。颜红步武轻。
●○●●；●●○△　○○●●△

定知前面，大有年龄。芝兰玉树，更愿充庭。
●○○●；●●○△　○○●●；●●○△

为询王母，桃颗几时赪。
●○○●；○●●○△

548. 赞成功　　（一体）

双调六十二字，上下阕各七句四平韵

毛文锡

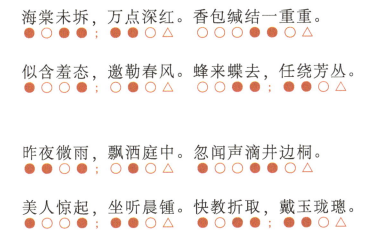

海棠未坼，万点深红。香包缄结一重重。
●○●●；●●○△　○○○●●○△

似含羞态，邀勒春风。蜂来蝶去，任绕芳丛。
●○○●；○●○△　○○●●；●●○△

昨夜微雨，飘洒庭中。忽闻声滴井边桐。
●●○●；○●○△　●○○●●○△

美人惊起，坐听晨锺。快教折取，戴玉珑璁。
●○○●；●●○△　●○●●；●●○△

（上下阕句式似同。）

549. 赞浦子　　　　(一体)

双调四十二字，上下阕各四句，两平韵

毛文锡

锦帐添香睡，金炉换夕薰。
●●○○●；○○●●△

懒结芙蓉带，慵拖翡翠裙。
●●○○●；○○●●△

正是桃夭柳媚，那堪暮雨朝云。
●●○○●●；●○●●○△

宋玉高唐意，裁琼欲赠君。
●●○○●；○○●●△

（失粘五律，下阕第一、第二句各增一字耳。）

550. 早梅芳慢 （一体）

双调一百五字，上阕十二句四仄韵，下阕十二句三仄韵

柳 永

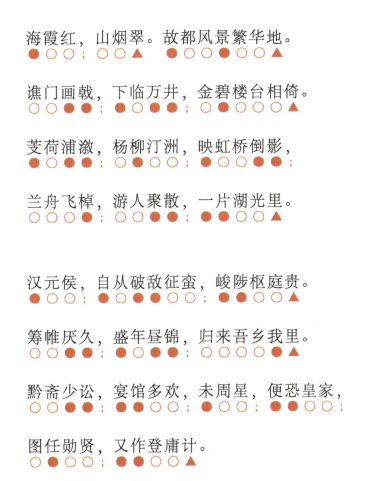

海霞红，山烟翠。故都风景繁华地。
●○○；○○▲ ●○○●○○▲

谯门画戟，下临万井，金碧楼台相倚。
○○●●；●○●●；○●○○○▲

芰荷浦溆，杨柳汀洲，映虹桥倒影，
●○●●；○●○○；●○○●●；

兰舟飞棹，游人聚散，一片湖光里。
○○○●；○○●●；●●○○▲

汉元侯，自从破敌征蛮，峻陟枢庭贵。
●○○；●○●●○○；●●○○▲

筹帷厌久，盛年昼锦，归来吾乡我里。
○○●●；●○●●；○○○○●▲

黔斋少讼，宴馆多欢，未周星，便恐皇家，
○○●●；●●○○；●○○；●●○○；

图任勋贤，又作登庸计。
○●○○；●●○○▲

（上阕第九句用一字领。）

551. 早梅香　　(二体)

（一）双调九十八字，上下阕各十一句，四仄韵

无名氏

北帝收威，又探得早梅，漏春消息。
⊙●○○；●●●⊙○；●○○▲

粉蕊琼苞，拟将胭脂，轻染颜色。
●●○○；●⊙○○；⊙⊙○▲

素质盈盈，终不许、雪霜欺得。
●●○○；○●●、⊙○○▲

奈化工，偏宜赋与，寿阳妆饰。
●●○；○○●●；●○○▲

独自逞冰姿，比夭桃繁杏，迥然殊别。
⊙●●○○；●○○○●；●⊙○▲

为报山翁逢此，有花樽前，且须攀折。
●●○○○●；●○○○；●○○▲

醉赏吟恋，莫辜负、好天风月。
●●○⊙；●⊙●、⊙○○▲

恐笛声悲，纷纷便似，乱飞香雪。
●●○○；○○●●；●○○▲

（上阕第二句，下阕第二、第九句，用一字领。）

（二）双调一百一字，上阕十一句四仄韵，下阕十一句五仄韵

贺　铸

高阁寒轻，映万朵芳梅，乱堆香雪。
⊙●○○；●●●○○；●○○▲

未待江南信，冠百花先占，一阳佳节。
●●○○●；●●○○●；●○○▲

剪彩凝酥，无处学、天然奇绝。
●●○○；○●●、⊙○○▲

便寿阳妆，工夫费尽，艳姿终别。
●●○○；○○●●；●○○▲

风里弄轻盈，掩珠英明莹，麝腊飘烈。
⊙●●○○；●○○○●；●⊙○▲

莫放芳菲歇。剩永宵欢赏，酒酣吟折。
●●○○▲　●●○○●；●○○▲

倒玉何妨，且听取、樽前新阕。
●●○⊙；●⊙●、⊙○○▲

怕笛声长，行云散尽，漫悲风月。
●●○○；○○●●；●○○▲

（除下起多一字外，上下阕句式似同，第二、第五、第九句用一字领。）

552. 澡兰香　　（一体）

双调一百四字，上下阕各十句，四仄韵

吴文英

盘丝系腕，巧篆垂簪，玉隐绀纱睡觉。
○○●●；●●○○；●●●○●▲

银瓶露井，彩箑云窗，往事少年依约。
○○●●；●●○○；●●●○○▲

为当时、曾写榴裙，伤心红绡褪萼。
●○○、○●○○；○○○○●▲

炊黍梦、光阴渐老，汀洲烟蒻。
○●●、○○●●；○○○▲

莫唱江南古调，怨抑难招，楚江沉魄。
●●○○●●；●●○○；●○○▲

薰风燕乳，暗雨梅黄，午镜澡兰帘幕。
○○●●；●●○○；●●●○○▲

念秦楼、也拟人归，应翦菖蒲自酌。
●○○、●●○○；○●○○●▲

但怅望、一缕新蟾，随人天角。
●●●、●●○○；○○○▲

（除起三句句读异，上下阕后七句句式似同。）

553. 皂罗特髻　　（一体）

双调八十一字，上阕九句四仄韵，下阕六句三仄韵

苏　轼

采菱拾翠，算似此佳名，阿谁消得。
●○●●；●●●○○；●○○▲

采菱拾翠，称使君知客。
●○●●；●●○○▲

千金买、采菱拾翠，更罗裙、满把珍珠结。
○○●、●○●●；●○○、●●○○▲

采菱拾翠，正髻鬟初合。
●○●●；●●○○▲

真个采菱拾翠，但深怜轻拍。一双手、采菱拾翠，
○●●○●●；●○○○▲　●○●、●○●●；

绣衾下、抱著俱香滑。
●○●、●●○○▲

采菱拾翠，待到京寻觅。
●○●●；●●○○▲

（上阕第二、第五句，下阕第二句，及两结，用一字领。采菱拾翠四字，重复七遍，填者关注。）

554. 摘得新　　(一体)

单调二十六字，六句四平韵

皇甫松

摘得新。枝枝叶叶春。管弦兼美酒，最关人。
●●△　○○●●△　●○○●●；●○△

平生都得几十度，展香茵。
○○⊙●⊙⊙●；●○△

555. 占春芳　　（一体）

双调四十六字，上阕五句两平韵，下阕四句三平韵

苏　轼

红杏了，夭桃尽，独自占春芳。
○●●；○○●；●●●○△

不比人间兰麝，自然透骨生香。
●●○○○●；●○●●○△

对酒莫相忘。似佳人、兼合明光。
●●●○△　●○○、○●○△

只忧长笛吹花落，除是宁王。
●○○●○○●；○●○△

556. 章台柳　　（一体）

单调二十七字，五句三仄韵、一叠韵

韩　翃

章台柳。章台柳。往日依依今在否。
○◉▲　○○▲　●●○○◉◉▲

纵使长条似旧垂，亦应攀折他人手。
●●○○●●○；●◉○◉◉○▲

（起二句可不用叠句，起句可不用韵。）

557. 折桂令　　　（一体）

又名天香引，双调五十三字，上阕六句三平韵，下阕五句一叶韵、三平韵

倪　瓒

片轻帆、水远山长。鸿雁将来，菊蕊初黄。
● ○ ○、⊙ ● ⊙ △　⊙ ● ○ ○；⊙ ● ○ △

碧海鲸鲵，兰苕翡翠，风露鸳鸯。
⊙ ⊙ ○ ○；○ ○ ● ●；⊙ ● ○ △

问音信、何人谛当。想情怀、旧日风光。
⊙ ⊙ ●、○ ○ ● ▼　● ○ ○、⊙ ● ○ △

杨柳池塘。随处凋零，无限思量。
⊙ ● ○ △　⊙ ● ○ ○；⊙ ● ○ △

（下起可改平韵。元曲有同名小令。）

558. 柘枝引　　(一体)

单调二十四字，四句三平韵

无名氏

将军奉命即须行。塞外领强兵。
○○●●●○△　●●●○△

闻道烽烟动，腰间宝剑匣中鸣。
○●○○●；○○●●●○△

559. 珍珠令　（一体）

双调五十字，上阕五句四仄韵，下阕五句三仄韵

张　炎

桃花扇底歌声杳。愁多少。
○○●●○○▲　○○▲

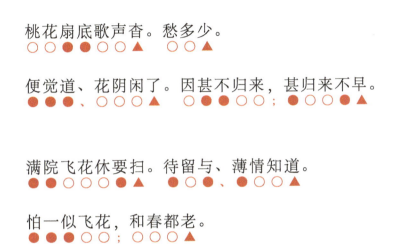

便觉道、花阴闲了。因甚不归来，甚归来不早。
●●●、○○○▲　○●●○○；●○○●▲

满院飞花休要扫。待留与、薄情知道。
●●○○○●▲　●○●、●○○▲

怕一似飞花，和春都老。
●●●○○；○○○▲

（上结，下阕第三句，用一字领。）

560. 真珠髻 (一体)

双调一百五字，上阕十句四仄韵，下阕十句五仄韵

无名氏

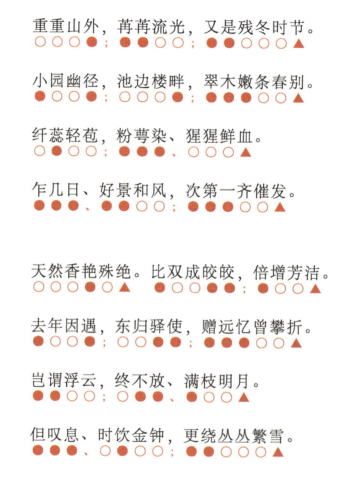

重重山外，苒苒流光，又是残冬时节。
○○○●；●●○○；●●○○○▲

小园幽径，池边楼畔，翠木嫩条春别。
●○○●；○○○●；●●●○○▲

纤蕊轻苞，粉萼染、猩猩鲜血。
○●○○；●●●、○○○▲

乍几日、好景和风，次第一齐催发。
●●●、●●○○；●●●○○▲

天然香艳殊绝。比双成皎皎，倍增芳洁。
○○○●○▲ ●○○●●；●○○▲

去年因遇，东归驿使，赠远忆曾攀折。
●○○●；○○●●；●●●○○▲

岂谓浮云，终不放、满枝明月。
●●○○；○●●、●○○▲

但叹息、时饮金钟，更绕丛丛繁雪。
●●●、○●○○；●●○○○▲

（后七句句式似同。下阕第二句用一字领。）

561. 枕屏儿　　（一体）

双调七十四字，上下阕各九句，四仄韵

无名氏

江国春来，留得素英肯住。
○●○○；○●●○●▲

月笼香，风弄粉，诗人尽许。
●○○；○●●；○○●▲

酥蕊嫩，檀心小，不禁风雨。
○●●；○○●；●○○▲

须东君、与他做主。
○○○、●○●▲

繁杏夭桃，颜色浅深难驻。
○●○○；○●●○○▲

奈芳容，全不称，冰姿伴侣。
●○○；○●●；○○●▲

水亭边，山驿畔，一枝风措。
●○○；○●●；●○○▲

十分似、那人淡伫。
●○●、●○●▲

（上下阕句式似同。）

562. 征部乐　　(一体)

双调一百六字，上阕八句六仄韵，下阕十句五仄韵

柳　永

雅欢幽会，良辰可惜虚抛掷。
●○○●；○●●●○○▲

每追念、狂踪旧迹。长祇恁、愁闷朝夕。
●○●、○○●▲　○●●、○●○▲

凭谁去、花衢觅。细说与、此中端的。
○○●、○○▲　●●●、●○○▲

道向我、转觉厌厌，役梦劳魂苦相忆。
●●●、●●●●；●●○○●○▲

须知最有，风前月下，心事始终难得。
○○●●；○○●●；○●●○○▲

但愿我、虫虫心下，把人看待，长似初相识。
●●●、○○○●；●○○●；○●○○▲

况渐逢春色。便是有、举觞消息。
●●○○▲　●●●、●○○▲

待这回、好好怜伊，更不轻离拆。
●●○、●●○○；●●○○▲

（下阕第七句、结句，用一字领。）

563. 徵招调中腔　　（一体）

双调五十五字，上下阕各四句，三仄韵

王安中

红云茜雾笼金阙。圣运叶、星虹佳节。
○○●●○○▲　●●●、○○○▲

紫禁晓风馥天香，奏九韶、帝心悦。
●●●○●○○；●●○、●○▲

瑶阶万岁蟠桃结。睿算永、壶天风月。
○○●●○○▲　●●●、○○○▲

日观几时六龙来，金缕玉牒告功业。
●●●○●○○；○●●●●○▲

564. 郑郎子　　（一体）

单调二十八字，六句三仄韵

敦煌曲子词

青丝弦，挥白玉。宫商角徵羽，五音足。
○○○；○●▲　○○●●●；●○▲

何时得对明主弹，一弦弹却天下曲。
○○●●○●○；●○○●○●▲

（敦煌遗卷斯六五三七卷）

565. 中兴乐　　（三体）

（一）双调四十一字，上阕四句三平韵、一仄韵，下阕五句三仄韵、一平韵

毛文锡

豆蔻花繁烟艳深。丁香软结同心。
●●○○○●△　○○●●○△

翠鬟女。相与共淘金。
●○▲　○●●○△

红蕉叶里猩猩语。鸳鸯浦。
○○●●○○▲　○○▲

镜中鸾舞。丝雨隔，荔枝阴。
●○○▲　○●●；●○△

（二）双调四十二字，上阕四句三平韵，下阕五句三平韵

牛希济

池塘暖碧浸晴晖。濛濛柳絮轻飞。
⊙○⊙●●○△　⊙○●●○△

红蕊凋来，醉梦还稀。
○●○○；⊙●○△

春云空有雁归。珠帘垂。
⊙○○●⊙△　⊙○△

东风寂寞，恨郎抛掷，泪湿罗衣。
⊙○⊙●；⊙○⊙●；⊙●○△

（上阕第三句可作：●○○●。）

（三）双调八十四字，上下阕各九句六平韵

体二重复一叠。

566. 竹马子　　（一体）

又名竹马儿，双调一百三字，上阕十二句四仄韵，下阕十句五仄韵

柳　永

登孤垒荒凉，危亭旷望，静临烟渚。
⊙○●○○；○○●●；●○○▲

对雌霓挂雨，雄风拂槛，微收烦暑。
●○⊙●●；○⊙⊙●；○○○▲

渐觉一叶惊秋，残蝉噪晚，素商时序。
●●⊙●○○；○○●●；●○○▲

览景想前欢，指神京，非雾非烟深处。
⊙●●○○；●○○；○●○○○▲

向此成追感，新愁易积，故人难聚。
●●○○●；○○●●；●○○▲

凭高尽日凝伫。赢得消魂无语。
○○●⊙○▲　⊙●○○○▲

极目霁霭霏微，暝鸦零乱，萧索江城暮。
●●●●○○；●○○●；○●○○▲

南楼画角，又送残阳去。
○○●●；●⊙○○▲

（起用一字领。叶梦得词，起两句重组为三字、六字各一句，上结两句重组为五字、四字各一句。）

竹马子 （宋词）

叶梦得

与君记，平山堂前细柳，几回同挽。又征帆夜落，危槛依旧，遥临云巘。　　自笑来往匆匆，朱颜渐改，故人俱远。横笛想遗声，但寒松千丈，倾崖苍藓。　　世事终何已，田阴纵在，岁阴仍晚。稽康老来尤懒。只要莼羹菰饭。　　却欲便买茅庐，短篷轻楫，尊酒犹能办。君能过我，水云聊为伴。

567. 竹香子　（一体）

双调五十字，上下阕各四句，三仄韵

刘　过

一桁窗儿明快。料想那人不在。
●●○○○▲　●●●○●▲

熏笼脱下旧衣裳，件件香难赛。
○○●●●○○；●●○○▲

匆匆去得忒煞。这镜儿、也不曾盖。
○○●●●▲　●●○、●●○▲

千朝百日不曾来，没这些儿个采。
○○●●●○○；●●○○●▲

568. 驻马听　　（一体）

双调九十四字，上阕十句六平韵，下阕九句四平韵

柳　永

凤枕鸾帷。二三载，如鱼似水相知。
●●○△　●○●、○○●●○△

良天好景，深怜多爱，无非尽意依随。
○○●●；○○○●；○○●●○△

奈何伊。恣性灵、忒煞些儿。
●○△　●●○、●●○△

无事孜煎，万回千度，怎忍分离。
○●○○；●○○●；●●○△

而今渐行渐远，渐觉虽悔难追。
○○●○●●；●●○●○△

漫恁寄消传息，终久奚为。
●●●○○●；○●○△

也拟重论缱绻，争奈翻覆思维。
●●○○●●；○●○●○△

纵再会，只恐恩情，难似当时。
●●●；●●○○；○●○△

569. 驻马听慢　　（一体）

双调九十三字，上阕九句七仄韵，下阕八句七仄韵

无名氏

雕鞍成谩驻。望断也不归、院深天暮。
○○○●▲　●●●●○、●○○▲

倚遍旧日曾共，凭肩门户。
●●●●○●，○○○▲

踏青何处所。想醉拍、春衫歌舞。
●○○●▲　●●●、○○○▲

征旆举。一步红尘，一步回顾。
○●▲　●●○○；●●○▲

行行愁独语。想媚容、今宵怨郎不住。
○○○●▲　●●○、○○●○●▲

来为相思苦。又空将愁去。
○●○○▲　●○○○▲

人生无定据。叹后会、不知何处。
○○○●▲　●●●、●○○▲

愁万缕。仗东风、和泪吹与。
○●▲　●○○、●●○▲

（避柳永同名词，改为驻马听慢。下阕第四句用一字领。）

570. 爪茉莉　　(一体)

双调八十二字，上阕八句四仄韵，下阕八句五仄韵

柳　永

每到秋来，转添甚况味。金风动、冷清清地。
●●○○；●○●●▲　○○●、●○○▲

残蝉噪晚，其聒得、人心欲碎。
○○●●；○●●、○○●▲

更休道、宋玉多悲，石人也须下泪。
●○●、●●○○；●○●○●▲

衾寒枕冷夜，迢迢更无寐。深院静、月明风细。
○○●●●；○○●○▲　○●●、●○○▲

巴巴望晓，怎生捱、更迢递。
○○●●；●○○、○○▲

料我儿、只在枕头根底。等人睡来梦里。
●●○、●●●○○▲　●○●○●▲

571. 卓牌子慢　（一体）

双调九十七字，上阕十一句四仄韵，下阕八句七仄韵

万俟咏

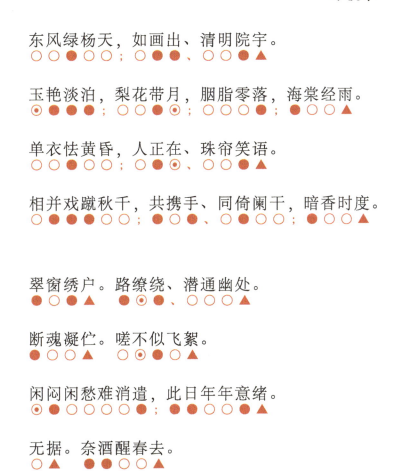

东风绿杨天，如画出、清明院宇。
○○●○○；○●●、○○●▲

玉艳淡泊，梨花带月，胭脂零落，海棠经雨。
⊙●●●；○○●⊙；○○○●；●○○▲

单衣怯黄昏，人正在、珠帘笑语。
○○●○○；○●⊙、○○●▲

相并戏蹴秋千，共携手、同倚阑干，暗香时度。
○●●●○○；●○●、○●○○；●○○▲

翠窗绣户。路缭绕、潜通幽处。
●○●▲　●⊙●、○○○▲

断魂凝伫。嗟不似飞絮。
●○○▲　○⊙●○▲

闲闷闲愁难消遣，此日年年意绪。
⊙●○○○○●；●●○○●▲

无据。奈酒醒春去。
○▲　●●○○▲

（下阕第四句、结句用一字领。无名氏词上下阕皆有脱漏、谬误，不予校订。）

572. 卓牌子近　　(一体)

双调七十一字，上阕八句五仄韵，下阕六句四仄韵

袁去华

曲沼朱阑，缭墙翠竹晴昼。金万缕、摇摇风柳。

●●○○；●○●●○▲　○●●、○○○▲

还是燕子归时，花信来后。

○●●●○○；○●○▲

看淡净洗妆态，梅样瘦。春初透。

○●●●○●；○●▲　○○▲

尽日明窗相守。闲共我焚香，伴伊刺绣。

●●○○○▲　○●●○○；●○●▲

睡眼瞢腾，今朝早是病酒。

●●○○；○○●●●▲

那堪更、困人时候。

●○●、●○○▲

573. 卓牌子　　（一体）

双调五十六字，上下阕各五句，三仄韵

杨无咎

西楼天将晚。流素月、寒光正满。
○○○○▲　○●●、○○●▲

楼上笑揖姮娥，似看罗袜尘生，鬓云风乱。
○●●●○○；●○○●○○；●○○▲

珠帘终夕卷。判不寐、阑干赁暖。
○○○●▲　○●●、○○●▲

好在影落清尊，冷侵香幄，欢馀未教人散。
●●●●○○；●○○●；○○●○○▲

574. 子夜歌　　(一体)

双调一百十七字，上阕十句四仄韵，下阕十二句五仄韵

彭元逊

视春衫、箧中半在，浥浥酒痕花露。
●○○、●○●●；●●●○○▲

恨桃李、如风过尽，梦里故人如雾。
●○●、○○●●；●●●○○▲

临颍美人，秦川公子，晚共何人语。
○●●○；○○○●；●●○○▲

对人家、花草池台，回首故园，咫尺未成归去。
●○○、○●○○；○●●○；●●●○○▲

昨宵听、危弦急管，酒醒不知何处。
●○●、○○●●；●●●○○▲

飘泊情多，衰迟感易，无限堪怜许。
○●○○；○○●●；○●○○▲

似尊前眼底，红颜消几寒暑。
●○○●●；○○○●○▲

年少风流，未谙春事，追与东风赋。
○●○○；●○○●；○●○○▲

待他年、君老巴山，共君听雨。
●○○、○●○○；●○○▲

（下阕第六句用一字领。）

575. 紫萸香慢　　（一体）

双调一百十四字，上阕十句四平韵，下阕十二句七平韵

姚云文

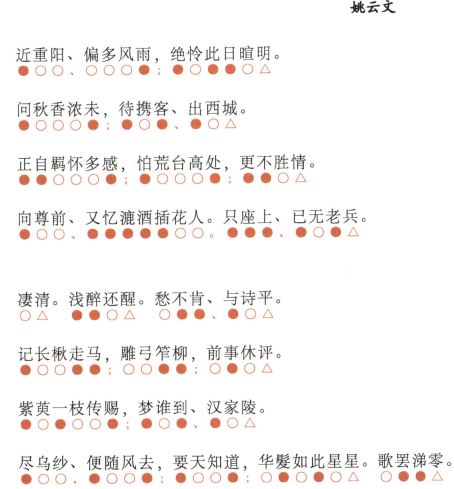

近重阳、偏多风雨，绝怜此日暄明。
●○○、○○○●；●○●●○△

问秋香浓未，待携客、出西城。
●○○○●；●○●、●○△

正自羁怀多感，怕荒台高处，更不胜情。
●●○○○●；●○○○●；●●○△

向尊前、又忆漉酒插花人。只座上、已无老兵。
●○○、●●●●●○○。●●●、●○●△

凄清。浅醉还醒。愁不肯、与诗平。
○△　●●○△　○●●、●○△

记长楸走马，雕弓笮柳，前事休评。
●○○●●；○○●●；○●○△

紫萸一枝传赐，梦谁到、汉家陵。
●○●○○●；●○●、●○△

尽乌纱、便随风去，要天知道，华发如此星星。歌罢涕零。
●○○、●○○●；●○○●；○●○●○△　○●●△

（上阕第三、第六句。下阕第四句，用一字领。）

576. 紫玉箫　　（一体）

双调九十九字，上阕十一句四平韵，下阕十句四平韵

晁补之

罗绮围中，笙歌丛里，眼狂初认轻盈。
○●○○；○○○●；●○○●○△

无花解比，似一钩新月，云际初生。
○○●●；●●○○●；○●○△

算不虚得，都占与、第一佳名。
●●○●；○●●、●●○△

轻归去，那知有人，别后牵情。
○○●；○○●○；●●○△

襄王自是春梦，休谩说东墙，事更难凭。
○○●●○●；○●●○○；●●○△

谁教慕宋，要题诗、曾倚宝柱低声。
○○●●；●○○、○●●●○△

似瑶台、晓空暗想，众里飞琼。
●○○、●○●●；●●○△

馀香冷，犹在小窗，一到魂惊。
○○●；○●●○；●●○△

（上阕第五句，下阕第二句，用一字领。）

577. 醉垂鞭　　（一体）

双调四十二字，上下阕各五句，三平韵、两仄韵

张　先

酒面滟金鱼。吴娃唱。吴潮上。
⊙●●○△　○○▲　○○▲

玉殿白麻书。待君归后除。
⊙●●○△　⊙○⊙●△

勾留风月好。
⊙○○●◆

平湖晓。翠峰孤。此景出关无。西州空画图。
○○▲　●○△　●●●○△　○○○●△

（上下阕句式似同。）

醉垂鞭 （宋词）

张　先

双蝶绣罗裙。东池宴。初相见。朱粉不深匀。闲花淡淡春。　细看诸处好。人人道。柳腰身。昨日乱山昏。来时衣上云。

578. 醉高歌　　（一体）

双调五十字，上下阕各四句，三仄韵、一叶韵

姚　镛

十年燕月歌声。几点吴霜鬓影。
●○○●○▽　●●○○●▲

西风吹起鲈鱼兴。已在桑榆暮景。
○○○●○○▲　●●○○●▲

荣枯枕上三更。傀儡场中四并。
○○●●○▽　●●○○●▲

人生幻化如泡影。几个临危自省。
○○●●○●▲　●●○○●▲

（《钦定词谱》定为姚燧作。元曲亦有醉高歌调。）

579. 醉公子慢　　（一体）

双调一百六字，上阕十二句六仄韵，下阕十句六仄韵

史达祖

神仙无膏泽。琼裾珠佩，卷下尘陌。
○○○○▲　○○○●；●●○▲

秀骨依依，误向山中，得与相识。
●●○○；●●○○；●●○▲

溪岸侧。倚高情、自锁烟翠，时点空碧。
○●▲　●○○、●●○●；○●○▲

念香襟沾恨，酥手翦愁，今后梦魂隔。
●○○○●；○●●○；○●●○▲

相思暗惊清吟客。想玉照堂前树三百。
○○●○○○▲　●●●○○●○▲

雁翅霜轻，凤羽寒深，谁护春色。
●●○○；●●○○；○●○▲

诗鬓白。总多因、水村携酒，烟墅留屐。
○●▲　●○○、●○○●；○●○▲

更时常、明月同来，与花为表德。
●○○、○●○○；●○○●▲

（上阕第十句，下阕第二句，用一字领。）

580. 醉红妆　　（一体）

双调五十二字，上阕六句四平韵，下阕六句三平韵

张　先

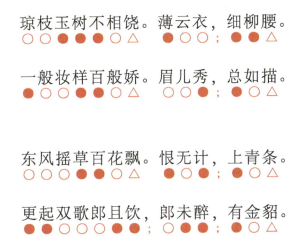

琼枝玉树不相饶。薄云衣，细柳腰。
○○●●●○△　●○○；●●△

一般妆样百般娇。眉儿秀，总如描。
●○○●●○△　○○●；●○△

东风摇草百花飘。恨无计，上青条。
○○○●●○△　●○●；●○△

更起双歌郎且饮，郎未醉，有金貂。
●●○○○●●；○●●；●○△

（上下阕句式似同。）

581. 醉花间　　（二体）

（一）双调四十一字，上阕五句三仄韵、一叠韵，下阕四句三仄韵

毛文锡

深相忆。莫相忆。相忆情难极。
○○▲　●○▲　○●○○▲

银汉是红墙，一带遥相隔。
○●●○○；⊙●○○▲

金盘珠露滴。两岸榆花白。
○○○●▲　●●○○▲

风摇玉佩清，今夕为何夕。
○○●●○；⊙●○○▲

（下起可不用韵。下阕前三句平仄可作：●●●○○；○○○●▲○●●○○。）

（二）双调五十字，上阕四句三仄韵，下阕六句四仄韵

冯延巳

晴雪小园春未到。池边梅自早。
⊙●⊙○○●▲　⊙○○●▲

高树鹊衔巢，斜月明寒草。
○●●○○；○●○○▲

山川风景好。自古金陵道。少年看却老。
⊙○○●▲　●●○○▲　⊙○○●▲

相逢莫厌醉金杯，别离多，欢会少。
⊙○⊙●●○○；●○○；○●▲

醉花间 （五代词）

毛文锡

休相问。怕相问。相问还添恨。春水满塘生，鸂鶒还相趁。　昨夜雨霏霏，临明寒一阵。偏忆戍楼人，久绝边庭信。

醉花间 （五代词）

冯延巳

林雀归栖撩乱语。阶前还日暮。屏掩画堂深，帘卷萧萧雨。　玉人何处去。鹊喜浑无据。双眉愁几许。漏声看却夜将阑，点寒灯，扃绣户。

582. 醉思仙　　（一体）

双调八十八字，上阕十一句五平韵，下阕十句四平韵

孙道绚

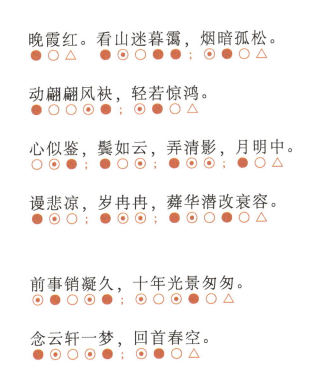

晚霞红。看山迷暮霭，烟暗孤松。
●○△　●⊙○●●；⊙●○△

动翩翩风袂，轻若惊鸿。
●○○⊙●；⊙●○△

心似鉴，鬓如云，弄清影，月明中。
○⊙●；●○⊙；●⊙⊙；●○△

谩悲凉，岁冉冉，蕣华潜改衰容。
●⊙○；●⊙⊙；●⊙○●○△

前事销凝久，十年光景匆匆。
⊙●○⊙●；⊙○⊙●○△

念云轩一梦，回首春空。
●⊙○⊙●；⊙●○△

彩凤远，玉箫寒，夜悄悄，恨无穷。
⊙⊙●；⊙○⊙；●⊙●；●○△

叹黄尘，久埋玉，断肠挥泪东风。
●○⊙；●⊙⊙；●⊙⊙●○△

（上阕第二、第四句，下阕第三句，用一字领。上下结可重组为三字、五字、四字各一句。曹勋词上阕第九句多一字，吕渭老词上阕第八、第九句少一字，朱敦儒词上阕第九句、下阕第八句各多一字。不予校订。）

醉思仙 （宋词）

朱敦儒

淮阴与杨道孚

倚晴空。正三洲下叶，七泽收虹。叹年光催老，身世飘蓬。南歌客，新丰酒，但万里，云水俱东。谢故人，解系船访我，脱帽相从。　　人世欢易失，尊俎且更从容。任酒倾波碧，烛翦花红。君向楚，我归秦，便分路，青竹丹枫。恁时节，漫梦凭夜蝶，书倩秋鸿。

醉思仙 （宋词）

吕渭老

断人肠。正西楼独上，愁倚斜阳。称鸳鸯鸂鶒，两两池塘。春又老，人何处，怎惯不思量。到如今，瘦损我，又还无计禁当。　　小院呼卢夜，当时醉倒残缸。被天风吹散，凤翼难双。南窗雨，西楼月，尚未散，拂天香。听莺声，悄记得，那时舞板歌梁。

583. 醉亭楼　　（一体）

双调八十字，上阕八句五仄韵，下阕八句四仄韵

无名氏

平生性格。随分好些春色。沉醉恋花陌。
○○●▲　○●●○○▲　○●●○▲

虽然年老心未老，满头花压巾帽侧。
○○○●○●●；●○○●○●▲

鬓如霜，须似雪，自嗟恻。
●○○；○●●；●○▲

几个相知劝我染，几个相知劝我摘。染摘有何益。
●●○○●●●；●●○○●●▲　●●●○▲

当初怕成短命鬼，如今已过中年客。
○○●○●●●；○○●●○○▲

且留些，妆晚景，尽教白。
●○○；○●●；●○▲

584. 醉翁操　　（一体）

双调九十一字，上阕十句十平韵，下阕十句八平韵一叶韵

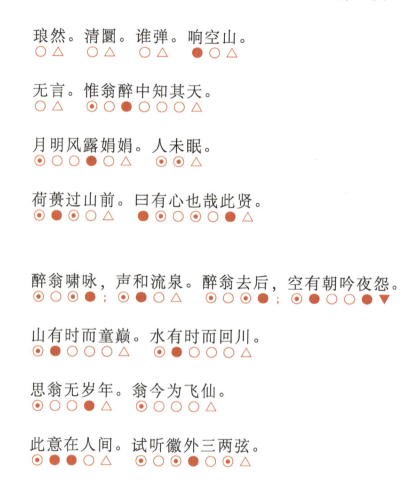

苏　轼

琅然。清圜。谁弹。响空山。
○△　○△　○△　●○△

无言。惟翁醉中知其天。
○△　⊙○●○○○△

月明风露娟娟。人未眠。
⊙○○●○△　⊙⊙△

荷蒉过山前。曰有心也哉此贤。
⊙●⊙○△　●⊙○⊙○●△

醉翁啸咏，声和流泉。醉翁去后，空有朝吟夜怨。
⊙○⊙●；⊙●○△　⊙○⊙●；⊙●○○●▼

山有时而童巅。水有时而回川。
⊙●○○○△　⊙●○○○△

思翁无岁年。翁今为飞仙。
⊙○○●△　⊙○○○△

此意在人间。试听徽外三两弦。
⊙●●○△　⊙○⊙●○⊙△

（郭祥正词，起句未用短韵作四字句：●●○△。楼玥词，上阕第三、第四、第五句重组为七字一句，读作三、四。不予校订。）

585. 醉乡春　　（一体）

双调四十九字，上下阕各五句，三仄韵

秦　观

唤起一声人悄。衾冷梦寒窗晓。
●●●○○▲　○●●○○▲

瘴雨过，海棠晴，春色又添多少。
●●●；●○○；○●●○○▲

社瓮酿成微笑。半缺瘿瓢共舀。
●●●○○▲　●●○○●▲

觉颠倒，急投床，醉乡广大人间小。
●○●；●○○；●○●●○○▲

586. 醉乡曲　　(一体)

双调八十七字，上阕八句三平韵两叶韵，下阕七句五平韵

沈　瀛

说与贤瞒，这躯壳、安能久仗凭。
●●○○；●○●、○○●●△

幸尊中、有酒浇磊块，先交神气平。
●○○、●●○●●；○○○●△

醉乡道路无他径。任陶陶、现出真如性。
●○●●○○▼　●○○、●●○○▼

没闲恼，没闲争。
●○●；●○△

也能使、情怀长似春。也能使、飘然逸气如云。
●○●、○○○●◇　●○●、○○●●○△

饶君万劫修功行。又争如、一盏乐天真。
○○●●○○◇　●○○、●●●○△

这些儿，休放过，且重斟。
●○○；○●●；●○△

（下阕第二次换平韵换回前韵。）

587. 醉吟商小品　　（一体）

双调三十字，上阕三句两仄韵，下阕三句三仄韵

姜　夔

石湖老人谓予云：琵琶有四曲，今不传矣：曰濩索（一曰濩弦）梁州、转关绿腰、醉吟商湖渭州、历弦薄媚也。予每念之。辛亥之夏，予谒廷秀丈於金陵邸中，遇琵琶工，解作醉吟商湖渭州，因求得品弦法，译成此谱，实双声耳。

又正是春归，细柳暗黄千缕。暮鸦啼处。
●●●○○；●●●○○▲　●○○▲

梦逐金鞍去。一点芳心休诉。琵琶解语。
●●○○▲　●●○○○▲　○○●▲

588. 醉妆词　　　(一体)

单调二十二字，六句三仄韵、三叠韵

王　衍

者边走。那边走。只是寻花柳。
●○▲　●○▲　●●○○▲

那边走。者边走。莫厌金杯酒。
●○▲　●○▲　●●○○▲

（其中存世仅一首者 382 谱。词谱名后所注该谱首数，系《词分谱汇集》所录该谱之存词数。）